有爱的青春陪伴者

烬响

迟暮 著

贵州出版集团
贵州人民出版社

图书在版编目（ＣＩＰ）数据

炽吻 / 迟暮著. －－ 贵阳：贵州人民出版社，2022.12
　ISBN 978-7-221-17319-5

　Ⅰ . ①炽… Ⅱ . ①迟… Ⅲ . ①长篇小说 – 中国 – 当代
Ⅳ . ①I247.5

中国版本图书馆CIP数据核字(2022)第182058号

炽吻
CHIWEN
迟暮 / 著

出版统筹：	陈继光
选题策划：	大鱼文化
责任编辑：	杨雅云
特约编辑：	伍　利　狐小九
装帧设计：	书　颜　唐卉婷
封面绘制：	在　野
出版发行：	贵州人民出版社（贵阳市观山湖区会展东路SOHO办公区A座邮编：550081）
印　　刷：	长沙鸿发印务实业有限公司
开　　本：	880毫米×1230毫米　1/32
字　　数：	250千字
印　　张：	9
版　　次：	2022年12月第1版
印　　次：	2022年12月第1次印刷
书　　号：	ISBN 978-7-221-17319-5
定　　价：	39.80元

贵州人民出版社微信

版权所有　盗版必究。举报电话：策划部0851-86828640
本书如有印装问题，请与印刷厂联系调换。联系电话：0731-82755298

第一章 /001
她可不是什么"灰姑娘"

第五章 /105
百媚千娇

第二章 /028
孤注一掷

第六章 /129
向我太太道歉

第三章 /053
好的,她打脸了

第七章 /153
吃醋

第四章 /078
筹备婚礼

目 录
contents

第八章 /177
蒋舒窈的墓碑

第九章 /201
过去

第十章 /227
冰山融化

第十一章 /252
带你回家

番外一 /275
我们谈恋爱吧

番外二 /278
星星的孩子

后记 /281

目 录
contents

第一章
她可不是什么"灰姑娘"
CHIWEN

早春寒意还浓,时序从机场VIP通道走出来的时候,就觉得自己今天的机场私服玩"下半身失踪",是本年度最大的失误。

戴上"做作"的墨镜之后,时序挑着显眼的位置,走得十分高调。

主动引起注意以后,她对周围隐藏的镜头佯装未觉,右手扶着墨镜往下一挪,露出一双明亮的眼睛,而后非常自然地,给了最近的镜头一个撩人的目光。

形式化的一套动作做完,她迈着大步出了大厅。

一辆黑色商务车显然已经等了她很久,时序拎着箱子上车关门,开箱取出毯子,一气呵成。严严实实地把冻僵了的腿盖好后,她拍了拍驾驶座的靠背,说:"开庄了开庄了,押一押明天的标题党会取什么标题出来。"

身家上亿但沦为"车夫"的赵恬恬发动车子,想都不想张口就道:"时家大公主现身机场,大玩'下半身失踪'。"

时序不敢苟同,撇撇嘴,感慨:"我实在是太善良了,为了给媒体贡献噱头,这个月机票花了五位数,现在连大腿都'不保'了。"

赵恬恬从后视镜睨她,眼里写满了"听你扯淡"。时序拿着时家的赞助费,一个月跑了三个地方,见了六七位学术界大佬,大概也只有她能把公费出游说得这么悲惨。

没多久,时序的电话响了起来。她看了眼手机屏幕,意味深长地舔了舔牙尖,接通。

电话那头依旧是命令式的口吻:"明天晚上七点,澜湾大酒店的私人舞会,你妹妹会和你一起去。"说完便挂断。

可以,这很有时家的风格。

时序把手机随便一丢,揉了揉在儿童座椅上始终安静坐着的小男孩的小脑袋,像是自言自语地说:"冬哥,这老太太像不像你昨晚睡前故事里的老巫婆,就知道欺负你姐姐我。"

意料之中地没有得到回复,时序也不勉强。

在赵恬恬拉起手刹等红灯的间隙,时序利用身材优势从后排移到了副驾驶座,她纨绔般地勾了勾赵恬恬的下巴,说:"小情人儿,想没想大爷我啊?"

赵恬恬笑着摇摇头,回她:"你到底是被时家给逼疯了。"

回应赵恬恬的,是一声余味绵长的叹气:"你说,人和人怎么就这么不一样?同是家族次子家的孩子,你年纪轻轻就掌握赵家命脉,我一把年纪还要为了时家博眼球、拉关注。"

许久未见,赵恬恬怼人功底依旧在线,她纠正时序:"虽然在学历上,我和你相差五年,但很不幸地告诉你,我们是同龄人。不过,你是真的惨,要不从明天开始你沐浴吃斋,每天早上烧三炷香,祈祷我带着赵氏发扬光大,把时家买下来送给你。"

时序沉默片刻,难得实诚:"倒也……没有什么希望。"

这话不假,华人商圈的三大神话,蒋家、时家、季家。三家三足鼎立平分秋色,哪一家拎出来,都可以吊打一片。

更何况,这其中根基最深最久的,就是时家。

在时序太爷爷那一代,时家就已经在制造业"顶天立地",后来经由时序的爷爷发扬光大,实在算起来,时序是个名副其实的"富四代"。

不过她这个富四代，不太受待见。早在她呱呱坠地的时候，祖母的一句"长幼有序"给了时序名字，也钉死了她在时家的地位。她是时家的第一个孙辈没有错，可惜不是长子家的。于是乎，连带着时序的父母，从她出生那天开始，就被四处发配。

很多时候时序都觉得，她奶奶的心可能是"歪"的，不然怎么就对没本事的长子那么宠，明明做过亲子鉴定，两个儿子都是她生的。

领跑几十年的时家如今在三家里越发式微，不知道老太太会不会后悔当初选错了继承人。时序咂咂嘴，想来老太太肯定是不会后悔的吧，毕竟她金口玉言"长幼有序"，搞得跟后代是要继承皇位似的。

安稳地把时序送到酒店，赵恬恬对了对表："我一会儿得去个签约仪式，明天约你啊。澜湾那边的消息晚点让助理发你邮箱，在我的地盘上，你尽管豪横。"

挚友难得，时序感激地冲她笑笑。目送赵恬恬的车开走，时序单手抱着时冬冬，边走边絮絮念："冬哥啊，姐姐觉得你以后还是要多吃饭，都是七岁的小朋友了，抱起来轻飘飘的，你以后长不高难找女朋友哦。"

酒店的经理打时序一进门，目光就锁定在她身上。直到时序摘了墨镜，经理才谄媚地凑上前来。

"原来是时小姐，您的房间已经准备好了，我现在就带您上去。"

又到了时序发挥的时候，她端起架子，高冷道："你们酒店，我一年也就住个十几次。半个小时后，送食物上来吧。"

说完，时序就要走，经理抱歉地拦住时序："时小姐，实在不好意思，您在我们酒店留的商务套房时董已经替您升级成了总统套房。"

时序眼中闪过片刻怀疑，事出反常必有妖，抠门了几十年的伯父居然主动给她升了套房，无事献殷勤，看来又打算算计她了。

但她如果不享受也亏，时序欣然接受了安排，在经理的带领下，直达酒店最高层。

又宽又长的顶层走廊，左右各有两扇复古大门。时序眼尖地看见了对面门把手旁的大滚珠露出金色一面，就知道里头已经住了人。

虽然大门离得远，但时序看了内里格局，其实卧室与卧室之间，只有一墙之隔。时冬冬在陌生的环境里，到了晚上就很容易歇斯底里。

时序斟酌片刻，牵着时冬冬的手，走到对面摁了门铃。

突兀的门铃声扰乱室内清静，正蹙眉看文件的男人眉头皱得更紧。一旁候着的助理林郜登时绷紧神经，连忙走到了大门前，用可视屏观察到访者。

看着门外的墨镜女子，以及身边的儿童，林郜敏感的职业习惯令他不敢贸然开门。

"老板，门外是一位女士和一个小男孩……"

男人闻言，一个多余的表情都没有给。

门铃还在有节奏地响着，男人手头的文件刚刚翻页，接着林郜听到他意简言赅的指示声："联系安保。"

两分钟后，被保安和酒店经理客客气气请回房间的时序，后知后觉地无语起来。

好歹她也是传言中时家那位高贵冷艳的大公主，这么被当众下面子倒是头一遭。万一今天这个人嘴不严，将这件事情传了出去，只怕她立了多年的人设会崩。

时序的声音有些冷："替我向对门传个话，后果自负。"

大门合上，酒店经理站在过道很是为难，同行的下属询问接下来怎么办，经理满脸沧桑地摇了摇头，左右房间各指了指，小声道："神仙打架，路人遭殃。这两位，咱们都惹不起，当没发生过吧。"

这个小插曲也只是让时序不适了片刻，她转念一想，对面的人有钱嘛，狂一点也正常。她好心上门提醒，不领情就算了。

时序拿出了随身携带的拼图，放在时冬冬面前。一直以来仿佛隐形人一般的时冬冬这才稍微有了关注度，坐在时序身边，倒腾起拼图来。

时序看他这样，嘴角牵起一抹有些欣慰又有点苦涩的笑容。

接着，她打开了电脑，等待视频弹出。

"Doctor.Xu，已经给您安排好了和米歇尔教授的会面，时间地点已经发送到您邮箱了。"

时序此时对着电脑，同方才判若两人，笑得十分亲和："辛苦你了。二段实验开始的时候我可能赶不回去，到时候由我师兄主持。"

交代完工作，时序打开了赵恬恬的助理发来的邮件。

看完前因后果和出席名单，她恍然大悟。原以为是什么了不得的大场面，实际上，就是个变相集体相亲宴。在时家代表队里呢，她时序明天的角色是绿叶。

入夜后，时冬冬果然如时序预料的那般，表现出了对陌生环境的不适。他歇斯底里的时候，时序总是无可奈何，只得抱着他哄着，任由他把自己的肩膀咬得血迹斑斑。

"冬哥，不怕啊，姐姐在这里有什么好害怕的，我会保护你的呀。"

时序不断重复着话语，手抚摸着时冬冬瘦弱的后背，不停地安抚他。奈何时冬冬的情绪依旧狂躁，尖叫声一波一波地传向隔壁。

林郁不放心地敲了敲老板卧室的门，随后本该早早休息的男人黑着脸走了出来。不用他开口，林郁已经自觉地拨通了酒店电话。

酒店经理觉得自己今天和这两位八字不合，男人的气场令他有些窒息，可一想到时家大小姐生气时候的样子，他也没胆子去撞枪口。

经理正是左右为难的时候，林郁解了围："我和您一起过去看看吧。"

时序戴着口罩打开门，看见的就是四个保安外加经理的苦瓜脸。

在后面的林郁走上前来，看着眼前女子抱着孩子安抚，肩膀还被小孩死死咬住，流着血的样子，顿时有些语结。

他犹疑片刻，开了口："小姐您好，您家小朋友的动静有些大，影响到我老板休息了。"

被时冬冬咬着的地方很疼,但时序仿佛习惯了,连眉头都没有皱一下。她语调没什么波澜,端着的是林邰并不陌生的架子:"我弟弟对陌生环境不适应,不好意思。我替你们换个套房,费用由我承担。"

经理一口气差点抽过去,顶级总统套就两间,借他一个胆子,他也不敢开口让对面那位换到低一档的套房里去啊!

经理赔着小心开口:"时小姐,蒋先生是我们的超级贵宾,可能换套房不太合适。"

有这么大排面的"蒋先生",时序知道的只有一位,就是蒋氏如今的当家人——蒋魏承。

短短十个小时内投诉了自己两次,是他的话,就不稀奇了。

时序没心思再和门前这几个人磨叽,因为他们的到来,时冬冬显然更加不适,再咬下去自己肩膀上这块肉就该没了。

"那你们看着办吧。还有,今天的事情我不希望还有其他人知道。"

大力合上门之后,时序赶忙把时冬冬抱到了通风的露台。玻璃围栏让四周景象一览无余,时序不间断地安抚着时冬冬,也不知道她的话到底会不会被他听进去。

如果时冬冬是个健康的小朋友的话,现在应该会和她一起扒着围栏,欣赏这座城市的美丽夜景,然后对她说:"姐姐,你看对面的灯,真好看啊。"

想到这里,时序默默把时冬冬抱得更紧。

林邰回到套房内,对刚刚的视觉冲击还有些震惊。蒋魏承裹着浴袍坐在沙发上,手边什么东西都没有,显然是在等林邰回话。

"老板,隔壁住的是时家小姐和她弟弟。"

蒋魏承并不关心是谁,只是反问:"她虐童?"

林邰连忙解释:"不是不是。时小姐的弟弟好像不太健康,刚刚见到时小姐的时候,她的肩膀被弟弟咬得都是血,但是她一直在安抚。下午敲门的,好像也是时小姐。"

蒋魏承没再说话,隔壁安静下来,他也就头也不回地进了卧室。

林郤看着他仿佛自带寒气的背影，唏嘘地摇了摇头。自从蒋氏庄园空了以后，老板好像就越来越冷漠，哪怕现在自己算是他最亲近的人，也只能感受到他散发出的冷意了。

赵恬恬听完时序昨天被投诉的经历之后，笑了足足三分钟。

"就冲你在这个圈子里的传言，敢这样得罪你的，只有蒋魏承一人，请问当事人现在是什么心情啊？"

时序表面笑嘻嘻地点了点头："谢谢邀请。当事人只有人设，没有资本和大佬计较，敢怒不敢言。"

赵恬恬完全赞同，玩笑着给她出馊主意："听说今晚蒋魏承也会出席，要不要我暗下黑手让他出糗，替你报仇？"

时序觉得姐妹的快乐果然都建立在姐妹的痛苦上，她犀利回道："我也听说蒋氏刚刚投资了赵氏两年来最大的一个项目。"

赵恬恬假笑，很郑重地拍了拍时序的肩膀："为了讨我方金主爸爸欢心，姐妹的牺牲都是值得的。"

被拍中伤口的时序小脸煞白。

察觉到不对，赵恬恬上手扒了扒她的衣领。

肩膀上深深的小牙印，周围多浮肿起来。

看着旁边沉浸在拼图中的时冬冬，赵恬恬心疼地开口："冬哥啊，以后也对你姐姐好一点，她十八岁拉扯你到现在，多难啊。"

"十八"对于时序而言，是个很敏感的词汇，每每提及，气氛总能在瞬间沉寂下来。

时序其实不大喜欢这样，被某种情绪长时间困住，会让人变得狭隘。

她只当一切都很正常地起身，把稍早一点送来的一挂礼服推了出来："帮我参考参考，晚上穿什么？"

赵恬恬反应激烈："你那抠门的伯伯舍得给你这一排高定礼服？你地位升级了啊？"

时序的手指在礼服上徘徊："送来的时候，我说我现在不想挑，先放着，他们就留下衣服，人走了。"

"你照单全收，我倒是也有点意外。"

时序不置可否地笑了笑："他们拿捏我不假，现阶段我对他们很有用也是真的，不花自己钱的东西，不要白不要。"

"我猜事后你又遭受了抠门伯伯的电话攻击。"

时序摇了摇手指："继续意外吧，他没有。"

赵恬恬打起精神来，替她分析："照你家里那德行，看来，又憋了什么招在等你。"

这一点，时序很认同。她舔了舔嘴唇，总结："不妙啊。"

谨慎的模样只是一闪而过，然后时序又说："这不重要，我觉得我们现在应该预约一个美容，三小时后我约了最贵的造型师上门。"

赵恬恬拍拍大腿站起来："走，造作！"

赵家的菲佣阿茹接走了时冬冬，若说这世界上还有时冬冬除了时序以外能够接受的人，那就只有阿茹了。

阿茹原本是时序母亲请的菲佣，和时序一家一起生活了好几年。时冬冬刚出生的一百多天里，一直是阿茹在照顾。

那场意外后，时序带着阿茹和冬冬回到时家，后来时家容不下阿茹，赵恬恬帮时序的忙，请了阿茹过去。

两人打扮完，天边已经满是霞光。

镜子里的人眼睛好像会说话，眼波流转间俱是风情，处处细致的妆容就好像是化妆师描绘出的一幅无瑕的画，斜肩礼裙是不张扬的烟灰色，右边大腿处开了衩，走动间长腿若隐若现。

时序经常是这样的装束，本该习以为常，但今天盯着镜子里的自己，她总觉得碍眼。

挑挑拣拣，她找到一个同色系的带网礼帽别在头顶，下垂的硬质网状装饰挡住了明眸，也挡住了大半张脸。

她这才觉得自己顺眼了一些。

时家的车一早就在酒店楼下等,时序下楼看见车标,哂笑。

在做样子这方面,时家倒是从来周到。

赵恬恬搭时序的车一起赴宴,按照安排,她们乘坐的这辆车最后会在澜湾酒店的主干道前,和时家另一辆车会合。

时序并不大想见到时玥,倒不是因为时玥总爱找她的不自在。确切说,时序对时玥的情感是恨其不争。

时家人处处出彩的基因好像从时序大伯那里就没有被遗传到,时玥成年四年,时序也已经额外地帮她多撑了四年的场子。四年里,时序被迫带着时玥出席了无数个场合,可时玥除了一开始有点水花以后再也吸引不到外界的关注度了。

尽管时序觉得,时家好歹也是商业巨户,需要靠她们这一代频繁在社交场合刷脸博关注维持表面荣光,实在是很逊的一件事情。

时玥的车停在时序前面,时序下了车同赵恬恬一齐往前走,路过时玥的车子的时候,她略停了停。

时玥摇下车窗,比她演戏时候还拿架子:"我不会和你一起进去的。"

时序笑着反击:"没有对比就没有伤害,理解。"

时玥气得想骂人,奈何时序早已走远。

时序自诩是个欺软怕硬的主儿,不大有本事和时家长辈正面对抗,但是捏捏时玥这个软柿子还是手到擒来,反正时玥看起来总是不太聪明的样子。

不过不太聪明的时玥今天倒是做了一件刷新时序认知的事情,她是挽着季家孙女季婷的手进宴会厅的。

季婷是季家孙辈中唯一的女孩,打小就是在糖罐子里泡大的,从没离开过象牙塔,却是个十分聪明的小丫头。

时玥和季婷一起出场,确实会被很多人看见。然后两厢一对比,时序觉得今天自己不需要发挥了,绿叶再怎么衬托,也衬托不出另一片绿叶的美来。

她乐得清闲。

赵恬恬借机去攀谈结交后，时序选了杯养生的橙子汁，十分符合人设地坐在不偏僻也不显眼的地方，睥睨众生。

打时序露面起，不动声色观察她的人就很多。

人们对她不可谓不好奇，大场面都有她的身影，可真正能让她搭理的人，少之又少。

一开始，大家都传她不学无术，因为在可见的花边新闻里，她不是在出游，就是在出游的路上。关于她的才华、职业没有任何风声，她就像是时家娇养的富贵花，只要享受就好。

但从她在这类场合露面以后，大家又觉得，这朵富贵花并不像他们主观里想的那样娇柔。她是美丽的，也是带刺的。

妖娆美艳也神秘莫测，很难不引起注意。

在用满含兴味的笑意赶走第三个搭讪者后，时序决定起身走走。

刚绕过门廊，她就听见了自己的八卦。

"据说她在十八岁时父母死了以后才被接回时家，还抱着个婴儿。后来时家说那是第四个孙辈，但是，谁知道是不是她的孩子呢。"

紧接着，就是不怀好意的笑声。

时序没有迟疑，非常高调地走到人前。

她盯着比自己矮半个头的女生，像是审视般打量，随后摇了摇头："这么漂亮的嘴巴，却不会说好听的话呢。小姐想必亲身经历丰富，才能编出这样的故事。"

时序说完，留给那人一个难以捉摸的笑，随后干干脆脆地走了。

她想，自己可能终于是忍不了了，所以打从这套礼服缚身开始，就一直恶心到现在。

看来自己该找个时候摊牌，和时家划清界限了。

一楼空气混浊，时序没有了继续待下去的兴致，进来时她留意到二楼有个不小的露台，上去透透气似乎也是个不错的选择。

时序经过走廊的时候，无意中听到未关紧的门内传出谈话："智能医疗这一块,想要抢占市场,赢面在速度上。季家是靠医疗发家的,时家在制造业独树一帜,论专业性,我们的短板……"

高跟鞋撞击地板的声音过于有存在感,房间内的声音戛然而止,有人开门出来,时序一眼认出,是宴会主人刚归国的儿子。

她抢在他开口前先说道:"抱歉,请问二楼的露台对外开放吗?"

那人尚且不知时序是谁,笑着解释:"露台得从前面的走廊过去,小姐你走错了。"

时序笑了笑,点头算是打过招呼,转身便走了。在室内的蒋魏承走了出来,一眼便看见前面人斜肩带跑位后,肩膀上露出的牙印。

时序走过的地方落下个闪闪发光的东西,蒋魏承身边的公子哥俯身捡了起来,是一只晶亮的钻石耳坠。

他递给蒋魏承,笑问:"像不像是舞会上,灰姑娘落下的定情信物?"

蒋魏承接下,在指尖把玩,高深莫测的眸子里不知在思考什么。片刻后,他罕见地接话:"她,可不是什么'灰姑娘'。"

一场宴会结束,时序扶着七分醉的赵恬恬,思忖着要不要把这个人丢下呢?

赵恬恬拍着时序的背,邀功道:"你得去机场接我十次,才能还清我为了帮你打探消息,喝了这么多酒的恩情。"

时序挑了挑眉,静闻其详。

赵家的车里,赵恬恬不太注意形象地打了个嗝儿,然后说:"猜猜我听到了什么,被你说只掉头发不长脑子的你伯父,这回还挺有脑子的。就你一直在研究的人工智能医疗,有风声说,蒋家和季家准备下手了。你伯父想分一杯羹,但是又斗不过蒋魏承和季许,打算来一招曲线救国。"

这一点拨,时序有点明白了,怪不得时玥讨好季婷。

时序问:"时仲明打算让时玥和季许联姻?"

赵恬恬一脸看好戏的笑容："答对一半，他还打算，让你和蒋魏承配对。"

时序递给赵恬恬的矿泉水没拿稳，洒了不少在赵恬恬的裙子上。

冷冰冰的水让赵恬恬清醒了一点，她坐正身子，继续道："季家研发，时家制造，蒋家销售，你们三家一条龙，基本上可以垄断这个行业的百分之八十。"

时序听明白了，研发与销售，一个掌握技术，一个掌握市场，难以替代。但是制造方，却不是唯一的。时仲明是怕蒋魏承和季许这两个年轻人不带他玩，想出了这么个主意掺一脚。

时序给出结论："不过蒋魏承和季许也不傻，怕是早就看穿了时仲明的套路，肯定不会乖乖被牵着走。"

听完时序的分析，赵恬恬赏了她一个"你太天真"的白眼："季许你我都熟，外人都道他做生意无懈可击，但'游戏人间'，他说第一，谁敢说第二？他不'渣'吗？"

时序赞同地点点头："'渣'，明明白白的'渣'。"

若说门当户对的话，时家和季家，是绝对无可诟病的。再说样貌，时玥虽然讨嫌，但完全继承了她母亲的美貌，是好看的。

时玥"长"在季许的审美点上，保不齐季许真能看上她。

时序心里憋了气，但面上还在自侃："看来只有我能打碎时仲明'赚差价'的美梦啊。"

另一边，回到酒店的蒋魏承看向已经无人居住的对面套房，略微顿了下步伐。

稍早前收到了时家发来消息的林邰也心情复杂，多么精彩的一出好戏，连他这样阅人无数的小助理，都险些被蒙了过去。

先是住在同一层，一天内发生两次交集，这谁想得到，时家董事长打的居然是让自家老板和时家大小姐配对的算盘。

这故事开始得也太别具一格、太标新立异了。带着患有自闭症的弟弟住进陌生的房间，先是上门套近乎未果，后发生意料之中的状况受伤博可怜。

好在自家老板的脾气冷淡,连个面都没露过。

林邰在心里为蒋魏承竖起大拇指:老板,你很稳!

林邰走神的当口,蒋魏承开了口:"时家有动静了?"

"早前和我预约您的时间,说是时家大小姐约您共进晚餐,时间由您决定。"

蒋魏承摸到口袋里质地坚硬的钻石耳坠,随手抛进了一旁的垃圾桶里,答复他:"下周三晚上,在西城,我有一个小时的时间。"

时序被不容拒绝地请回时家时,心情极度不好。

走进时家大门,就有了三堂会审的味儿。祖母杜云英、伯父时仲明还有时玥的母亲周曼一人一个位置坐着,不约而同地看着时序。

时序环着手很随意地靠在杜云英极其宝贝的古董立钟边,大有他们不说话,她也不开口的架势。

时仲明这两年明显感觉到自己这个侄女越来越不好控制,不,实际上是他从没有真正控制成功过。

七年前,与其说是他们掌控她,倒不如说是她同他们做了个交易。好在她从不过问生意的事情,但或许是她偶尔散发出来的气场与父亲和弟弟过于相似,让时仲明总是有些不放心。

时玥的母亲周曼看气氛僵持,为了大局打了个圆场:"时序好久没回来了,先来吃点水果,你奶奶和你伯父总念叨你。"

"看来奶奶和伯父最近过得太顺心,不怕我添堵。"时序说完,好整以暇地观察全场的表情。

沉不住气的杜云英女士脸黑了,不过端着长辈的架子,还在酝酿情绪。

时仲明倒是比以前进步了不少,还能呵呵一笑:"时序啊,你这孩子越来越不会说话了,你回来怎么能是添堵呢?这次叫你回来啊,也是关于你的事情,你也这么大了,伯父伯母得为你考虑好未来不是。你这样一直一个人，可不行啊。"

时序应他，说的却是完全不相干的另一件事："米歇尔教授最近刚好在这边，听说他前些日子关于自闭症儿童的治疗研究，取得了突破性进展。不过米歇尔教授并不好请，好像有一次是谁来着，八位数的佣金，都没能把人请到。"

时仲明听到钱就皱起了眉头，和妻子对视交流了一下眼神，他很快笑着说："我时家的孩子，不需要担心资金问题，待会儿让你伯母转你卡上。"

敲竹杠的目的达成，时序也就不想多待了。

她看向时仲明："时间、地点记得发我。"

时序回到西城，稍作休整就回到了实验室。

外界传言她不学无术，实在是很没见识。事实上她直博毕业，虚荣一点地讲，她是个有点值钱的科学家。

时仲明一直监视着她，不过后来看她无心商业，也就放下心来。反正是没人相信时序有本事研究出个子丑寅卯来。

时序现在就职于一家私人设立的人工智能医学研究中心，也不知道走了什么狗屎运，实际上更像是研究中心借给她一个研究室，供她专心搞科研。

她也不好意思占便宜，索性把从时仲明那边坑来的钱投入了大半进去，成了中心的小股权合伙人。

时序着急忙慌赶回研究室，是因为她从"博一"开始就在研究的人工智能医疗舱到了二段实验阶段。

尽管有能力很强的师兄盯着，但是她心中始终希望自己全程参与。

她研究的方向很狭窄，准确点来说，其实这是她针对时冬冬一个人的研究。

在时冬冬还很小的时候，他就已经被确诊中度自闭症。虽然不是最严重的，但是也不容乐观。情况可能随着时间的变化更严重，早期的治疗就尤为重要。

但那个时候，时序高估了祖母心中的亲情。仿佛时冬冬是个生病了，只要不影响生命就没什么关系的孩子。

浪费了一整年黄金期，知悉真相的时序在差点把时家点着以后，才把冬冬接到了自己身边。

那之后就是长时间的磨合与熟悉，为了让时冬冬依赖和接受自己，时序耗费了极大心力。

时序发现冬冬睡觉的时候喜欢让自己处在相对封闭的空间之中。于是她有针对性地开始进行医疗舱的研究。

她把人工智能与医疗舱相结合，医疗舱的基底部分，以基础物理干预为主，人工智能方面，以心理引导为主。

通过给人工智能设定程序，针对自闭症患儿阶段性的表现与特征，有针对性地辅助疏导，并且随时记录患儿潜意识状态的行为与习惯。作为辅助性治疗工具，时序推算了可行性，有理论支持，却依旧没有什么底气。

她知道自己的心理，不确定这是不是一个可以成功的研究，但是多做一点，好像心里对她疏忽了冬冬的愧疚就能少一点。

时序昼夜颠倒地在实验室里测试了上百次，短短几天就从精致的她变成了粗糙的她。

得以松了一小口气，时序只想睡死过去。孰料时间赶巧，到了传说中她约蒋魏承吃饭的日子。

很无奈很不想再撑场子的时候，时序给自己定了个小目标。

等研究成功，她就和时家摊牌。

如今距离成功只有一步之遥，时序决定和蒋魏承打开天窗说亮话，要是能卖他一个人情，自己稳赚不亏。

时序时间紧张，等她从实验室到约定的地点时，已经迟到了一刻钟。

蒋魏承的脸色不大好，没有什么表情，但不妨碍他浑身上下散发冷气。时序从看到他开始就很感慨，多好看的一张脸，可惜主人是"面瘫"。

时序中途走神,想起了听别人说的一件事——蒋魏承以前充其量只能算是南极的冰山,自从他订婚又被退婚以后,就变成了木卫二上的冰山,没有最冷只有更冷。

时序虽然不认识蒋魏承的前未婚妻,但是她好像理解了他被退婚的理由。

在时序观察蒋魏承的时候,蒋魏承也在观察她。在此之前,他只在那次晚宴上看过时序的背影。用词来形容,大概就是"摇曳生姿,多彩妖娆"。

但今天……蒋魏承蹙眉看着她都算不上整齐的头发,硕大的黑眼圈被黑框眼镜挡住,白大褂上甚至还有些许不明污渍。

怎么看,都和传言里那个妖娆美艳的女子没有关系。

蒋魏承在什么场面都喜欢后发制人,所以他完全没有先开口的意思。

时序被一双漆黑的瞳孔盯得有些不自在,这个男人气场太强,仿佛随时能把她给秒杀。

她一只手伸到桌子底下,悄悄拧了自己一把,这才打起精神开门见山:"蒋先生,我就直说了。我充其量只能算时家的编外人员,这次见面的原因和目的您心里肯定有数,而我呢,实在不愿意为时家的发展添砖加瓦,想来您也不希望随便被人搭顺风车。"

蒋魏承换了个姿势,时序觉得自己眼花,细看了许久,从他的眼睛中琢磨出点味儿来。他目光表达的意思大概是——我就静静看你表演。

结合之前的种种,他会这么误会,时序也理解。

但这种时候,只要表现得遭人嫌弃就对了,所以时序很果断地跷起了二郎腿,说:"坦白讲,我注定是你此生得不到的女人。"

本以为这种时候蒋魏承会直接黑脸离场,且时序觉得自己找回了上次被他下了面子的场子,非常骄傲。

时序的尾巴还没翘起来呢,站起身来的蒋魏承就居高临下地看着她,说了今晚的第一句话:"时小姐对自己,很有自信。"

时序愣住了，不为别的，实在是眼前这个男人的气场过于慑人。

摸不准他话里的含义，时序伸手拿过一旁的水送入肚中。要不是饮用的节奏略快，乍一看倒像是没怯场。

蒋魏承保持着方才的姿势，把她一套动作看完，只是略抬了抬眼眸，提步欲走。

时序巴不得他赶紧走，怕他走得不够干脆，还要贱兮兮地补上一句："吃完再走呀，这顿我请。"

留给时序一个背影的男人顿了下，随即侧过身来。

时序满脸问号，有些懊恼地咬了咬舌尖，他不是要反其道而行吧？这么有钱的人不至于惦记她请的这一顿饭吧？

哪知，蒋魏承只是朝她勾了勾嘴角，随即走得毫不犹豫。

时序拈起冷盘中的柠檬片放进嘴里嚼了嚼，酸味的刺激让她大脑清醒起来，她方才要是没有看错的话，蒋魏承的那个笑好像凉飕飕的。

不过，管他呢。

一道接一道端上来的菜冲淡时序所有思绪，全身上下只有胃疯狂地叫嚣。

不受宠归不受宠，除了在实验室里，别的时候时序丝毫不肯委屈自己。

眼下好酒好菜，实在太美妙。时序放松下来，吃到完全满足后，慢条斯理地擦了擦手，拎着给时冬冬打包的甜点功成身退。

她走后不久，一直停在餐厅门口的黑色轿车发动引擎，消失在了路口。

前排的林邵欲言又止往后瞄了好几眼，后排淡定看文件的男人这才不太耐烦地抬眼看了看他。

林邵觉得自己的职业生涯十分艰难，硬着头皮问了句："时董那边……"

"不重要。"

蒋魏承意简言赅，林邵缄默，并在心里默默感慨：好的，老板，不愧是你!

时序到家的时候,时冬冬还趴在窗前的天文望远镜前一动不动。

时序伸手挡住望远镜,时冬冬皱着一张脸转过头来,刚要生气,看见时序的笑脸,又安静下来。

几年的治疗也不能算是一点效果没有,时序心里多少有些安慰,献宝似的亮出手上的袋子。

时冬冬在大部分时候都表现得非常安静,时序看着他小口小口地啃着甜品,安安静静的样子和正常的小朋友毫无差别。

她伸手摸了摸时冬冬的头,像是对他说,又像是自言自语:"冬哥,再等姐姐一段时间,等实验成功了,我们就离时家远远的。"

时序连续几天泡在实验室里,累身累心,偏偏实验的时候精神需要高度集中。

洗漱完的时序瘫在柔软的被子里,感觉自己现在可以扮演一动不动的咸鱼。

时序头一沾枕头就睡着,睡眠质量极高,电话响了三遍,才把她从梦中叫醒。

时序有气无力地放狠话:"赵恬恬,清晨九点,如果不是时家破产了之类的大事,我就上网挂你!"

那头赵恬恬完全不受威胁并且呛声:"少女,是上午九点,谢谢,请对得起你女博士的身份。"

电话那头沉默,并伴有十分有节奏的呼吸声。

赵恬恬不得不放了一记狠料,看着新闻标题念道:"小季总与时千金西城同游,好事将近?"

三秒后,听筒里传来一阵窸窣声,紧接着时序的声音传来:"这么快?时玥可以啊!"

赵恬恬没忍住笑了出来:"但是你很快就不可以了,打算怎么办?"

时序"扑通"一声倒了回去,继续有气无力:"睡醒再说吧。"

听她这么说，赵恬恬知道她心里多少有数了。赵恬恬不再多言，趁着时序还没睡着，赶忙交代："下周我庆功宴啊，好戏连台，记得来撑场子啊！"

挂了电话的时序抱着被子滚了好几圈，再没了睡意。时玥会不会和季许在一起她完全没有兴趣，怕的是三家真的联合在一起。

时序还没想到对策，家中的门铃先响了起来。

门被打开，季年儒雅的脸映入眼帘。

"师兄？"

时序住的地方连时家人都不知道具体位置，能上门的屈指可数。

季年的突然出现，让时序下意识就问道："实验室出什么事情了？"

季年笑得温润，把手上的东西递给她，随后进了门。

"实验室没有问题，听说你约了米歇尔教授，但因为他时间有冲突，没能见上？"

说起这事时序就有点颓，米歇尔教授很难约，而她好不容易约上，却因为教授的航班延误，最终错过了见面的机会。时序再预约，就得等到三个月以后了。

她无奈地耸了耸肩，自我安慰："这大概就是好事多磨。"

时冬冬在客厅兀自玩耍，季年看了看他，又看了看时序："教授今天在H市，我等会儿去和他讨论新的研究课题，你要是有时间，可以把冬冬带上。"

时序眼中闪过一道亮光，把季年晾在了客厅，跑回卧室洗漱换装。

季年看着她的身影摇头失笑，顾自走到了沙发边，看时冬冬拼图。

也许是怕时冬冬磕着碰着，客厅没有茶几，所有的家具都是圆弧形。

地毯上散落着许多拼图碎片，拼图上的图案无一例外全是宇宙星辰。一千片的拼图本就不算简单，星河图色系又非常复杂，饶是季年一个大人看着都费劲，可时冬冬在时序换衣服的时间里，就拼出了巴掌大的一片。

小朋友专心做一件事情的时候，非常排斥被打扰。季年在这种时候完全帮不上忙，就看着时序用一个糖果一步步耐心地哄着时冬冬。他不自觉地流露出眼底的温柔。

在时冬冬的世界里没有道理，时序很多时候，都像是盲人摸象。

好在她今天没费多大劲儿，就顺利带着时冬冬出了门。

米歇尔教授很卖季年面子，对于多出来的时序和时冬冬，也非常欢迎地领进了门。

自然是正事要紧，季年和米歇尔教授侃侃而谈，时序就带着时冬冬在客厅候场。

两人不避讳时序，时序虽然没有刻意去听，但季年思路清晰的声音还是钻了过来。

她不得不承认，华人商圈三大家族，按现在的趋势，不出十年，再无时家。

蒋家的蒋魏承不必多说，季家两个孙子，大的季年、小的季许，一个搞研究、一个做生意，配合起来无懈可击。

而时家，实在没什么拿得出手的。

值得安慰的是，米歇尔教授对时冬冬的诊断，比时序预期的好上一点。

回程的路上，季年边开着车边接季许的电话，随后问向心情不错的时序："季许和时玥来西城了，你妹妹时宴也在，晚上一起吃饭？"

除了赵恬恬，这个圈子里和时序关系好的，季年算得上一个。不过这情分说起来未免有些巧合，刚好两个人跟了同一个导师，季年高时序一届，一来二去也就熟了起来。

各自都知道对方的家世，但时序和时家具体怎么个情况，事实上季年丝毫不知，时序算了算，除了当事人和赵恬恬，知悉内情的只有她刚刚坦诚过的蒋魏承。

也不是时序刻意瞒着季年，只是对她而言，很多事外人没必要知道。

时序找不到合适的理由拒绝，只好把时冬冬送回家，无奈赴宴。

用餐的地点是个隐私性很强的高级会所，入场全凭身份，很受青睐。

时序虽不八卦，但各路消息倒也灵通。据说从时仲明打算让时玥和季许联姻开始，时家就给时玥请了一个实力很强的造型团队，日常穿搭都由团队一手打造。

对于这种操作，时序历来都是当笑话看的，毕竟时玥又不是去选秀，搞这么大的阵仗，像是生怕季许看不上时玥一样，特别丢份。

但见了本尊，时序觉得，这个造型团队是真的厉害。男的俊美，女的娇柔，站在一块也挺像那么回事儿的。

时序的露面，显然在时玥的意料之外，比她更激动的是家里视时序如仇的小妹时宴。

时序一点也不意外时宴的反应。尽管这个妹妹从小到大和时序没怎么接触过，刚刚成年亦不懂得完整的事情始末，但是她读小学的时候，看见时序把她爸书房的门给砸了，所以一家人拧成一股绳一致对外，是人之常情。

好在时玥、时宴不算蠢，知道做做样子还是必要的，一声"姐姐"叫得亲密无间。

常年埋头做研究的季年实际上比较单纯，没看出来三姐妹之间的暗流涌动。

季许却是察觉到了点不寻常的，他饶有兴致地跷了个二郎腿，道："没想到时大小姐和我哥私交甚好。"

时序看他，觉得他脸上就差没写上"我要挑事"四个大字。

"搭师兄的顺风车，借二少的东风，我们姐妹三个才难得聚头。"

时序笑得无懈可击，俨然是各色应酬场上老练的模样，稍稍加重语气的"师兄"二字完美解释和季年的关系。

闻言，时宴撇了撇嘴，时玥虽然没有表现，心里多半也很不屑。

季许挑了挑眉，接她的话："能给季大小姐借东风，我很荣幸。"

一顿饭吃得不尴不尬，时序没有没话找话的兴致，只打算当个餐桌摆设。

季许的眼睛不动声色地在季年和时序身上来回打量,两人跟同一个博导的事情,不是什么秘密,只不过很多人觉得,季家大少是真才实学,而时序是花钱堆出来的花架子,借导师名声来撑门面罢了。

毕竟这几年,季年在学术界取得的各项成就都金光闪闪,而时序但凡有点新闻,皆是杂志花边。

察觉到季许的打量,时序抿了口红酒,冲他一笑,像是在提醒季许:别看了,你我不熟。

时玥一门心思都挂在季许身上,两人的互动自然躲不过她的眼睛。她夹了块鹅肝放在季许的碟中,继而凑在他耳边低语几句,季许配合得很,脸上挂着笑,笑里三分宠。

想起早上赵恬恬的话,时序觉得,还挺有那味儿。

这顿饭从开始到现在,已经快一个小时了,时序勉强吃了个三分饱,没了耐性。她将手伸进包里,点开了手机桌面的音乐播放器,随机放出来的音乐正好是昨晚听的某首歌的副歌部分。

继而她非常自然地掏出手机,点了暂停后放在耳边,装模作样地应答几句,十分不做作地露出了个抱歉的表情。

"临时有些事,要失陪了,改日请二少吃顿便饭赔罪。"

季年随她站起身:"我送你。"

时序用脚指头想想,都知道这种话会在时玥两姐妹那里被脑补出很多情节,随即婉拒:"司机已经来接了,今天已经麻烦师兄很多事情了,就不浪费师兄的时间了。"

走出包厢,时序长舒一口气。

抛开那些杂七杂八的宴会不算,她差不多已经有五年没有和时家人在一个饭桌上吃过饭了。

现下的体验感只有两个字,极差。

时序正准备离开餐厅,身后脚步匆匆,有人出声叫住了她。

她转头,是毫不掩饰嫌弃的时宴。

"时序,你今天晚上,是什么意思?"

长廊虽空,但保不齐边上的哪扇门后就坐着熟人。眼见时宴一副很有话说的样子,时序挑了挑眉。

她意有所指地看了看四周,出言道:"有话要在这里和我说?"

可能是"姐姐"的包容心作祟,时序难得配合地和时宴走到了餐厅花房旁的露台。

她一副耐心倾听的样子让时宴憋着的一肚子劲儿有些散了,沉默了一会儿才找回语调:"你接近季家大少,是不是想破坏我姐姐的联姻?"

时序轻轻笑出声,反问:"我本事这么大吗?"

时宴被她问得顿了下,接着警告般地说:"你要是敢破坏我姐姐和季许哥哥的联姻,我不会放过你的!"

某一瞬间,时序觉得自己有一点羡慕时玥。时宴这小孩这样维护自己姐姐的样子,还挺可爱的。

时序没觉得自己被冒犯,所以口吻稍显和善:"听说你的成绩一直很好,不喜交际,喜欢泡在图书馆里,这样挺好的,如果能一直住在象牙塔里,就不要主动踏出来。"

"你什么意思?"

时宴追问,只觉得时序真是奇怪极了——她难道不应该生气吗?

时序又笑了,那笑容里带着一点狡黠:"坦白说,我对你姐姐和季许的事情毫无兴趣。事实上,你父亲也给我安排了一个联姻对象,所以,你该庆幸自己年纪不大,要不然保不齐你的联姻对象就是叔叔辈的了。"

她话一说完,时宴就成功地被气走了。

等人走后,时序憋不住笑了起来。其实她也没说错,要是时仲明丧心病狂一点,让时宴和蒋魏承凑一对,十四岁的年龄差,时宴叫他一声叔叔,也没毛病不是。

这时,花房紧闭着的门突然被打开,时序回首,还没收起的笑在看见花房里的人之后,僵在了脸上。

出来的两人不算生脸,一个见过两次,一个见过三次。

正是澜湾酒店那场宴会主人刚归国的儿子,以及前两天刚刚被她气走的蒋魏承。

蒋魏承还是那副"世间风雨与我无关"冷漠脸,而他身边的人认出时序,走了过来。

"没想到又碰到小姐了。自我介绍一下,我叫杜忱。"

时序在他伸出的右手上礼节性握了握:"时序。"

杜忱听完时序的名字,就回头看了看蒋魏承,脸上的表情略有些微妙:"原来,是时小姐。"

时序把他的反应看在眼里,客气道:"实在不好意思,好像又无意中打扰了两位。"

"都是熟人,也算是有缘,时小姐不妨进来一起喝一杯?"

有缘?时序在心里暗骂一句。

她刚刚在背地里说了蒋魏承老,然后就发现正主一直都在隔着一面磨砂玻璃的花房里用餐?

这是什么令人尴尬的翻车修罗场!

仿佛是为了配合时序的心理活动,捏着高脚杯的矜贵蒋总掀了掀眼皮看了过来,嘴角挂着的是上次他回头时的同款笑容。

时序觉得自己想打寒噤,强行挤出一个礼仪式微笑:"家中幼弟在等我回去,改日吧,告辞。"

果然,她就不应该答应季年来吃这顿饭。

想着想着,她又觉得蒋魏承这个人很奇怪,吃饭规规矩矩在豪华包间不好吗?躲在花房里干什么,闲着没事看月亮吗?

时序仰头,天上悬着轮明月,又大又圆。

行吧,公正一点来说,刚刚她只是看了一眼,就发现花房里摆着许多稀有花卉正吐露芬芳,内里布局高档精致,花前月下的,倒也很有情调。

嗯……情调。

时序在嘴里品了品这个词,心里萌生出一个有些大胆的揣测。

好像自蒋家老爷子病故，蒋魏承和未婚妻取消婚约后，再没听过他和异性的情感传闻。

自以为堪破真相的时序大悟般点了点头，心情霎时多云转晴，这还有什么好担心的，时仲明的联姻产业链在她这里，断得彻彻底底了！

时序走后，杜忱笑着走回了花房内。

也不知道是身上的哪块皮痒，杜忱出声调侃："你的这个联姻对象还挺有意思的，一句'叔叔'就把时家的小丫头给气走了。"

蒋魏承把酒杯往桌面上一放，也没生气，非常冷淡地回敬他："你好意思当人家哥哥？"

杜忱噤声，严格来说，他还大蒋魏承几个月。从年龄来看，他比蒋魏承更有资历被时宴叫一声"叔叔"。

蒋魏承起了身，移了移手上腕表的位置，道："时机差不多了，一切可以着手开展，比起三家分蛋糕，还是整条线都握在自己手里好一点。"

杜忱知道他说的是什么，赞同地应和了一声。

紧接着，蒋魏承从他身边走过，头也不回地离开了。

杜忱摊了摊手，算了。

他掏出手机，待电话一接通，就笑得像朵喇叭花："露西，今晚要不要一起出来喝一杯？"

在没人的地方，蒋魏承略显疲惫地捏了捏眉心。

早在决定要开拓智能医疗的市场时，他就预料到了可能出现的许多困难。蒋家家大业大没错，但缺乏核心竞争力，这一直是令蒋魏承没有马上推进这个决策的原因。

他做事喜欢一击即中，下手快，落点准，老爷子以前一直这样教导他。如今在这一块，前期准备让蒋氏抢占先机，唯独差一个丢进水中就能激起层层涟漪的石块。

研发部所交上来的产品成果要成为那块石头，有些不够看，但时间越久，优势就容易变为劣势，所以他最近分外忙碌。

这些事在蒋魏承心里粗粗过了一遍，走到人群中，他脸上的疲惫再无迹可寻，又变回了那个好像什么事都无法撼动到他的蒋总。

林邰作为首席助理，一直在楼下等蒋魏承。不过这次，他没能第一时间走到蒋魏承身边来。蒋魏承循着他的视线看过去，时序站在不远处的路边，好像在等车。

感受到逼近自己的气场，林邰一秒回归工作状态。看着蒋魏承也在看时序，他解释道："时小姐在路边站了有一会儿了，这里好像不太好打车……"我们是否需要捎她一程？

瞥见自家蒋总毫无波澜的脸，林邰咽下了没说完的最后一句话并检讨了一下自己。

就冲时家想要用联姻来算计蒋总这件事，蒋总可能捎上她吗？蒋总是慈善家吗？

紧接着，林邰想到了下午刚收到的感谢信，好吧，刚刚捐了五所小学的蒋总，确实是慈善家。

时序杵在马路边看着一辆辆满客的出租车从自己眼前匆匆驶过，内心又沮丧又无奈。

她现下满心焦虑的只有一件事，万一时玥一行吃完饭出来看见她还在这里，她好像会挺丢面子的。

怕什么来什么，眼尖的时序随便一瞟，就看到时玥挽着季许的手肘慢步下楼。时序连忙快走几步，站到了不容易被看见的位置。

刚坐上车的蒋魏承把一切尽收眼底，露台上时家两姐妹的对话他一句都没错过，心下顿时有些好奇刚才把人气得半死的时序接下来会怎么收场。

时序急到想跺脚，她很讨厌被打脸，尤其是上一秒还把控全场的时候。

恰好不远处有巴士进站，时序不再犹豫，小跑着赶在车门关闭的时候上了车。

　　高档轿车驶过站台时，蒋魏承瞥见站牌，而后他不经意地笑了笑。

　　这一天，时序到家的时候已经明月高悬。

　　因为她着急忙慌上的巴士直达终点站——郊区的某酒庄。

第二章
孤注一掷
CHIWEN

金碧辉煌的大厅尚未迎来客人，高级酒具折射水晶灯光，处处透露着有钱。

楼上的休息室内，时序半瘫在沙发上，看着赵恬恬打扮。

刚刚戴好耳环的赵恬恬走到时序边上，轻轻踢了踢她的鞋底："还有两个小时我就要迎客了，时小姐劳您大驾，起身右转，去换衣间。"

才得到短暂休息的时序痛苦地哀号一声："打工仔好难！"

赵恬恬嘴角抽了抽："不好意思，请问您在内涵谁？"

时序食指对着自己，完全无视腕上嵌着钻石的珍藏级手镯："说我呢，为了来见你，我这周在实验室泡了五天，一百二十个小时，你说说，这是什么感天动地的姐妹情。"

赵恬恬拎起架子上的礼服丢到时序怀里："要不是知道你喜欢看戏，我差一点就信了。"

"咳咳。"

不愧是最了解自己的女人，时序承认，促使她来赵恬恬的庆功宴，其实只有两个原因，一是给赵恬恬撑场子，但更大的吸引力，其实是赵恬恬说的有戏看。

目的被拆穿，时序开始装正经："说什么呢，我只是在感慨工作，赚钱好难！"

大概她也就在自己面前能这么放松，赵恬恬笑睨着她："想有钱还不简单啊，遂了你伯父的意，嫁给蒋魏承，年纪轻轻坐拥百亿家产，香不香？"

时序一巴掌毫不客气地拍在赵恬恬半露的大腿上，和她开玩笑："不要诱惑我，万一我心动了怎么办。"

说完，两个人笑成一团。

闹完了，时序拎着衣服走进换衣间。

赵恬恬给她选的礼服优雅又大气，完美凸显时序的身材优势。高腰设计显得时序的两条腿格外修长，走动间褶皱的薄纱展开，白皙的长腿若隐若现，分外撩人。

化妆师给时序上妆的时候，时序让她重点遮了遮眼睑下的黑眼圈。

早在时序还没出生的时候，家族信托基金就已经奠定了她衣食无忧的一生，有时候她也会觉得很好笑。

倘若她想做个富贵闲人，其实无需任何人同意就能实现，可惜，她没得选择。

快到点的时候，赵恬恬下楼迎客。时序不着急露面，躲在楼上的栏杆旁，惬意地看着宴会厅中觥筹交错。

赵恬恬是借着和蒋氏达成合作办的宴会，请了不少人到场。

忽然，时序的眼睛微微眯了眯。时玥挽着时仲明的手款款入场，一时之间，吸引了不少关注。

也对，这种机会，时仲明怎么可能不来。

时序拎着裙角缓缓走下楼梯，她踏下最后一级台阶的时候，赵恬恬迎着的贵客正好从离楼梯边很近的大门进来。赵恬恬看看时序，两人相视而笑，随后时序挪了挪视线，看向赵恬恬迎来的贵客。

时序本来流畅的步子，霎时不进不退。

不少人在蒋魏承入场的时候就把注意力放了过来，自然地，离得不远的时序也一并落入人们的视野之中。

极为相配的礼服在二人身上营造出一股不可说的氛围,而时序冲赵恬恬露出的那个笑正对着蒋魏承,为这股氛围无形之中增添了点暧昧。

这算是什么乌龙,时序心好累。

正当她要大步走开以撇清关系的时候,时仲明挺着肚子笑嘻嘻地走了过来。

时仲明仿佛就要在今晚锁死他定好的联姻链,同蒋魏承交谈也不忘带上时序:"魏承啊,这是我侄女时序。听说你们上次没能见成,没想到今天凑巧碰上。"

时序在心里撇嘴,不巧,已经在非正常场合见过好几次了。

但她脸上的名媛笑完美得无从挑剔,被丝绒口红覆盖的唇瓣一张一合,声音动人:"你好,蒋先生。"

蒋魏承眼中的戏谑一闪而过,短暂地笑了一下:"时小姐,久仰。"

蒋魏承的笑就像个深水炸弹,在宴会厅众人的心里激起漩涡。

他一向以商业上的铁血手腕出名,而这样一个商业巨子,在私下的淡漠也是无人不晓。

时仲明没想到蒋魏承无意间的表情居然配合了自己,他目的达成,又琢磨着今晚要带着女儿时玥好好在未来亲家面前刷个脸。

全程被时仲明利用的时序磨了磨后槽牙,忍了。不承想历来惜字如金的蒋总又当着众人的面上下打量了一眼时序,用不大不小的声音说了句:"眼光不错。"

不要误会,这种变相"撞衫"我完全抗拒。时序在心里暗想,说出来的话分贝略大蒋魏承一点:"是赵总的眼光好,她为我选的礼服从不出错。"

赵恬恬赶忙接了时序的话替她解围:"衣服刚送来的时候我就知道最适合你,特地给你留着的。"

全场都听见了吧!这是巧合!

但是谁又在乎呢,随便穿的衣服都这么登对。

余下的时间里,时序恨不得在自己和蒋魏承之间划一道银河,只要蒋魏承在的方向,时序连个余光都没扫到过。

赵恬恬交际了一圈后,被坐在角落安静喝果汁的时序拉住,只听得时序的声音凶巴巴:"说好的戏呢,别是我刚刚主演的那一幕。"

赵恬恬觉得今天的"锅"她得背一小口,难得温柔地哄了哄正炸毛的时序:"马上就开场了,安啊,下次姐妹鞍前马后为您效劳。"

季家来得稍晚一些,看到季许的时候,时序觉得时玥的眼睛里都在发光。但随即,时玥的脸僵了。

时序往后看了看,没有忍住,轻轻笑出了声。

早在学生时代,学校里最能搞事的,就非赵恬恬莫属。明着不行暗着来,当年得罪过时序的,几乎都被护短的赵恬恬折腾过。

两人极有默契地对视了一眼,随后不动声色地移开目光。

紧随季许身后出现的人大家也都不陌生,是绯闻缠身的季二少为数不多公开承认过的女朋友。

那时候大家都还挺看好这一对的,家世学历都门当户对。

季许和时玥的传闻,在场无人不知,一方面归功于尽职尽责的记者,另一方面归功于恨不得把"季许是我未来女婿"几个字别在胸前的时仲明。

这下,焦点从时序这里跑到了时玥身上。

时仲明也算是社交场上的老手,对于现下的场面,他只当是什么都不知道,带着时玥去和季许的父母打招呼。

不远处有人窃窃私语:"怎么看着,时家今晚一直在倒贴呢?"

时序脸上笑容更甚,原来也还是有看清真相的。

传闻说季许和前女友沈岚是和平分手的,两个人面上也挺过得去,时不时还有一些交流。

时玥的手掐着手心,但又无可奈何,毕竟不管外面这么写,别人怎么误会,自己都还不是季许亲口承认的女朋友,面对这种情况,毫无立场质问。

时仲明和季许的父母相谈甚欢,而时玥看着季许的眸子里水波粼粼,委屈得不动声色,有些惹人怜爱。

以他们为中心的附近突然热闹起来,因为季许拉着时玥的手和父母介绍:"爸爸妈妈,时玥是我的女朋友。"

时玥忽然局促起来,时仲明更是震惊,随即他大笑起来,恨不得拿个喇叭似的大声说:"你们这些年轻人,要不是被媒体拍到,是不是还不打算告诉我们这些家长了?"

季许很给时仲明面子,把身段放得很低,极大地满足了时仲明的虚荣心,也让时玥成功地成为全场焦点。

多稀罕啊,花名在外的季二少,居然被时家名不见经传的二小姐牢牢抓在了手里,还主动承认了两人的关系。

时序有点失望,今晚这台戏,到底没能唱起来。

既然这样,她也就不想再多待了。

打算悄悄离场的时序给赵恬恬发了一个信息,正准备起身的时候,一杯花茶落在自己眼前。

时序抬头看去,最不可能出现在自己眼前的蒋魏承微微俯身看着她,还是那张冷漠脸,但语气不算冰冷:"喝了一晚上果汁,对身体不好。"

关你屁事!

你过来干什么!

时序敏感地觉察到此事不对,明眸越过他往后看,季许的前女友沈岚正盯着这里。

这下时序就全明白了,她咬牙切齿地说:"利用我?"

蒋魏承伸手拿起时序面前的果汁杯,又把茶往她面前推了推:"礼尚往来。"说罢,这男人就走了。

蒋魏承走后,沈岚就走了过来。时序读书时,沈岚在和季许恋爱,时序毕业后,沈岚又去读书了,所以两个人从未碰到过。

沈岚落落大方,坐在了时序对面,主动开口:"一直听说时家大小姐，没想到今日才有机会认识。"

时序浅浅一笑："我们想认识也不难，只是要看因为什么认识。"

时序比她直截了当得多，但沈岚也不恼，笑意盈盈："从没见蒋总关心过谁。"

并不想被他关心，看看，这不就无辜和你成了对家吗？心里这么想，时序伸手把眼前的茶挪得远了一点："估计是太闲了吧。"

沈岚愣了愣，眼波流转，继续套话："怎么会，方才还听说时小姐和蒋总关系匪浅。"

时序伸出白嫩的手指在她眼前晃了晃："谣言止于智者。"

声音不大不小，两人周边不少人都听得清清楚楚。

时序不想再多留，拿起手包大步离场。

坐在舒适的车厢里，起先一直处于宴会边缘的林郃听到了最多小道消息，他斟酌一番，对蒋魏承说道："老板，今晚有个传言，您有没有兴趣知道？"

蒋魏承闭目养神，简短回他："说。"

"有人议论说，您对时序小姐有想法，但时序小姐……丑拒了您。"

闭着的眼睛睁开，蒋魏承的瞳孔漆黑，车内光线昏暗，消弭了他的冷漠，亦显得他目光深邃起来。

"丑拒？她不算丑。"

嗯？林郃觉得自己接不上他的话了，时小姐她仅仅是不算丑吗？人家分明是很好看啊！

林郃问："那传言？"

蒋魏承调整了一个更舒适的坐姿，回他："无所谓。"

蒋魏承的座驾刚起步，一辆银灰色的敞篷跑车快速超车，蒋魏承眯了眯眼，路灯下时序驾车扬长而去，一头长发在风中翻飞。

看起来，是生气了。

清晨，时序照例打开电视，调到财经频道。

屏幕里杜忱意气风发，高谈阔论地展望着企业未来的发展与规划，"智能医疗新时代"七个大字格外醒目。

时序看得有些认真，杜忱接触过自己任职的研究中心，这个消息她早就知道了。

不过杜家一直主营酒店业务，现在涉足智能医疗，若说他是单打独斗，时序完全不信。

时序的脑子即刻灵光起来，她想到了先前无意偷听到的对话，心中几乎可以肯定，杜忱的智能医疗公司，背后肯定有蒋魏承的份儿。

这下时仲明怕是要更着急了。

她就说嘛，能自己做出来的蛋糕，谁会愿意和别人分呢。

时序迈着愉悦的步子去上班，刚出家门，时仲明的电话就打了过来。

"有事？"她的语调略冷。

"时序啊，又很久没回家了，这两天回家一趟。"时仲明的口吻带着几分命令。

有求于人还要端架子，时序不屑的笑音传进时仲明耳中："我忙着度假呢，回不去。"

"时序！"那头的声音严肃起来，"你毕竟是时家的一分子。"

"时家是要垮了？可就算是要垮了，我这个一无是处，只会消遣的人，也帮不上什么忙啊。"

"你！"时仲明压制着火气，"时序，伯父也不和你兜圈子，时家庇佑你和时冬冬长到这么大，你对时家有责任也有义务。"

不出三句话，原形毕露。

所以说一开始和自己兜什么圈子，直说多好，戏多不嫌累？

时仲明发火了，时序故意气他的目的也就达到了，她漫不经心地点出时仲明的心思："你要让时玥和季许联姻，与我无关。可别把算盘打到我头上，想让我为了时家牺牲婚姻，你在做梦。"

捅破了窗户纸，时仲明也就懒得再装："那天晚上明眼人都看得出来,蒋总对你有所不同,倘若你和他走到一起,你就是蒋太太,声望、地位、财富,哪样不是唾手可得?"

时序无聊到玩指甲,反问他:"蒋魏承那么好,你留给时宴啊。"

时仲明听完,心中火气更甚。他不是没想过,但到底有点舍不得,蒋魏承那种性格,嫁给他的女孩子,又有谁会幸福呢。

他不过是看中了蒋家的资金,还没到要为此赔上亲女儿的人生的地步。

时序悠然开口:"你想让我去勾搭蒋魏承,也不是没可能。"

时仲明听出她话里有话:"你有什么要求。"

时序说得一本正经:"集团股份,我要一半。"

时仲明再也憋不住心中的怒火,暴戾的声音传来。时序勾唇一笑,利落地挂断电话。

且不说时仲明根本不可能给自己股份,就算他肯给,时序也不至于把自己给卖了。

怼完伯父,时序心情愉悦地到达实验室。

今天是最后一阶段的收尾实验,整体测试做了不下百次,今天的实验要是没有问题,这款智能医疗舱,也就可以正式进入人体试验阶段了。

进入实验室,时序没有忙着开始,而是走进了实验室的小门。

里头是外面实验室的缩小版,正中心摆着一个外观有别于外面那个的医疗舱。

时序躺了上去,按动内部开关,让整个医疗舱封闭起来。

头部枕着的芯片感应器被重力激活,随即舒缓的音乐流淌起来。时序看着面前的全息投影,清晰地记载着她的心率与分钟呼吸数。

三分钟后,时序从医疗舱中出来。比起外面的一代医疗舱,这个二代智能医疗舱,所有的优化全部来自她的亲身体验,毕竟以后是要给时冬冬用的,自己不全部试一遍,怎么能够放心呢。

助手全部在实验室严阵以待,这一次的实验对于所有人来说,都是一次里程碑的跨越。

但越重要，时序的内心就越平静。

"实验开始，激活程序。"

"激活程序。"助手重复时序的话，程序激活，智能医疗舱泛着柔和蓝光。

"一级测试。"时序有条不紊地按照流程发号施令，另一个助手飞速记录数据。

一项项实验结束，实验室在医疗舱发出关机提示音后陷入短暂寂静，十几秒后，有人欢呼起来。

几个实验助理欢呼地抱在一起，时序也笑了，笑容明媚，仿佛整个人都发着光。

这几年下来，时序已经能够很好地控制自己的情绪，她十分开心，但也只是笑而已。

打开实验室的门，季年和季许就站在门口。

"恭喜，得偿所愿。"

时序眼睛微弯："谢谢师兄一直以来的帮助。"

她看了看季许，不等季年开口，季许便直说来意："时小姐，我想和你合作。"

智能医疗舱的推出，势必会在市场上引起诸多关注。能先拿到手，就意味着能先打出一张好牌。

时序欠了欠身："抱歉，我需要考虑一下。"

从清晨到黄昏，时序已经在实验室待了十个小时。

她不觉得很累，反而觉得心里满满当当，这是她脱离时家的筹码，她可以摊牌了。

正这么想着，阿茹的电话打来。

阿茹的声音十分焦急："小姐，出事了！小少爷被时家带走了！"

季年和季许显然都听到了阿茹的话，时序的脸色顿时一变，身上的白大褂都来不及脱就急忙要往时家赶。

她是真的慌了，虽然知道时家不会伤害冬冬，但时家给冬冬留下了很多不好的记忆。她不用多想都能猜到,此时的冬冬肯定是抗拒的。

发脾气的小朋友在时家会有人哄吗?并不会。

杜云英会因为小朋友扰了她的清静,命女佣打他。

车子打着火,仪表板提示油量不足。时序急躁地捶了捶方向盘,喇叭声响彻整个地库。

她拉开车门,连钥匙都来不及拔下,正大步跑着的时候,季许开着张扬的跑车在她身边停下。

"我可以载你一程。"

"谢谢。"

这种时候时序也不矫情,连忙上了车。

感受到时序浑身散发着的焦急,季许把车开得飞快。时序面色沉沉,他也就一言不发,尽可能给她一个可以冷静下来的环境。

车子一路顺畅地停在了时家院内,时玥探了探身子,就看见时序绷着一张脸从季许的车上下来。

时家别墅的大门被时序"砰"一声推开,客厅里时冬冬大声叫着,女佣来不及藏起手上的鸡毛掸子,时序清晰看见时冬冬的手臂上被抽出了红条。

"杜云英,你这是虐待!"

时序瞪着坐在主位的杜云英,样子和她二十岁那年要把时冬冬带离时家的时候一模一样。

跟着时序走进来的季许听见她直呼祖母的名字,有些意外。

杜云英将手上的茶杯重重往茶几上一放:"放肆!没有父母,你连最基本的教养都没有了吗!"

杜云英的话像把刀子在时序的心里转了几圈,时序走到女佣面前,一把夺下鸡毛掸子,也不知道哪儿来的力气,生生把鸡毛掸子折成两截。

她抱起时冬冬,回击:"我的教养只给有资格的人。"

"时序!你要干什么!"

闻声从楼上下来的时仲明在看到围观看戏的季许之后,那股子火憋在胸腔里不上不下。时玥紧随父亲的步伐下楼，走到了季许身边。

"家里好像有点事情要理，你不介意的话，上楼坐坐？"

季许玩味的目光在大厅一扫而过，同意了时玥的提议。

外人被支开，时仲明也就没了顾忌。

"你可以把时冬冬带走，我也可以把他带回来。时序，你是聪明人，以卵击石的做法，对你来说没有好处。"

时序凌厉的眸光直直看向时仲明："威胁我？很好，我时序天生不怕威胁。"

她放下时冬冬，紧紧护在自己身边，随手拿出手机点开常用的社交软件，噼里啪啦一通打字，最后把几十个字的声明发送出去。

时仲明尚且不知道她做了什么，但短短两分钟后，时氏公关部长的电话就匆匆打来。

时仲明拿出手机匆匆浏览了一遍，当下气到砸了手机。

时序发的文字早在她心中演练了千百次，今天打得格外顺畅：

"我时序与弟弟时冬冬，即日起与时家断绝所有关系。"

加上标点一共二十三个字，足以让整个社交网络暂时瘫痪。

时序笑得无害："好了，我和你们没有关系了，时家的忙，我帮不上。"

时玥跑下楼来，在杜云英耳边低语几句。

时序抱起时冬冬准备离开，身后有人发了话。

"站住。"

时序不理，但随后被时家保安拦住。

杜云英此时像极了童话中的坏巫婆，狭长的眼睛里装满算计："要和时家断绝关系，可以。不过时家不养废人，家族培养你二十五年，你未为家族做出任何贡献。要脱离时家，就把你刚研发的智能医疗舱的核心数据，交出来。"

时序看了看时玥，又看了看楼上。

很好，全家对付她一个。

"好啊，你们要，给你们好了。"

没想到时序会答应得这么痛快，在杜云英愣神的当口，时序已经带着时冬冬离开。

时序走过季许的车边，在二楼阳台的季许叫住她："时序，我送你啊。"

时序看了他一眼，当没听见，大步离开。

季许有些摸不着头脑，只当她是和时家闹得不愉快，没再多想。

时仲明急了，问杜云英："母亲，您怎么就让她走了呢？这……"

杜云英坐回主位，很是威严："玥儿说时序研发了一个智能医疗舱，季许有兴趣和她合作，我们如果拿到了核心数据，时序也就没什么用处了。"

时仲明恍然大悟，但又有些不放心："时序会心甘情愿地把东西给我们？"

杜云英冷哼一声："摘掉了时家的光环，她更没本事把时冬冬藏起来了。"

时序再强硬，时冬冬都是她的软肋，翅膀硬了的丫头管不住，七岁的小毛孩还怕不好控制吗？

蒋魏承出差回来刚落地，行政秘书就把近日的情况汇总，发到了林邰手上。

林邰把平板电脑递给蒋魏承，上面第一条，就是时序宣布和时家断绝关系的声明。

"断绝关系？她倒是很有勇气。"

林邰觉得自家老板的语气有些戏谑，但对他的观点表示完全赞同。

传闻中的时序贪图享受，脱离时家也就意味着她要放弃家族信托和继承权，那她靠什么维持自己的生活？

林邰下意识地为这个只见过几面的时小姐担心起来，怎么说呢，以他阅人无数的经验来看，其实这个时小姐好像真的对老板一点意思都没有，而且也不像什么很有城府的人。

新的要闻提醒让手机发出"叮"的一声，林邰匆匆看了一眼，急忙向前跟蒋魏承汇报："老板，时小姐一直在从事智能医疗研究，并已经取得了成果，而刚刚，她对外公布了所有的核心代码。"

蒋魏承把新闻从头到尾看了一遍，配图里，时序穿着白大褂，表情严肃认真。

敢这样破釜沉舟，是很多人所做不到的。

林邰回头看了看蒋魏承，只见他脸上露出了少见的赞许。

公布了一代产品的所有核心代码，时序心里只有两个字：畅快。

时家不是要吗？那她就大方一点，送给全天下好了。

时冬冬在她先前的安抚下已经平静下来，时序摸摸他的小脑袋，轻声道："冬哥，我们自由了哦。"

季许留在时家吃完饭，席间正好是时序公布核心代码的时候。

时仲明看着自己又要竹篮打水一场空，整张脸都黑了。杜云英心里也气得不轻，碍于季许在场，没有发作。整个餐桌上最轻松的人就是季许。

吃完饭，时玥把季许送到家门口："今天让你看了家里的笑话，时序和家里其实关系一直不好。"

季许不以为意地笑了笑，毫不吝啬夸奖："你这个姐姐，还挺有意思的。"

说者无意，听者有心。

时玥忙岔开话题："夜里开车慢点，到家和我说一声。"

目送季许的车离开，时玥的笑容就垮了下来。她想去问父亲下午到底发生了什么，刚一走到书房门口，就听到里头传来时仲明和杜云英的对话。

"我当初就不应该留下他们，现在全城的人都在看我时家的笑话!"

时玥贴着门一直听下去,越听越震惊。

在里面传来脚步声的时候,时玥赶忙离开书房门口。急匆匆的她在楼梯拐弯处和时宴撞了个正着。

"姐,你怎么了?"

时玥摆摆手,一句话也没说,上了楼。

一整天都在制造谈资的时序早早就寝,天刚要开始亮的时候她就醒了过来,双手揪着厚重的窗帘随性一拉,微光齐齐而入。

她这才有了闲情逸致去浏览昨天的新闻。好嘛,她在公布核心代码以后,学历就已经被挖了个底朝天。

上午九点,时氏集团对外平台发布了杜云英的声明。

七八百字的声明向大众解释了时序断绝关系的缘由,年少不懂事的叛逆孙女,和对孙女所作所为感到失望,积极挽回亲情却又无可奈何的风烛老人。

不消多久,舆论一边倒,简言之就是,她时序的口碑臭了。

时序内心毫无波澜,甚至有点想为杜云英的操作鼓掌。

这就是资本家的嘴脸,连她最后的光与热也不放过,都到这种时候了,还要压榨时序身上最后一点利用价值,去烘托他们的自身形象。

不过半个多小时后,季许的社交平台上多了一则发言,内容简单:勇敢的人处处有趣。

因为杜云英的声明冷下去的讨论又热闹起来,不知是谁给媒体的错觉,他们一致认为季许的言论就是在说时序。

反正凑热闹不嫌事大,毕竟季许作为时玥的公开男友,这个时候的发言可就太微妙了。

于是乱七八糟的传言就跑出来了,还愈演愈烈。

知道消息的季年忙给季许打电话,季许笑得玩世不恭:"我就是单方面表达一下我的赞赏。"

时序不想再关注了，季许的这句话在她看来就是火上浇油，时序下意识地把他归类为时家的帮凶。

核心代码公布了，该完成的测试也完成了，脱离时家的目的也达到了。时序计划给自己来个豪华游，忙不迭订起了机票。

"很抱歉，时序女士，您的VIP卡今早已经被注销了，所以您原先可以享受的套餐已经失效了。您想预订的这趟航班经济舱还有座位，是否需要给您预订呢？"

呵，时序讽刺地笑笑。

无独有偶，在时序向经济舱妥协的时候，预订的酒店也打来电话，对话模板几乎和航空公司一模一样。

"不好意思，时序小姐。您常住我们酒店的别墅套房，今早已经被取消了。"

很不错，是小气的时家的作风。

时序掏出包里七八张原本也属于时家的卡，毫无留恋地丢进了垃圾桶。

时序拍了拍手，时玥的电话又打了进来。

她拒接，但时玥难得执着。

不情不愿地接通电话，时序没给她开口的机会："怎么，时家派你来当说客，挽留我啊？"

一句话轻描淡写，成功气到时玥。

"时序，你对自己未免也太自信了。"

"一点点吧，话不投机，挂了。"

"时序等一下，出来见一面，我有事问你，不会怕见我吧？"

时玥的激将法有点作用，她如愿见到了时序。

CBD中心的高层空中咖啡馆，时序跷着二郎腿看向对面的时玥："有话就说，时间宝贵。"

时玥从小就不喜欢时序那副自信的样子，她才是时家最受宠的孙女，但人前人后，时序好像只要站在那里就会发光。

"季许是我的男朋友,如果你要和时家脱离关系,最好和我们一并保持距离。"

原来是拈酸吃醋,时序有些同情地看着她,明明是被当成筹码去巴结季家,时玥居然还走起了心,也不知道是幸运还是不幸。

时序搅拌着咖啡,丝毫没有要喝的意思:"当然,我巴不得离你们越远越好。无事勿扰,有事也别扰。"

时序无关痛痒的样子在时玥看来非常刺眼,在她站起身的时候,时玥突然也同情地笑了起来。

"如果你不和我家作对,我真的会可怜你。年纪轻轻成了孤儿,还带着个有病的拖油瓶,是挺惨的。"

时序有点不大相信这种话会从时玥的嘴里说出来,起码有教养的淑女说不出来,她以前没有恶意去揣测过时玥,但现在看来,蛇鼠一窝。

"不需要你同情心泛滥,毕竟我时序人前人后风光无限,也没真正沾过时家的光。"

别人会因为她是时家的小姐多看她一眼,但做到时刻瞩目,靠的还是她自身的气质和营造出的神秘感。

哪怕到了现在,还有人夸她虽然叛逆,但博学多才呢。

时玥好像更有底气,站了起来和时序平视,声音不大,但字字带刺:"时序,你能大难不死,还要感谢我爸呢。"

时序飞快地抓住关键字,质问她:"你什么意思?"

时玥浅浅一笑,先前心底的慌乱一闪而逝,她说:"你不是很聪明吗,猜猜看啊。"

更高一点的办公室可以俯瞰整个空中咖啡馆,有些疲劳的蒋魏承站在落地窗前远望,正好看见时玥挑衅地从时序身边走过。

以往半点亏都不吃的人僵在原地,仔细看还能发现她浑身不自觉地颤抖。

蒋魏承看了看天际的太阳,有些刺眼。

十分钟后,咖啡馆的应侍递给时序一件一看就是私人订制的高档西装。

"小姐，有位先生让我们交给您的。"

应侍的声音叫醒了被时玥那一句话困住思绪的时序，此刻的时序苍白着脸色，勉强给了应侍一个没有灵魂的笑容："替我谢谢那位先生。"

说罢，没再理会应侍递来的西装，时序踩着高跟鞋大步离开。

地下停车场，银色跑车在灯光之下泛着点点星光，驾驶室内，时序扶着方向盘已呆坐许久。

除了学术问题以外，她很少为什么事情这样深思，但此刻大脑好似根本不受控制，一个又一个念头在脑中浮现闪烁，待她意识到时，手心里已经满是冷汗。

时玥的话就像一枚投入时序脑海里的石子，将她过往已经深藏的、自以为可笑的揣测炸了出来，而后她不自觉地想到了更多。

譬如，在当地早已发布避难信息的情况下，父母为什么会成为那场灾难的受害者；譬如，她紧赶慢赶赶到事发地时，与那场灾难有关的所有痕迹，都已经找不见了。

即使兄弟之间，关系不够和睦，但历来父亲对伯父敬重有加，连争执都是时仲明单方面挑起，都退让到了这个地步，为什么在亲弟弟身死之后，时仲明对弟弟留下的孩子半分怜悯也无。

当年深夜，模糊听见的那几句话，到底是不是错觉？

不知道是不是地下车库气温更低的缘故，时序吹着车载空调，仍然阻止不了皮肤因感觉寒冷不断冒出的鸡皮疙瘩。

她这时居然还有分了一小点心思想到了另一件事。

也许刚刚应该接下那件连主人身份都不知道的西装才好。

无数怀疑与猜测盘踞在时序的脑海里，在踩下油门的前一刻做出了决定，随后，银色跑车呼啸着开出车库。

三个小时后，赵恬恬见到了一个看起来没什么精神的时序，说是没精神，可她行动又风风火火。

时冬冬常用的生活用品和衣服被时序塞在一个小行李箱中，随她而来的，还有阿姞。

不过显然阿姞也不知道时序突然跑回家一言不发开始急速收拾着自己和时冬冬的行李，而后又匆匆忙忙把自己和时冬冬载到赵恬恬家是为了什么。

赵恬恬看着还因着急而气息不稳的时序，询问意味十足："你这是……"

时序把时冬冬抱下了车，替他抚平衣服上的褶子，随后道："我出趟门，不确定什么时候能回来，时家我不放心，但又不能带时冬冬走，还得麻烦你。"

她脸上少见地有几分歉色。

过分了解时序的赵恬恬知道，她一定是遇上了什么很严肃的事情。

她不说，赵恬恬也很有默契地不追问。

末了，赵恬恬像是一切正常般同时序说："小事儿，冬哥在我这儿你尽管放心。有事儿给我打电话，随时在。"

好友的体贴令时序心头一暖，她往前走了两步，给了赵恬恬一个感激的拥抱。

"谢谢。"时序在赵恬恬耳边轻声道。

言罢，她收起了方才些许流露出的矫情，大步上前拉开车门，扬长而去。

经济舱内坐满了人，对于坐习惯了头等舱的时序来说，四个多小时的航程有些难熬。

上飞机前，她告诫自己要冷静下来，在飞机上先睡一觉，而后平心静气地去找自己想要证实的东西。

可此时飞机在云端之上，舷窗之外月光清冷，她却半点睡意也无。

这些年来，她一直在规避着这个叫汶岛的地方，一早做好了永远不踏入那里的决定，未承想，今日自己主动打开了心底的禁忌。

走出机场时,已经是深夜了。机场附近的棕榈树被海风吹得作响,腥咸的海风又湿又黏,瞬间让时序想起了第一次到这里时的情形。

那时她还在读中学,和父母在一个夏季的夜晚到达这里,出机场时,便是这种潮湿闷热的感受,让她一度有一种全家被发配蛮荒的感觉。

身体很是疲惫,但时序却没打算找地方落脚。她看了看表盘,再有两个多小时,天就亮了。

索性,时序在停车场附近的花坛找了个地方坐下,等着天亮以后去自己要去的地方。

与此同时,和时序同一个航班的蒋魏承有些疲惫地捏着眉心坐上了林邰准备的车,刚替蒋魏承关上车门的林邰一回头,就认出了花坛边抱着膝盖坐着的时序。

林邰惊了,怎么自家老板这种突发性的出差都能被时家大小姐知道?林邰脑子里快速过了一遍总裁办的相关人员,排除了时序在蒋魏承附近安插眼线的嫌疑。

想了想,林邰还是多了句嘴:"蒋总,那边那位,好像是……时小姐。"

蒋魏承按照林邰手指的方向给了个目光,很快又收回了视线。

他喉头上下滚动,出了个声:"嗯,开车。"

就这样?

林邰很有眼力见儿,不再多话。

身为首席助理,敏感的职业素养让林邰清楚,自家老板此刻心情不佳,这趟突发性出差是过来解决问题的,蒋魏承最不喜欢的就是下级掉链子。

等天亮的时间比时序想象的要漫长许多,不过好在有这两个多小时,给了她足够的时间调整自己的状态,让她比几个小时前平静了许多。

天际微明时,时序站起身拍了拍灰,拦下了最近的出租车。

"去73号公路。"

司机从后视镜中看了看这个长得明艳的姑娘,在听到她报出目的后，热情的司机开始同时序搭话。

"您也是要去看苏威拉火山的吗？不过这几年火山都处于休眠期，附近的熔岩景观倒是值得一看。"

司机滔滔不绝地给时序"安利"着值得一去的景点，显然把时序当成了游客。

"不是，我去祭奠我的父母。"

时序口吻平静，却成功让能言善道的司机沉默下来。

将时序放在73号公路口，出租车掉头返回。

苏威拉火山喷发之前，73号公路是这座海岛上风景极佳的沿海公路，后来火山喷出的岩浆将73号公路切成两段，这条路也就被永久封锁，禁止入内。

几年以后，确定苏威拉火山进入休眠期，当地政府才重新开放73号公路，不过不再通车，而是作为旅游景点进行开发。

时序沿着公路边往前走，最后在距离公路断层约三百米的地方停下了步伐，水泥路面上，依稀还能看见一点紧急刹车留下的车轴印，上一次见到这几道印子的时候，它们还黑得骇人。

可见世间万物，总是会随着时间流逝而消弭。

时序勾了勾嘴角，将准备好的白花放在快要看不见的车轴印上。

对着空气，时序自言自语："我过得不错，冬冬也还好，我会治好他的。"

她突然想起来以前看过的一则怪谈，说因为事故丧生的人，灵魂会游荡在事故地附近，因为不甘心的执念，久久不肯离去。

时序想，如果这是真的就好了。

她拍了拍自己的脸，让自己醒了醒神。

上午九点，时序准时出现在事故车辆收容所，隔着一扇略有些年头的铁栅栏门，她可以看见里头存放的大大小小的车辆残骸。

这个地方经济一直不算发达，在旅游业还没做起来的时候，简直可以用"贫穷"来形容，时家算是第一批涌入此地的资本，这个市场便是时序的父亲开拓出来的。

突然涌入的资本让城市经济加速发展，富了一批人，道路上的轿车也多了起来，与之并不完全匹配的，是尚未建设完毕的基础设施，所以早几年，这座城市交通事故频发。

当地人有些迷信，认为事故车辆不祥至极，因此目前还没有人动过这些事故车辆的念头。

因而，当年时序父母出事的那辆车，应该就存放在此处。

时序向守门的保安再三说明了来意，但是得到的回复就仿佛是复读机般的模式化回答。

"小姐，你需要警察署开具的证明，才能被允许进入。"

守门保安不厌其烦地解释了又一次，时序心知，自己是进不去了。

来这里之前，她就去过一趟警察署，她的申请遭拒，理由是事故收容所内事故车辆众多，还包含正在进行事故鉴定的车辆，他们怀疑时序是别有目的，除非时序能拿出证明自己身份的东西出来。

流程其实毫无问题，但现实是，时序拿不出来。

她不能打草惊蛇，时家至今都还有产业在这里，她不能让时仲明知道自己在调查当年的事故。

一股无力感涌上心头，时序突然意识到，时家有时候也并不是毫无好处，一些社会地位，能为她解决很多障碍。

不远处传来争执声，蹩脚的英语混着当地语言，气势汹汹。

时序循声看了过去，一辆低调奢华的黑色轿车被几人堵着，虽然半天也没有动手的趋势，但是气势让下车交涉的人颇有压力。

她凝眸看了看，没记错的话，那个下车交涉被包围的倒霉蛋，好像是蒋魏承的特助林邵。

林邵现在简直愁得满头包，蒋氏在这里投资的度假村正在建设当中，偏偏不幸的是工人在驾驶工程车的时候发生意外，死者家属一口咬定是因为蒋氏提供的工程车存在问题,不知哪里来的渠道联合了一些媒体进行炒作,事情演变得有些不好控制。

蒋魏承亲自过来就是为了处理这件事,毕竟再没有比企业总裁亲自出面来得更有效果的公关手段。

事故车辆就在这里进行鉴定,蒋魏承临时起意过来查看情况,不知道哪里走漏了风声,被死者家属雇来的闹事者堵了个正着。

随行没有翻译,这些人英语又实在听不懂,眼见自家老板的脸色越来越黑,林邰难得地有些着急。

"如果你们再这样闹事,很快就会惊动警察。"

一道悦耳的女声传来,说的是当地话,林邰听不懂,但是嘈杂的几个人安静了下来。

林邰朝声音发源地看去,眼中一亮,忙叫道:"时小姐。"

时序本不是多管闲事的人,不过让蒋魏承欠自己一个人情似乎也不错。时序颔首,走到了林邰面前。

"你说,我帮你翻译。"

几句交涉,用当地的法律威慑了一下,闹事的几人便知道车里的人不好惹,灰溜溜地走了。

林邰此刻看着时序,心头对她颇为感激,适时车窗下降了一半,露出蒋魏承棱角分明的侧脸。

"上车。"他意简言赅。

这句话明显是对时序说的。

时序觉得周身已疲惫到极致,没有客气,拉开另一边的车门,坐了上去。

蒋魏承的表情是足够淡定的,就好像刚刚被围堵的人根本不是他一样,果然是见过风浪的商业巨子,心态就是比常人强大。

车内过分安静的时候,时序开了腔:"好巧,蒋先生也来这里?"

"处理事务。"

真是惜字如金。

时序点点头，继续道："因为刚才那些人？不过你们居然不带翻译，刚刚那架势，由于语言不通差点引起纷争。"

时序存着自己的小心思，有意把话题往蒋魏承刚刚欠了自己人情上面引。

但她却没有想到，蒋魏承反应竟然这么迟钝，她就差没说一句"刚刚要不是我你保不齐就被揍了"。

可蒋魏承说了句："还好。"

时序在心底深吸一口气。

以往两人的几次交锋，气氛大都可以用"不和谐"三个字概括。

在这样的前提下，要时序主动开口请蒋魏承帮忙，还真有点让她张不开嘴，主要是这个男人给人的感觉就过分疏离，不像是会有乐于助人的那份闲心。

"住哪儿？"蒋魏承主动问了一句。

经他这一提醒，时序才想起来，自己一宿没睡，更没有找住宿的酒店。

"随便路过一个酒店把我放下就行。"

蒋魏承侧头看了她一眼，吩咐司机道："去岛村。"

车子停稳之后，时序才知道蒋魏承把自己带到了蒋氏开发的度假酒店。这里颇有名气，最大的特色就是所有的房型都是建在海面上的别墅。

别墅与别墅之间靠木质栈桥连接，每个别墅自带泳池，与海平面齐平。

时序刚一下车，林邺就递给时序一张金色卡，并道："时小姐，感谢您方才相助，希望您能在这里度过愉快的假期。"

这大概就是蒋魏承的谢礼了。

"蒋先生……"

时序看了看正要提步走进别墅的蒋魏承，忙出声叫住了他。

蒋魏承没有回头，但已经停下了步子，似乎是在等时序的下文。

不知怎的，明明做了心理建设，但现在又说不出来了。时序想了想，算了,还是到时候去麻烦赵恬恬吧。

她咬了咬唇,随后又轻飘飘吐出几个字:"嗯……没事了。"

一旁的林邰迅速看了时序一眼,心里直呼"好家伙",时小姐和蒋总果然不对盘,这种时候时小姐居然还是没忍住出言戏耍自己的老板。

时序自然是没有意识到自己把人叫住,然后又轻描淡写的一句"没事"多少存在故意戏弄的嫌疑,但蒋魏承也没同她计较,抬步走了。

回到自己的别墅中,蒋魏承看了一眼林邰,道:"查查她来这里的原因。"

时序可能不知道,在生意场上浸淫多年的蒋魏承早就练就了一身察言观色的本事,时序究竟是故意皮那一下,还是真的欲言又止,他一眼就能判断出来。

加之她在车上一直有意提醒自己欠她一个人情。

想到这里,蒋魏承勾了勾嘴角,比起她没发布有关时家的那则内容以前,现在的她反倒是乖觉了不少,起码,不会句句故意挑衅了。

打定了主意要找赵恬恬帮忙,时序反倒没那么多纠结了。

她在蒋魏承提供的别墅里舒舒服服洗了个热水澡,吃过酒店管家推来的美食,然后将自己砸进了柔软舒适的被窝。

高端酒店就这点好,窗帘永远不透光。

堆积在身上的疲倦在黑暗的环境中滚滚而来,片刻就把时序带入了睡梦之中。

这一觉时序从中午睡到了晚上八点,期间林邰按蒋魏承的授意来过两次。大抵是时序睡得太沉,完全没有听到门铃响过。

林邰回去向蒋魏承汇报的时候,蒋魏承挑了挑眉,说了句:"很能睡。"

蒋魏承的行程是当晚就要回西城,没那么多时间等时序醒,便把事情交代给了酒店管家。

等时序叫了晚餐,酒店管家来时便一并把总裁交代的文件袋带了过来。

看着时序略有些疑惑的表情，管家解释："蒋总交代给您的东西。"

"蒋魏承？"

时序接过，打开发现里面是一份事故车辆鉴定报告。

细细读完上面的每一个字，时序从沙发上突然起身。

她问管家："蒋魏承他现在在哪里？"

"蒋总的飞机应该刚刚起飞。"

此刻时序有些后悔，之前没有找蒋魏承要一个私人联系方式。

起码，她该对他说一声谢谢的。

蒋魏承给的东西不是别的，正是时序想要的父母出事车辆的事故鉴定报告。

纸质报告已经泛黄，应当是在哪个档案室里沉睡多时。

当年大家都认定那场车祸是因为火山岩浆蔓延至道路之上，车辆拥堵回撤时导致的悲剧，后来的车辆鉴定也只是按照流程进行以作事故材料，时序也从没想过去看看这份鉴定书。

如今这份鉴定书就被自己捏在手心，薄薄几张纸，就像把她放在了一个深渊入口，她不知道深渊之内，等待她的会是什么，但她得走进去。

第三章
好的,她打脸了
CHIWEN

　　高级公寓的走廊里,赵恬恬敲了十几分钟的门都没有得到丝毫回应,这大概是她与时序相识多年来,时序最反常的一次了。
　　赵恬恬今天才得知,早在三天前,时序就已经回来了,但这三天她连时冬冬都没顾上,把自己锁在了公寓里,不知道到底遇到了什么导致她自闭的事情。
　　赵恬恬叹了口气,自己输入了时序家的大门密码。
　　外头正是阳光明媚的时候,但公寓的窗帘被悉数拉起,也没有开灯。客厅倒着一个行李箱,是时序出门那天带走的,显然也还没收拾。
　　"时序?在哪里,吱个声。"
　　许久,没有回应。
　　赵恬恬屈指扶额,有些头疼,正打算一个一个房间找过去,便看见时序书房的门缝有暖光泄漏出来。
　　"咚咚咚!"
　　木质门板被敲响,这下总算是引起了时序的注意,片刻后,书房门被打开,映入眼帘的时序险些让赵恬恬叫出了声。
　　长长的头发被她随意盘着,两侧掉下许多散发,黑框眼镜架在鼻梁上，下面是乌青的黑眼圈。以往水光粼粼的眼睛布满红血丝，发黄的脸一看就是熬了通宵的结果。

目光再往下，宽宽松松的T恤衫遮到了大腿，上面还有黑色白板笔的痕迹，配上一条同样宽宽松松的中裤，赵恬恬想，所谓"糙汉装束"，大抵也就是这个样子了。

"你怎么来了？"时序问得毫无自知之明。

赵恬恬深吸一口气，忍住了戳着她脑门教育的冲动，气笑了，问她："怎么着，你这是提前适应破产生活，打算往天桥流浪汉方向发展？"

听赵恬恬这么说，时序低头看了看自己，确实有些潦草。她笑笑："在想东西，没顾得上。啊，时冬冬怎么样？"

真庆幸她还记得有个弟弟，赵恬恬也无可奈何，走到窗户前边拉窗帘边应她："他好着呢，不太好的人好像是你。想什么想得这么入迷，又熬了几晚吧，要不然我先去神经内科帮你预订一张床，还要命吗？"

赵恬恬口吻冷冰冰的，不过时序却听得很窝心，这几年会这样记挂她的除了阿茹就只有赵恬恬，她们大概是世界上仅有的两个真心对她好的。

"我错了。"时序认错态度积极，语气还有些无辜。

赵恬恬冷笑一声，转眼看向她面前写满了字的玻璃白板上，问时序："智能医疗舱二代的实验你不是都悄悄做完了吗？还有什么是需要你这样苦思冥想的？"

时序贝齿轻咬着蜷曲的食指，囫囵道："确实是一件很头疼的事情啊。"

赵恬恬仔细看了看她在玻璃白板上写的文字，似乎是一个关系导图，但图中间的人名让赵恬恬看乐了，都忘了自己还在气她不爱惜身体，转口就问道："蒋魏承？你这是闲着没事扒人家族谱啊！"

可不是嘛，一整面的玻璃白板上，以蒋魏承为圆心，分了好几个分支，分别是他的前未婚妻、助理、长辈，还有爱慕者以及一些合作伙伴。

"话少，低调，不通人情？"

赵恬恬越看越好笑，侧头看向时序："你这是几个意思啊？"

时序像是做了很重大决定的样子，问赵恬恬："你觉得，我去勾引蒋魏承，有几分成功的把握？"

赵恬恬张大嘴巴愣住了，好半天她才反应过来，看着时序那煞有介事的表情，语气极其夸张："不是吧？上一次信誓旦旦说和蒋魏承绝无可能的人是谁啊！你受刺激了？"

"我是认真的。"

"嗯……"赵恬恬细想了想，还是实话实说，"从以往几次来看呢，除非蒋总是中了什么爱情的蛊，不然以你的表现，好像不太可能。"

时序端着的肩膀塌了塌，语气也有些低落："是吧，直接上应该是没什么效果。"

说罢，她在白板上的"勾引"二字上画了一个叉，顺手把边上的"合作互惠"圈了起来。

做完这些，时序好像又打起了精神，她一脸认真地拍了拍赵恬恬，颇有一种"全靠你了"的气势，道："姐妹，我需要你的帮助。"

赵恬恬已经在思考要不要帮时序预约精神科医生，顺带应了她一句："帮你干什么？"

"我得和蒋魏承结婚。"

平地惊雷大概就是这种效果，时序轻飘飘的一句话，让赵恬恬撞翻了她摞在边上的一堆书。

"结……婚？"

坐在车里，赵恬恬还在消化时序方才的惊悚发言。手握方向盘的当事人倒是一脸平静，仿佛她说了一个十分自然平常的决定。

事实上，虽然在赵恬恬听来荒诞，不过这确实是时序认真思考了许久的最优解。

当日拿到那几张几乎快要作废的事故鉴定报告时，时序甚至想，不然直接找上门去吧。但她不能这么做，意气用事对她毫无好处。

有些事情其实她心里已经有了答案，纵然没有足够的证据，但她不想就此作罢，她得好好算这笔账。可现实得很，凭她自己，做不到。

她必须要有一个强大的帮手，最好是不可能和时仲明有任何合作关系的人，又有绝对的资本和时家抗衡。

这个人太明显不过，只有蒋魏承。

时序从那次无意中听到的几句话就判断得出来，智能医疗领域，蒋魏承不仅有兴趣，而且想要独占鳌头。

这个圈子里的人都说他是天生的商人，冷酷又无情，可这么多年他身上唯一的争议除了外界揣测颇多的"退婚"以外，没有任何黑料。人品不敢轻言说好，但起码没有不良习气。

家庭环境简单，未婚，有资本，最有利于时序的是，她手上正好也有一些蒋魏承需要的东西。

他能提供她所需要的助力，只要他愿意。一段合约婚姻，可以把他牢牢绑在自己的船上，虽是利用他，但她也不会让他吃亏，等价交换，很公平。

时序是个行动派，想出目标以后，就一秒钟都不想耽搁。

"我得去见见他。"开着车的时序突然说道。

赵恬恬觉得这一天已经不能再玄幻了，她的好朋友思维简直不受控制。末了她突然又反应过来了，那是时序啊，从小到大，好像没少做让人震惊的事情。

赵恬恬帮时序打了个电话给蒋魏承的助理林部。

合作方的老板亲自来电，林部很是客气，不过他的答复不太如人意。

"赵总您好，很抱歉，蒋总本周休假，目前不在公司。"

时序显然不想多等，不过赵恬恬也很有办法。多亏了她平常一点都不端架子的风格，和蒋魏承总裁办的助理套了套话，就打听到了蒋魏承的位置。

"倒是我狭隘了，怎么也想不到蒋魏承这种金光闪闪的人居然还喜欢徒步这么朴实的运动。"

时序点点头，对她的话表示认可。不过好歹是知道了他的位置，时序掉转车头开往运动商店。

赵恬恬看她，问："他下午就过去，你不会打算去找他吧？"

"不，不是去找他，我本来就有徒步的爱好啊，会遇上那只能是有缘分。"时序说得煞有介事。

即使是好朋友，赵恬恬这个时候也没忍住翻了个白眼。听她编瞎话呢，谁不知道运动是时序最讨厌的事情。

匆匆忙忙购全装备，时序一路把车开到了西城郊区的哈诺山。

这座山在当地挺有名的，因为特殊的地理环境，旅游开发部门因地制宜，开辟出了一条近年来非常火热的徒步路线。沿路前进，徒步者可以在整个行程中看到戈壁、草地和森林，与此对等的，是这一段徒步之旅也有不短的距离。

要走几天是不可能的，时序在车上一边换衣服一边交代赵恬恬："别忘到时候来接我啊。"

赵恬恬的内心已经被时序锻炼得毫无波澜了，看着时序一身徒步装束，别说，如果撇开她一看脚下的路就有点惆怅的表情，还挺像那么回事儿。

如此，赵恬恬只能说，时序愿意委屈自己走这么多路去追蒋魏承，那她确实是非常想要嫁给他了。而自己接下来的一段时间，生活中应该都能有好姐妹带来的快乐。

赵恬恬再也忍不住笑意，笑出了声。

时序也笑，好似明白自己正在做多么荒诞的事情，但这是她的决定。

"别忘了啊！"她又交代了一遍。

赵恬恬笑着摆手："忘不了，那祝你好运？"

"走了。"

时序朝身后挥了挥手，走向徒步的入口。

入口处泛黄的牛皮本摆在一个木头搭的架子里，边上配着一支笔。所有进入徒步区域的人都必须在上面写下姓名，进入时间以及紧急联络人方式。

时序翻开本子看了看,蒋魏承的名字就在最后一栏,已经进去快一个小时了。

暗叹自己来晚了的时序大步赶路,没走多久就开始觉得疲惫。她一心想着赶上蒋魏承,也没什么心思去留意两边的风景,自然也不知道自己正在用错误的徒步方法快速消耗体力。

咬牙走了快两个小时,前方终于出现了一个黑点,这个时候天边落日正在缓缓下沉,黑点好似也停下了前进的步伐,准备安营扎寨。

她掏出望远镜看了看,确定前面的人就是蒋魏承。

时序不得不暗叹自己果然很有远见,比起在气氛严肃的办公室和蒋魏承商量合约结婚,哪有此刻的环境来得和谐。

她只要假装继续前行,毫不做作地发现居然偶遇了蒋魏承,然后顺理成章地搭个帐篷,这不就成了同行者了?

想到这里,她放慢了步伐。

她的脸已经酡红,身上的速干衣湿了干干了湿,也不知道排了多少汗。

前方蒋魏承已经拿出了小的燃气炉,似乎正在准备晚饭。没想到外界传言中的冰山总裁还会亲自动手沾染人间烟火,时序没忍住多欣赏了一下。

这一欣赏,已然引起了蒋魏承的注意。

时序回过神来,对上的就是他探究的目光。

蒋魏承就这样看着面前的人快速变换表情,然后很刻意地对自己说了句:"好巧啊,蒋先生也来徒步啊。"

这并不是什么大众化的运动项目,起码几年来这段路蒋魏承每年都会走一趟,从来没见过什么熟面孔。

他几乎可以确定时序出现在这里动机不纯,不过他没有拆穿。

蒋魏承朝她点了点头算是打过招呼,不动声色地等着她下一步动作。

果然，紧接着他就听时序道："既然凑巧碰上，我和蒋先生搭个伴可以吗？"

她虽是询问的语气，可已经放下了身后的背包，在蒋魏承帐篷边上开始搭自己的帐篷。

蒋魏承全程盯着眼前正在烹饪的料理，丝毫没有要搭把手的意思。不过搭帐篷这种事时序还是很有经验的，几个关键点一连接，一个明黄色的小帐篷就在蒋魏承的黑色帐篷边落地了。

隔壁适时传来料理的香味，时序席地而坐，拿出包里随便买的牛奶和面包，啃了起来。

"你……就吃这个？"身侧的蒋总发了话。

这不是为了追你来不及买更好吃的嘛。但这话时序不能明着说出来，随口胡诌："没打算走很久，下一个出口就打算出去的，所以随便带了些干粮。"

蒋魏承挑眉，表情意味深长。时序来不及探究他表情中的深意，就又听他说道："时小姐很有勇气。"

这是说她和时家断交的那件事？

时序笑了笑，也不再端着以前那种故意现于人前的做派了，说："我早就说过嘛，我和时家关系很差。"

蒋魏承从容地吃着餐盘中的食物，就着荒山野岭的地方，简单的煎培根居然被他吃出了高级料理的感觉，果然他的贵气是藏不住的。

见蒋魏承没接话，时序问他："蒋先生不好奇？"

从刚才时序说话的破绽中，蒋魏承已经可以肯定她是冲着自己来的了，只不过比起自己去问，他更享受对方忍不住先露怯的过程。

是以，他说道："这是时小姐的私事。"

怎么会有人连八卦都毫无兴趣，时序找不到他的突破口，有些惆怅。既然装作偶遇了，也不好开门见山直说来意。

时序不说话了，百无聊赖地坐在帐篷前看了看星星，直到被蚊子"亲"了一口，迅速躲进了帐篷里。

帐篷中亮起橘光，黄色的帐篷也变成了橘色，在泛凉的山风里透着一股暖意。

蒋魏承看了看帐篷中的人影，收回视线。他是一个很讲究习惯的人，这几年尤其，因为保持习惯能让他更适应如今的生活。尽管这样，偶尔他也会觉得差点什么，所以他开始徒步。单人徒步是一个独自享受孤独的过程，对他而言，无法摆脱孤独那就换一种方式接受。

只是，这一次边上莫名其妙多了一个时序。

她这样跑来的目的是什么呢？蒋魏承必须承认，他有些好奇了。

时序走出帐篷的时候天才刚刚亮，四下雾蒙蒙的，帐篷边的小草挂着露水，时序伸手一摸，脸上也有些湿气。

蒋魏承醒得比她早，在帐篷里看了会儿书才出来。

早饭过后两个人各自收拾东西，看出蒋魏承也没有很排斥自己的意思，时序也就顺理成章地跟在他身边，成了不请自来的同行者。

蒋魏承还是那副不爱说话的样子，时序有意打破沉默，但想了半天又不知道说点什么。她虽然针对他做过攻略，但攻略并没有告诉她如何和冰山建立有效对话。

在她思索的工夫，蒋魏承长腿阔步，已经将她落下了一小段距离。

时序小跑着追了上去，气没喘匀就豁出去问："蒋先生，你是不是想做智能医疗啊？"

蒋魏承适时停下了步伐，看向她的眼神晦涩难懂，似乎在思考她说这句话的目的。

开场是直白了一点，不过时序也想通了。蒋魏承经商这么多年什么场面没见过，她越绕弯子越显得目的不纯。

时序走到他面前，正对着他，又道："蒋先生应该知道，我不久前公布了智能医疗舱的核心数据。上次无意中听到你和杜先生的对话，我想也许我能给蒋先生贡献一点力量。"

蒋魏承开了口，语气意有所指："时小姐追着我来徒步，原来是为了毛遂自荐？如你所言，你已经公布了所有的核心代码，这个产品也就不再具有核心竞争力了。"

时序飞快抓住了他话中的重点，忙"挽尊"狡辩："蒋先生误会了，我不是追着你来徒步的，这不是恰好遇到，顺带推荐一下自己。"

蒋魏承朝不远处点了点，道："对，时小姐打算在下一个出口下山。"

时序看着几米外的出口标识，尴尬假笑。千算万算，没有算到这段路线的下一个出口距离两个人露营的地方只有不到一小时的脚程，也就是说真正只打算走这么一段的人，根本不存在露营的必要！

当众被揭穿谎言是什么感觉？时序想，这段路上怎么也没个地缝可以钻钻。

好在她脸皮厚，很快也就释然了，随即换了画风，摆出了一副正经样子。

"蒋先生心细，那我也就开门见山了。我确实是跟着蒋先生来的，目的也很简单，我想和你合作。智能医疗舱核心数据确实对外公布了，不过那只是一代。在一代的基础上进行改良与升级的二代智能医疗舱和一代同步进入了人体试验阶段，核心数据和一代相似却不重叠。比起二代，一代只能算是半成品。"

蒋魏承听她说完，有了点想法。早在时序公布核心代码的时候，蒋氏注资的研发公司就对这个智能医疗舱的数据进行过研究与评估，确实不错。

"你的条件是什么？"蒋魏承问。

时序深吸一口气，道："和我结婚。"

男人少见地愣了愣，随即他的语气中带着笑意，对时序说："如果我没记错的话，不久以前时小姐还义正词严地说，你注定是我此生得不到的女人。"

这男人记性真好！

反正话都说到这份上了，面不面子的，时序也无所谓了。

时序咬着牙，说："今时不同往日，我也想不到打脸来得这么快。"

蒋魏承勾了勾嘴角，对她的说法不置可否。

蒋魏承不开口，时序也就不好再问，强忍着心里那该死的尴尬继续和蒋魏承同行，大有想要得到一个答复的架势。

蒋魏承在心中回味着时序的话。在一早知道时家打算的时候，他对时序多少有些排斥。这和欣不欣赏她没什么关系，主要是不满被别人算计。

不过她当初给的反应倒是讨喜，甚至还为了这件事和时家决裂，可见是个不愿意被摆布的人。

但如今，她却跑过来说要和他结婚，蒋魏承觉得，还挺有趣。

天空不知何时已经被乌云完全笼罩，两人此刻正走到山峦高处，正要通过连接两座山峰巨石。

石头早已形成多年，长约十五米，从远处看就像是两座山之前的天然石坝，石头顶只有不到五十厘米的平面可以行走，因着这地方降水充沛，石头上长了许多湿滑的青苔。

这一段被戏称为徒步之旅中最"心跳"的地方，意思就是看着吓人，其实石头下面并不是悬崖，坡度很缓，走起来没什么风险。起码不小心掉下去，不至于有什么生命危险。

但时序害怕，每一步都小心试探，生怕一阵风吹来破坏肢体稳定性。

走在前头的蒋魏承回头看了看，身后的人哪里算得上是徒步，简直是挪动。她的种种表现都在告诉蒋魏承她毫无徒步经验，她就这样一个人上路，也着实危险。

蒋魏承转头走了回去，将手里登山杖的另一头递给时序。

"抓着。"

时序毫不犹豫就抓住了，还不忘说了声谢。

头顶一道惊雷响起，时序慌了神，一脚踩在边缘的青苔上，瞬间朝边上滑。

早在她踩青苔的时候蒋魏承就看到了，暴雨倾盆而至间他来不及出声提醒，眼疾手快抓住了时序的手臂。

时序尖叫一声，根本不敢往下看，豆大的雨点噼里啪啦打在她脸上，而她就仅凭着一手抓着右侧细小的树枝，另一手被蒋魏承拉着，悬在半空中没有马上掉下去。

从她的角度看，蒋魏承手臂青筋暴起，以往矜贵的脸上也露出了吃力的表情，另一边的小树枝更是岌岌可危，随时都有因为时序自身重力而被连根拔起的可能。

暴雨击打石头，在水对摩擦力的削弱下，使石头更加湿滑。蒋魏承为了拉住时序整个人都趴在了石头边缘，腹部以上全探了出来。

也许是惊吓掌管情绪，时序有些悲观，只觉得自己小命堪忧，本能地不想害他。

她带着哭腔道："蒋魏承你放手吧，要不你也会被我拉下去的。你帮我跟赵恬恬说，时冬冬我就托付给她了，她千万不能把时冬冬交给时家，如果能治好他就最好，治不好也没关系，他平平安安就好。"

想到时冬冬，时序情绪彻底崩盘，哭得很大声，边哭又边想到了什么，继续对他说："蒋魏承，咱们这算是共患难了吧，看在我都要死了也不连累你的份上，你能不能帮我护着时冬冬平安长大？"

蒋魏承看着眼前哭得梨花带雨的人，很想让她闭嘴别说话，他会想办法拉她上来。可时序沉浸在"我即将死了"的交代后事情绪里，对周围的一切都不关心了。

感觉重要的事情说完了，时序主动放开了蒋魏承的手，蒋魏承感觉自己手心一空，时序的身影消失在自己眼前。

莫名地，他心里一跳，贴着石头大喊道："时序！"

自由落地的时序刚准备发出惨叫，就感觉自己的小腿重重砸在了地上，剧痛袭来，她也不想关心自己到底在地上滚几圈了，躺平之后就晕了过去。

缓坡上昏迷的身影被蒋魏承看在眼里，他连忙拨通山地救助电话。在等待救援的间隙，蒋魏承用携带的登山绳固定在大树上，缓缓从大石头上降了下去，到了时序身边。

时序再醒来的时候，是躺在担架之上。身边多了好多营救人员，但最醒目的，还是一身黑色登山服的蒋魏承。

小腿持续传来痛感，让时序哼哼几声，伸手扯住了蒋魏承的袖子。

蒋魏承看她一眼，听不出到底是贬是夸地说："挺大义凛然。"

劫后余生的时序心态极好，觉得自己虽然躺平了，好在小命保住了。

回想自己方才的表现，她趁热打铁，轻轻摇了摇蒋魏承的手，说："我这也算是死都不拖累你吧，结婚的事你要不要再考虑一下，娶我，不亏的。"

时序醒来第一句话居然说的是这件事，蒋魏承气笑了，问道："你就这么想嫁给我？"

时序白着一张脸，点头。

扛着担架的救援人员听完，内心都受到了不小的震荡。这是真爱吧？这种时候姑娘还不忘主动求婚，怕不是爱惨了这个男人。

躺进救护车的时序还在回味蒋魏承的那句"你就这么想嫁给我"。

她捂脸叹了口气，形势所迫，做人好难。

她要借蒋魏承的名头行事，直白点说，就是要他给自己当靠山，普通的合作，关系到不了外界认可的亲近，便不会有那么多人买账。

还有什么比"蒋夫人"的名头更容易打开方便之门呢，虽然利用他是无耻了一点，但她不会让蒋魏承吃亏。

时序一路被救护车送进了私人医院，蒋魏承的休假也因为时序中途泡汤。林邰得到消息赶来的时候，看见自家老板形象颇有些狼狈地等在急诊室的门外。

得知里面那位是时序，林邰的表情可谓精彩。

自己也就两天不在老板身边，时小姐也太能钻空子了吧！

林邰心里服气，试探地问向蒋魏承："蒋总，您是否要先回去休息？这里我来处理。"

蒋魏承在一边的椅子上坐下："不用。"

检查结果出来得很快,时序比较幸运,除了小腿骨折以外,只有一些小擦伤。打过石膏后护士推着坐在轮椅上的时序出来,她脸色仍旧苍白,不过眼睛倒是仍旧灵动。

"住哪里?我送你回去。"蒋魏承开口。

时序一脸为难的样子,说:"和时家闹掰了,我也没什么地方可以去。"

早已私下打听到时序私人住址的林邰心想:时小姐你这空口说白话的本事也是厉害!

她这拙劣的小伎俩还瞒不过蒋魏承的眼睛。这回蒋魏承是真的相信了,她说要和自己结婚不是闹着玩的。

蒋魏承想看看她这么做到底有什么目的,对林邰道:"送她去庄园。"

林邰第一次在蒋魏承面前失态了,他满脸不可置信地对着蒋魏承问了句:"啊?"

但这不是他震惊的终点,在自家老板云淡风轻地交代完以后,又给他安排了另一件工作。

"找个合适的人照顾她。"说完,蒋魏承打了个电话先离开了。

时序不甚熟悉地滚着轮椅的轮子,溜到了林邰面前,道:"林特助,麻烦你了。那个什么,我弟弟和照顾他的阿茹还在赵恬恬那里,你有空的时候能不能帮我接过来啊。"

这种顺理成章的口吻是怎么回事?时小姐你这是要赖在蒋家不走了?

觉得离谱的林邰请示了蒋魏承,结果让他觉得更加离谱,老板居然没有反对!

林邰心情复杂地通过后视镜看了看坐在后排的时序,觉得自己还是高估了老板,时小姐好有本事,佩服!

林邰办事的效率很快,时序到达蒋氏庄园的时候,另外安排的司机也已经把时冬冬和阿茹接了过来。

阿茹显然对现状一头雾水,不过注意力却很快放在了坐着轮椅脚上还打着石膏的时序身上。

时序坐在轮椅上四下看了看,蒋氏庄园当真如传言中那般豪华,偌大的花园栽种这各式各样的玫瑰,白色的建筑主体上有金色描边,在四周绿意环抱之下,平添几分低调的贵气。

进入大厅,室内装修更加雅致,一整面的落地玻璃窗保证采光的同时将花园美景悉数收罗,水晶吊灯不染尘埃,在阳光的反射下折射出点点光彩。

一旁的白色楼梯旋转着蜿蜒向上,刚换过衣服的蒋魏承就从楼梯上走了下来。

"蒋总,照顾时小姐的阿姨明天能到。"

蒋魏承点了点头,看了时序一眼,道:"除了上锁的房间,其他地方你自便,有问题联系林邵。"

说完,他潇洒地出门了。

就这样?

那他到底是同意了,还是没同意?

时序看着他的背影咬指头,扭头一瞥看见林邵正用复杂的表情看着自己。

她问:"你们蒋总这是什么意思?"

林邵摇摇头,说话滴水不漏:"时小姐不妨自己问问。"

总之,也没有那么重要。时序思忖,反正近水楼台先得月,人都住进来了,还怕抓不到机会和蒋魏承合约结婚?

时冬冬很久没见到时序了,虽然他不会主动说出想姐姐这种话,但是从他一直安静待在自己身边的表现,时序就知道他是想自己的。

她伸手捏了捏他的脸蛋,胖了一些,看来赵恬恬没少给他投喂。

"冬冬,咱们现在住在别人家哦,所以你要乖乖的,晚上不可以大叫,好不好?"

时冬冬仿佛听不见她的话,而是十分好奇地走到了她面前,蹲下用手轻轻摸着她的石膏。

看林邰离开了,阿茹这才问道:"小姐,为什么不回我们自己家呢?"

阿茹年纪和自己的母亲差不多大,虽然是菲佣,但是时序在心里也把她当成长辈。面对阿茹,她有些羞于启齿,只好道:"住这里,时家没办法打扰我们。"

赵恬恬的电话是晚上打来的,她本来都打算开车去接时序下山,却得到了时序住进了蒋魏承家里的消息。

赵恬恬很夸张地在电话那头爆了粗口,然后毫不吝啬自己的夸赞:"厉害还是你厉害,你不会是半夜对他做了什么吧?那你们现在算是什么关系,他答应要和你结婚了?"

说起这个,时序就忍不住想叹气:"实不相瞒,我现在正忍着困意坐在客厅等蒋魏承回来和他商量。"

"所以他还没有明确表态?"

"没有,其实我也不知道他怎么想的,而且我觉得自己现在好死皮赖脸啊。"时序捂着脸,感受着后知后觉涌现的不好意思。

赵恬恬显然不准备安慰她,而是顺着她的话说:"确实是这样,如果我是蒋魏承我都要膨胀了——一个优质女性在大难不死后第一句话居然是求我娶她。"说完,先笑了起来。

时序咬着牙:"我那是问,不是求!"

赵恬恬极其敷衍:"好的,好的。但这不是重点,那天被你一番操作搞得我没想明白,不过认真说,你真的不觉得和蒋魏承结婚这个决定很草率?如果他拒绝了你……我想想就觉得你可以连夜逃离地球了。"

时序回答得很认真:"确实草率。但是……"她想了想,决定和赵恬恬坦白,"我看过了我父母事故的车辆调查报告,可以肯定的是那辆车子有问题。时玥不久前找过我,她说我大难不死,还要感谢时仲明。"

"你怀疑是你大伯做的?"

"我不能确定,但不排除他的嫌疑。事故当天,原本我们一家要去度假,在当地发布了苏威拉火山可能喷发的避险信息前提下,我爸却临时接到电话要赶回去。我爸是在开车把我妈、阿茹还有刚出生的冬冬送回去的途中发生的意外,如果你还记得的话,那天我在海边,差点溺水。"

巧合太多,就不能用巧合来解释了。何况时序父母身亡后,时仲明确实是最大受益者。

赵恬恬本来想劝,但现在不打算说什么了,因为她知道,这肯定是时序想清楚了以后的决定。

"那就祝你求婚顺利。你要是成蒋太太了,我和蒋氏的合作也就不用担心着会被抢走了。老话说,女追男隔层纱,实在不行豁出去了,你勾引他!"

赵恬恬变得太快让时序哭笑不得,道:"重利轻友啊你,不过如你所说,我都这么豁出去了,蒋魏承要是拒绝我了,那我发誓我这辈子都不会和他出现在同一个场合。"

那头的赵恬恬笑得很大声,替时序畅想了一下那种大型社死的场面,赶在时序想打人前挂了电话。

收手机前时序看了看时间,快十二点了。

偌大的蒋氏庄园现在只有她、阿茹还有冬冬三个人在。

看着窗户外黑漆漆的小路,时序想了想,摇着轮椅挪到了大门前的玄关边,打开了大门口的灯。

蒋魏承开车驶入庄园大门的时候,看到家中亮着的灯光,下意识地踩了刹车。

大概是加班太晚耗费了许多精力,他竟然有一种回到了六年前的错觉。不过和六年前还是不一样的,那个时候一到夜晚,楚叔会把家里所有的路灯打开,整个庄园一片亮堂。

这六年,每次他披星戴月回来,迎接他的只有一栋黑漆漆的房子。

蒋魏承想起来了,今天家里住了时序。

停好车,他走到家门口,看着门前那盏灯,在灯下点了一根烟,刚吸了两口,大门被人从里面打开。

时序行动不便,门开得也有些吃力。

她从门缝中探了个脑袋出来，看见蒋魏承正在抽烟，随即了然道："我就说怎么听到车声很久了都不见你进来。"

蒋魏承熄了烟，看着她，问："在等我？"

时序点点头，道："有事情想和你说。"

"结婚？"

他问得也很直白，时序顿了下，笑了："对。"

"为什么？"

时序接收到了他想认真谈的意思，坦诚地说了自己的目的。

"如果可以，希望蒋先生能够和我合约结婚，时间应该不需要很长，两三年足够。"

看着她纠结地捏着手指，蒋魏承继续追问："合约结婚？"

"是……等价交换，我会把我手上所有关于智能医疗的核心专利都转赠给你。而我，需要'蒋太太'这个头衔提供的一些便利。"

他进了门，说："时小姐应该知道，以我现在，其实已经不缺什么了。"

时序想：对，除了老婆你现在什么都不缺。

"我知道。"时序道。

"那时小姐为什么觉得，我会为了一个专利，牺牲自己的婚姻？"

时序被问住了，笑得有些生硬，果然被拒绝的可能性是很大的。

她硬着头皮开口："也……也不算是牺牲吧，毕竟只是合约婚姻。蒋总不需要付出任何个人感情，而且带我出去也不丢你的脸，我还能帮你创造点经济价值。反正，蒋先生现在也是孤家寡人……不是，也没有心仪对象。"

越说越不知道自己在说什么，时序有些气自己嘴笨。

蒋魏承看到她这略有些手足无措的样子觉得新鲜，不是往日宴会场合的不屑众生，也不是那次吃饭时的故作矫情，更不是徒步意外时的一身孤勇。

现在的她反倒比较真实。

"时小姐对婚姻的态度，很与众不同。"蒋魏承笑了笑，又朝她说了一句,"好好养伤。"

随后他走上了楼。

时序觉得自己好像是被拒绝了,周身仿佛被卸了力道,竟然想不出接下来要怎么办。

她回到了在蒋家暂住的房间。

时冬冬已经睡熟了,安安静静的,像个天使。

时序挪到了床上,翻身把小朋友抱进怀中,闻了闻他身上那股让她心安的奶香味,瓮声瓮气嘟囔了一句:"时冬冬,姐姐不知道怎么办才好了。"

洗好澡的蒋魏承端着小半杯红酒走到了房间的露台,放眼望去四周漆黑一片。

他点了一根烟,指尖猩红缓慢移动。

他身体倦乏,却有足够的精神去思考时序说的那些话。时序说得不尽然,但他也猜得到一些。促使时序突然找到自己的原因,或许和她在汶岛调查的事情有关。

比起时序所说的一件智能医疗产品,另一样东西,在他眼中更诱人些。

蒋魏承抿了一口红酒,至于婚姻,这几年来,他从来没有思考过这个问题。

倒是远在颍川的苏意有时候也会半开玩笑半认真地提醒他该结婚了。她是这么说的:"爷爷应该不希望看到你一直都是一个人。"

那个时候他的回答是:"还没时间考虑这些。"

他想着的一直都是守住蒋家的基业,让老爷子打拼下来的这个商业帝国立于不败之地。

婚姻?蒋魏承嘲讽一笑。

不过,依着时序的提议,也许,他也不是不可以去考虑一下。

在烟头快要烫手的时候,蒋魏承忽而想起一桩旧事。六年前那个人也是为了回颍川,答应老爷子和自己订婚,这么一想,他的婚姻还真是一直都很有利用价值。

时序一晚上睡得不太安稳，天快亮时才睡着，本想着大早上堵一堵蒋魏承，再争取一下，没想到睡过了头。

她醒来的时候，蒋魏承早就出门了。他请的阿姨已经到了，似乎正在和阿茹聊天，询问时序的生活习惯。

看到时序出来，阿姨先上前打了招呼："时小姐好，先生交代过了，您养伤期间由我照顾，有什么需求您都可以和我说。"

时序朝她笑笑，问："您怎么称呼？"

"您叫我'唐婶'就好，先生已经用过早餐出门了，您早上想吃点什么？"

时序不知道这是不是自己的错觉，现下的感觉太像是女主人起床，然后家中阿姨告诉自己：你老公吃过早饭已经去上班啦，你有什么需要尽管开口。

她有些好笑自己这种荒诞的感觉，缓声道："给我一杯牛奶就好，谢谢。"

时冬冬坐在客厅的地板上玩自己带来的拼图，时序陪着看了看。不知道是不是自己昨天的交代起了作用，昨天到现在，时冬冬都非常安静乖巧。

本已萌生退意的时序看着小小的时冬冬，最终还是决定再试一试，反正情况也不能更糟了。

她这边抱着豁出去了的想法，哪承想蒋魏承直接来了个神龙见首不见尾，他仿佛十分忙碌，同住一个屋檐下，她竟然再没有碰到过他。

还是唐婶某天无意中说漏了嘴，时序才知道她在蒋家住的这一个星期，蒋魏承压根就没回来过。

综上，时序得到的信号是：他在躲着自己。

既然这样，她也不好自讨没趣，一早让阿茹开始收拾东西，打算离开。

听闻时序要走，蒋魏承倒是回来得很快。阿茹看着轮椅上的时序被蒋魏承堵在了房间门口，拿不准主意要不要上前。

唐婶对蒋家不熟，尽心尽力照顾时序好多天，实则也还没弄清楚时序和蒋魏承究竟是什么关系。可在她看来，非亲非故的女生拖家带口住了进来，意思不言而喻，只当是时序单方面在闹脾气。

毕竟蒋先生虽然工作繁忙，但是跟着他的林特助却经常向自己询问时小姐的状态，这其中肯定也有蒋先生的授意。

蒋魏承环着手看时序，不解道："为什么要搬走？"

这就有些明知故问了。

反正是没什么脸面对蒋魏承了，时序干脆破罐子破摔："我会受伤其实不赖蒋先生，住进这里也目的不纯。如今蒋先生既然没那个意思，我继续住这里也不是那么回事儿……在医院我撒谎了，我自己有房子……"

蒋魏承点了点头，对她这种能屈能伸的行为表示肯定，然后道："我有那个意思。"

"欸？"时序以为自己幻听了。

"我说，我有和时小姐结婚的意思。"

轮到时序问了："为什么？"

蒋魏承没正面回答她，而是反问道："这不是时小姐想要的吗？"

她想要他就给？蒋魏承什么时候这么好说话过？

这下轮到时序面带狐疑，她看着蒋魏承道貌岸然的样子，想从这张看不出破绽的脸上找出点他真实的想法。

蒋魏承大方地对上她的视线，喉结轻滚，道："婚姻时长由我决定，时小姐用'蒋太太'的头衔做什么，我不干预，只有一个前提——不危害蒋氏。"

十分商业谈判的口气，倒是让时序打消了那点莫名其妙的疑虑。反正是合约婚姻，除了各取所需还能为什么。

她松了一口气，把手上的东西放回原地，头一转，秀发飞扬，时序朝蒋魏承笑着说:"那,蒋先生,咱们合作愉快。"

似有若无的香气顺着空气流入蒋魏承的鼻腔,他捻了捻手指,微微颔首。

事情峰回路转,到底是如了时序的愿。得到了蒋魏承的肯定答复,时序整个人轻松起来,暂时放下了琐事,开始专心养伤。

相比她的清闲,蒋魏承似乎格外忙碌。那天短暂露面之后,接下来的一大段时间蒋魏承都在加班和出差中度过。时序了然,原来他之前也并不是刻意躲着自己。

时序并不知道蒋魏承的忙碌是因为临时决定和她结婚,改变了他起初的计划,因而匆忙开始重新布局。可看他这么忙,她也就不好意思日日在蒋氏庄园当闲人了。

眼瞅着脚伤在唐姊每天花式做的补品中越来越好,时序开始盘算着自己手上的东西,草拟起婚前协议。

协议刚打了个草稿,趁着周日能喘口气的赵恬恬就带着一后备厢的东西来看时序。

时序坐着轮椅在门口等她,赵恬恬一下车就很夸张地对时序嚷道:"蒋魏承家这也太大了吧!"

低调是蒋家近年来一贯的作风,除非重大的事情,不然蒋家是很少开门迎客的。上一次蒋氏庄园对外敞开,还是蒋魏承和蒋家大小姐蒋舒筠订婚的时候。

那时候赵恬恬还是个学生,赵家也远不如现在,根本不在受邀之列。赵恬恬尽管在那场订婚的视频里看过蒋氏庄园,但远不如亲眼所见来得震撼。

只可惜那场婚约无疾而终,不然哪有时序的事儿。

当年蒋家大小姐突然选择回国,去了颍川定居,为了和一个医生在一起退了蒋魏承的婚,而后蒋老爷子因病辞世,蒋魏承也莫名其妙从蒋家的养子变成了蒋氏继承人。

期间许多人都忍不住去"八卦"过，但是至今都没扒出什么。反倒是蒋魏承上任伊始被使了不少绊子，居然还和蒋舒窈联手，将蒋氏有异心的元老打了一个措手不及。蒋魏承上位的那段故事如今还有人津津乐道，赞他雷霆手腕比蒋老爷子更甚。

时序顺着赵恬恬的话环顾了一下庄园，心中很是认同。

蒋家的花园里应季花朵争相竞放，观赏的灌木没有修剪成呆板固有的形状，而是按照自身生长趋势进行修剪，尽管视觉上没有那么统一，但是各具特色。园中自带一条活水溪流和几个小喷泉，后院还有玻璃花房，虽然似乎很久没有启用，但依旧纤尘不染。

偌大的庄园里，只有主楼和西侧的员工楼两栋建筑，其余全是庄园绿化。每天早晨时序推开窗子，就有一种置身于天然氧吧的感觉。

逛了一小会儿，两人在后院的凉亭坐了下来。

唐婶适时送上下午茶。赵恬恬看着唐婶对时序的态度，仍觉得不可思议，时序果真已经是这个庄园的准女主人了。

为了等赵恬恬来，这几天时序憋了一肚子话，现下就忍不住吐槽起来："我有理由怀疑，时家在时仲明手上还没倒，是因为他抠门！"

刚喝两口茶就听她凭空抛了这么一句话出来，赵恬恬看着时序那愤愤的表情，已经很习惯地问道："时仲明又来招惹你了？"

时序拿着叉子猛戳着面前的一小块慕斯蛋糕，道："可不嘛！他昨天打电话给我，让我把时家购买的供我替时家参加各类宴会的珠宝和礼服还回去。"

赵恬恬一听就拍了桌子，用力过猛拍得自己手掌发麻，她边揉手心边道："这么不要脸的事情也做出来了？我现在就帮你联系八卦社，曝光他让他被群嘲！"

本来很气的时序看到赵恬恬比自己还要气的样子，瞬间笑出了声："我也不是不舍得这些东西，说白了，时家还想逼我低头，但是他们拿我没办法。我真正生气的是在澜湾那次，你记不记得我弄丢了一只钻石耳环？"

难得提早归家的蒋魏承刚走到后院就听到时序的话,他停下了要走过去的步伐,继续听了下去。

赵恬恬点了点头:"后来我找人帮你找了,也没找到,不过也不算是很贵重的东西啊。"

时序磨了磨牙,继续道:"虽然是我弄丢的,但是时仲明可有意思了,硬说那是周曼结婚时候的陪嫁,话里话外逼我负责。"

"噗!"赵恬恬被时仲明的不要脸逗得哭笑不得,她问时序,"然后呢?"

这就是时序最憋屈的地方了,她气鼓鼓地说:"虽然他睁眼说瞎话,但是我没有证据。不赔就是我占他们便宜,上赶着给他们借题发挥。那以本姑娘的性格,定然不会给他们这种踩我的机会是不是?"

赵恬恬听懂了,时序定然是被激了一番,做了啥冲动的事情,并且已经开始后悔了。

"所以……你……"

时序面露很不舍的表情,道:"所以我把车给抵了……"

赵恬恬这才彻底笑出了声,她还当时序是为了什么这么生气呢,原来是舍不得那辆银色小敞篷。

于是赵恬恬安慰道:"你那辆车也开了几年了,旧的不去新的不来。"

"那可是我在实验室搬了好多砖才买下来的呢。"时序嘟囔。

如果面前有镜子,一直在角落偷听的蒋魏承就会意外地发现,他此刻脸上带着一丝令他陌生的愉悦。

时序说的钻石耳环他不算陌生,不久前正是被他丢进了垃圾桶里。

不经意间自己变成了罪魁祸首,想到这里,蒋魏承不着急去找时序了,他联系林郐交代了几句,然后去了书房。

送走了赵恬恬,唐婶才告诉时序蒋魏承在书房等她。时序想了想带上了草拟出来的婚前协议,敲开了蒋魏承书房的大门。

书桌后的蒋魏承戴上了一副金边眼镜,时序第一次看他戴眼镜的样子,不得不说,配上他那一身剪裁得体的西装,还有那张五官立体,下颌线分明的脸,当真很高冷贵气。

时序走到书桌前,问:"你找我?"

蒋魏承点点头,随后把几本册子推到了她面前。

"我让人筛选了几家婚纱品牌,你看看有没有中意的。"

"哈?"时序显然想不到他是找自己说这个,憋了半天问了句,"还要办婚礼啊?"

蒋魏承食指一下一下地点着桌面,看着时序的目光幽深。倏而,他开口道:"时小姐,这是我第一次结婚。"

时序在他这句话的基础上脑补了一下,而后恍然大悟。这事怪她想得不够周到,毕竟蒋魏承被退过婚,现在好不容易要结婚,就算是假的,也得借此机会把当年丢的面子找回来才好。

反正对她没有坏处,越多人知道她是蒋太太,她反而越有好处。

时序拿出婚前协议,递给蒋魏承:"我这几天草拟的,你先看看,有什么不合适的我们再调整。"

封面上"婚前协议"四个大字加粗,蒋魏承蹙眉接过,随手翻了翻。他看得出来时序是用心做了的,上面不仅明确了两个人的职责与义务,甚至对财产做出了非常郑重的承诺。

"离婚后,男女双方各自财产为各自所有,无须向对方支付任何赔偿。"

她不图他的钱,并且很合理地保障了他的权益。

蒋魏承指腹摩挲着纸张,抬头看了一眼时序,她正认真地翻阅着婚纱图册,一缕头发垂在耳畔,令她看起来十分娴静。

他静静等着她看完,目光多次似有若无地扫过她。终于,时序合上了婚纱图册,却先开口问他:"协议有需要修改的地方吗?"

"有。"他的声音低沉。

时序点头:"你说。"

蒋魏承长腿随意交叠在一起,双手交叉相握往身后一靠,金边眼镜闪过一道光,而后他说:"我认为,这份婚前协议没有存在的必要。"

时序不疑有他,意外之余问了一句:"你不怕我到时候占你便宜?"

蒋魏承但笑不语,而后时序也笑了起来。

也是,她要是有能耐占他的便宜,也不至于要为了借用他蒋家的地位费尽心思和他结婚呢。

"有喜欢的吗?"蒋魏承问的是婚纱。

时序随手抽了一本图册出来,道:"就这家吧。"

她不好说她其实根本没有仔细看,走马观花地翻了一遍而已。图册上各式各样的婚纱纯洁动人,却莫名让她觉得不自在。

蒋魏承尊重她的选择,说:"我让林邵安排,等你好一点了,请设计师上门。婚礼在你伤好以后办,过几天我们先去领证。"

时序本想说交易而已不必戏做全套,不然她觉得好有压力。但这话到底没说出口,在说服自己之后,时序朝蒋魏承伸出手:"那,蒋先生,咱们合作愉快?"

蒋魏承干燥的手握住时序的手轻轻捏了捏,说:"结婚愉快。"

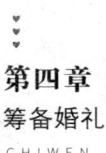

第四章
筹备婚礼
CHIWEN

在一个天气晴好的工作日,时序和蒋魏承去领了结婚证。

看着自己在系统中的婚姻状况变成"已婚",时序心叹,这下是彻底没了后悔的可能。不过她也不会后悔,只想着接下来要如何一步一步推进。

坐在车里,时序随意翻着手上的两本结婚证,低低笑了起来。

"笑什么?"身边的男人突然问道。

时序看了蒋魏承一眼,说:"我笑殊途同归,虽然性质不同,但最后还是和你结婚了。喏,这本是你的。"

她把蒋魏承的结婚证递给他,不过他没接,而是看了她一眼,说:"我是不是可以理解为,撇开时家,你还是愿意嫁给我的。"

他用了肯定句,时序轻轻"嘶"了一声,并没有想到蒋魏承也会有这么自恋的时候。她笑着开口:"反正我又不吃亏。"

蒋魏承扬眉,道:"结婚证放你那里。"

时序觉得自己被尊重,心情不错:"好,到时候我就放卧室抽屉,你有需要自取。"

她这是在告诉蒋魏承,只要时序得偿所愿,他可以随时提出离婚。

蒋魏承不置可否，把她送回蒋氏庄园之后，又出发去了公司。

唐婶和阿茹知道两个人今天去领结婚证，把庄园里好好布置了一番，按照传统，在庄园的窗户上贴了红通通的"囍"字。

时序不适应，推着轮椅连忙躲回了房间，回房间一看，床上新换的四件套更是红得扎眼。

唐婶只当时序脸皮薄，笑着进了厨房。

时序看窗外树叶泛黄，明明都有秋意了，不知道为什么自己还会觉得有些面热。

她又低头看一眼一直拿在手上的结婚证，翻了翻，看见上面她和蒋魏承像是依偎在一起的合照，觉得所有热源仿佛都来自这里，连忙拉开抽屉丢了进去。

赵恬恬得知时序在法律上正式成为蒋太太，送来贺礼的同时还给时序捎来了一张邀请函。

邀请函是季家，准确地说是季年给她的。

"季年联系不上你，托我给你带来。"

赵恬恬这段时间经常过来，也算是熟门熟路了。除了偶尔碰到蒋魏承时迫于他的气场有些拘谨以外，大多时候她已经不把自己当外人了。

不久以前时序刚麻烦林邰帮自己办理了新的电话卡，实在是因为时家时不时想来找她麻烦太烦人，换卡以后她也想过要不要告诉季年，但现在季家和时家关系密切，她思索许久还是作罢。

反正她也给季年发了电子邮件，委托助理办理了相关的手续，撤了股份，让自己的实验室完全独立出来。

季年知道她是顾忌季家和时家的关系，不想再有过多牵扯，所以很快放了行，不仅如此还给时序提供了不少便利。

如今时序的实验室已经并入蒋氏注资的智能医疗研发公司，跟着时序研究智能医疗舱的主创团队也跟了过去，算起来她还有点挖了季年墙脚的嫌疑。

抛开错综复杂的关系不提，从私交而言，季年对她一直友好。这一场为季年三十而立举办的宴会，于情于理时序都应该去道贺。

"这次你可得好好捯饬一番，让那些背地笑话你的人看看，离开时家你只会更美！"赵恬恬气道。

当事人时序倒是没什么所谓，漫不经心道："你最近都听到说我什么了，讲来听听。"

赵恬恬不想给她添堵，挑了些无关痛痒的说："也就是说你离了时家一文不值，被大家集体排斥，快要查无此人了。"

那些人肯定不会说得这么温柔，时序心里门儿清。不过她确实不太在乎，她和那些无关痛痒的人置什么气，格局小了。

毕竟她自打发表声明之后，在整个豪门圈子里就变成了隐身状态，时家又在外面不留余力地打压她，就想逼她跑去求饶。别的人大多看人下菜碟，在时家和她之间做了选择。以往的邀约都是她看心情出席，现在变成了她就算想去别人也不请。

不过赵恬恬的话也正是时序心里所想，她的确需要好好打扮一番，出现在季年的生日宴会上。

这毕竟是她沉寂了两个多月以后第一次公开露面，当然要比以前更夺目才好，也让那些想看她笑话的人看看，她时序不管是过去还是现在，从不需要时家的任何加持。

同样一份邀请函也被送到了蒋魏承的办公室，彼时杜忧正在蒋魏承办公室喝茶，他随手摆弄了一下邀请函，笑道："这哪里是给季大公子庆生啊，摆明了是个相亲局。"

蒋魏承并不关心季年是过生日还是相亲，公事公办地问杜忧："新来的研发团队怎么样？"

"非常不错，他们带来的那个智能医疗舱我看过了，比时家大小姐之前公布的那款可好了不止一点半点。最近国际对自闭症儿童的关注度一直很高，因为这个东西，我们还拿到了政府的扶持名额。这么成熟的团队,你从哪里挖来的?"

蒋魏承好似很满意杜忧的回答,语气颇为欢愉:"时序介绍的。"

"时家大小姐?"杜忧咋舌,"她居然给你介绍人,没记错你们之前还不对盘来着。啧,不过你这么一说我好像想起来了,她和季年是师兄妹,之前时序就在季年的研究所吧,她居然把人挖给你了,季年知道了得多伤心啊。"

提及时序,蒋魏承有了点兴趣,问:"怎么说?"

杜忧暧昧一笑:"我家小表弟和季年走得挺近,上次说季年对时序有意思来着。要不是季许和时玥挡在那里,说不定时序还有可能嫁入季家呢。不过季家不可能要两个姓时的儿媳妇,季年就算有心也难喽。"

杜忧好似替时序和季年可惜,端着茶杯"啧啧"两声。而后他就听蒋魏承说:"就算没有季许和时玥,季年也不可能娶到时序。"

天啊,有生之年还能听到蒋魏承跟他一起讨论别人的八卦。杜忧连忙点头应和:"那也是,毕竟时序一直依附时家,如今和时家划清界限,早不知道被多少人从儿媳名单里剔除了。"

说着说着,他品出一丝不对劲来,问蒋魏承:"不过,你怎么那么断定季年娶不到时序?"

蒋魏承的口吻很理所当然:"她现在是蒋太太。"

一墙之隔的林郜听见老板办公室传来一声巨响,连忙敲门进去,就见原本端坐在高档沙发上的杜公子连人带沙发倒在地上。

杜忧样子颇为狼狈,却顾不上,一只手指着蒋魏承"啊"了半天才蹦出一句:"你结婚了?"

在反复询问了林郜都得到同一个答案之后,杜忧相信了自己的耳朵,随后他挠着头皮问林郜:"那我刚刚还在你老板面前说你老板娘和季年的八卦,应该不至于给他们夫妻关系添堵吧?"

林郜认真想了想,平常也不见得老板和时小姐关系有多亲密,大概率是不会。

得到否定回答的杜忧松了一口气,随即八卦本性不死,跑回去问蒋魏承:"那时大小姐是用了什么法子?能拉你这样的人走进爱情的坟墓,我好佩服。"

蒋魏承停下手中的工作,扫了杜忱一眼,道:"这件事,保密。"

一语双关,杜忱配合地应了。随后他感慨:"连你都会结婚,往后再发生任何事,我都不会觉得稀奇了。"

自那以后,再看到时序时,杜忱的目光就非常奇怪,一种带着钦佩的欣赏。

时序挽着赵恬恬的手,看着不远处用这种目光看着自己的杜忱,皱眉问道:"我今天是不是用力过猛,穿得太浮夸了?杜忱看我的眼神怎么那么奇怪?"

赵恬恬看了过去,杜忱满脸笑意地朝她扬了扬手中的酒杯,未见异常。她又看了看时序,妆容妥帖,礼服轻奢,自一进门就吸引了全场目光,只有惊艳,丝毫不存在"用力过猛"之说。

要说唯一不太恰当的地方,就是及地长裙下穿的是一双运动鞋,让她在身高上凭白矮了几厘米。

但这也是不得已而为之,毕竟她才拆石膏不久,穿高跟鞋岂不是自讨苦吃。

不过赵恬恬的关注点不在这里,她看了看不远处正和别人说话的蒋魏承,揪着时序问:"你和你老公什么情况?既然都来,为什么你要和一同我出席,还一脸和他不熟的模样。"

自从领证以后,赵恬恬在时序面前对蒋魏承的称呼就从"蒋总"变成了"你老公"。即使听了很多次,时序仍很不适应,连忙截住她的话。

"毕竟还不到对外公布的时机,而且你看,周围多少人想看我笑话呢,我要悄悄蓄力,到时候打所有人的脸。"时序面带狡黠,孩子气地冲她眨眨眼。

赵恬恬想,这是半点亏都不吃的时小姐没错了。自己也不用担心她被欺负了,遂放心地蹬着高跟鞋交际去了。

时序没打算在季年生日这天惹事，她心知在这个场合自己身份敏感，露脸之后便同往常那般安静地找个地方坐下。

她虽然不喜欢这种衣香鬓影的场合，但作为旁观者去观察这个局中的众生百态倒也很有意思。

来的人大都是时序眼熟的，某某家的继承人，某某家的千金，全是有为青年。时家长辈未曾出席，倒是季许颇有几分当家人的气势，招呼全场。

时序来时和时玥凑巧对视，众人本还等着看时家这两姐妹见面时会有什么交锋，未承想时序只是淡淡移开目光。时玥的反应更加有趣，只当时序是陌生人。

时序看着场内的时玥松松挽着季许的手，同他四处应酬。短短两个多月不见，时玥变化倒是不少。她举止大方，比以前自信从容许多，看来受季许的影响不小。

稀罕的是，这种活动，时宴居然也会出现。时序记得她向来是不喜欢喧闹的，以前哪怕是时家作为东道主，时宴也都是亮个相之后就躲起来。此时，她跟在时玥的身边，安安静静的。

不过全场的焦点最终还是聚集在季年和季家的小公主季婷身上。季婷今天是季年的女伴，显然很用心地打扮过，加上她年纪小，皮肤又好，吸引着许多人蠢蠢欲动，想上前搭讪。

看来不出几年，就有很多家要办喜事了。时序纵观全场，挑起嘴角。

一道身影突然出现在时序面前，人一坐下，略浓的男士香水味就传了过来。

时序皱了皱眉，不解地看着对面这个有过几面之缘，风评纨绔的公子，没想起来人叫什么名字。

纨绔公子看着时序的目光饱含赤裸裸的打量，末了，他露出个自以为很有魅力的笑，道："许久没见到时小姐了，还是这么光彩照人。"

时序对他的笑感到油腻，不欲和他多聊，声调微冷："谢谢。"

殊不知，她越是这样反而越能激起旁人的兴趣，纨绔公子掏出一张名片，食指缓慢地推到时序面前。

"听说时小姐如今有些麻烦，美人有难，我愿意随时效劳。"

时序隔着裙子搓了搓腿上拱出来的鸡皮疙瘩，打算起身换桌。她还未有行动，倒是另一只手拿起了桌面上的名片。

"时小姐魅力真的好大呀，如今还有这么多人趋之若鹜。"清丽的女声传来，话音里带些嘲弄。

时序轻"啧"一声，她不找事儿，事儿来找她了。

眼前这个女人，不正是上次在澜湾背后议论她和时冬冬的那位吗？那次时序当众落了她的面子，但她似乎毫无长进。

"这位小姐说笑了，名片不是在你手上拿着吗？"时序冷冷一句话，就把这女人的嘲讽推了回去。

那纨绔公子似乎也知道，掺和进两个女人的对峙之中并不明智，悄悄溜了。

这女人的脸色因时序的话变了变，随手把那名片摔在地上，而后道："时小姐还是这么不可一世，不对，你和时家已经没有关系了，这一声'时小姐'，早就易主了。"

她意有所指地看向时玥，捧一踩一，踩的人是时序。

时序不是泥捏的性子，自然没有人都欺负到面前了还不反击的道理。她状似无意地睨了这女人一眼，口吻淡漠："原来是想利用我去讨好时玥？不过我倒是不知道时玥有养狗的爱好。"

被时序轻飘飘的一句话内涵，这女人骤然变了脸色，但她又想到时序如今的境地，立马换上讥笑："时序，你还当自己是大小姐呢？就你以往那不可一世的样子，人人愿意奉承你，也就是看在时家的面子上，没了时家，你算什么啊？"

时序优雅地抿了一口果汁，意味深长："那也曾上赶着奉承过我的你，又算什么啊？"

"时序你！"

这女人被时序的伶牙俐齿堵得说不出来话，声调猛然拔高，引起了在场的注意。

蒋魏承步子动了动,还在思考时序需不需要他去解围,就见季年步履匆匆地走了过去。

挑衅时序的人正要发怒,在看到季年走来的时候忍住了。

季年之前被人拉着说话,但一直留心着时序的动向,看到前后两人都让时序脸上闪过的不耐烦时,他就很想过来了。

"师妹,介不介意一起喝一杯?"

季年看都没看打扰时序的人,那女人没胆子惹季年,愤愤地瞪了时序一眼之后,走了。

没了烦人的苍蝇,时序露出了今晚第一个真心的笑容,她朝季年举杯,道:"师兄,生日快乐。"

季年看着宴会场上来来往往的靓丽身影,苦笑着同时序碰杯:"估计也只有你是真心来为我庆生的了。"

他话里的意思时序秒懂,时序目光投向季许和时玥,笑道:"毕竟季许都要尘埃落定了,你父母为你着急也是合理的。"

"我还以为因为季许和时玥,你也要和我划清界限了。"

季年的直接让时序失笑片刻,她知道这件事是自己做得欠妥,便解释起来:"之前的号码总被骚扰,换了图个清静,也不是故意不告诉你,那个时候有意不想接触外界。"

季年想到最近连他也听到了那些闲话,有些心疼到这个时候还巧笑嫣然的时序。

"你啊,"季年轻轻叹口气,"独立得总是让我不知道要怎么对你好。研究所我还是有绝对话语权的,时家的手再长也伸不到我这里,你大可继续做想做的事情。"

若仅仅只是同门情谊,季年这话说得便有些过界了。这些年来,他有心照顾,时序也并不是一无所知。

她有意无意地婉拒了季年的很多善意,尽可能保持这段关系的纯粹。

时序抿唇一笑，道："我可没有那么厚的脸皮一直白占师兄便宜，如果不是师兄提供便利，我的研究不可能这么顺利。"

时序语气如常，话却或多或少打消了几分季年有意制造出的亲近。

"这也不算什么，你是我师妹，时冬冬也算我半个弟弟。以后如果有需要，随时联系我，不用有太多顾虑。"

时序微微偏头，笑着说了声"谢谢师兄"。

话说到这里，季年知道自己就该及时打住了。时序刻意的疏离他并不是感受不到，他熟知时序的性格，过于主动很容易招来她的反感。

纵然他的确对她有些别的意思，但他没有冒进的底气，尤其是还有季许和时玥的关系陈横在那里。

季年回到了自己的主场，时序依旧从容地抿着果汁，仿佛方才的所有插曲都不曾发生。

蒋魏承收回视线，身边的杜忱已然暧昧地朝他挑了挑眉毛，小声道："季年当你情敌，好像也不太埋没你的身份。"

对于杜忱这种搞事发言，蒋魏承懒得回应。虽然他比在场的人也大不了几岁，但可能早早执掌大权，自然在这群人中看起来成熟许多。

没什么人敢主动找他攀谈，除了季婷。

季婷挽着沈岚的手施施然走了过来，她年纪虽然不大，但行事十分大方，也不怯于蒋魏承的气场，笑着同他寒暄："没想到我哥哥那么大面子，能把蒋哥哥也请来。我早就听沈岚姐姐说过你，可崇拜了，蒋哥哥有空的时候，向我传授一些经验可以吗？"

沈岚被点名，十分婉约地朝蒋魏承笑了笑。赵恬恬就在几人不远处，此刻已竖起耳朵听那边的动静了，余光似有若无地，把杜忱忍笑吃瓜的表情看了个全。

蒋魏承十分商业化地微微一笑，道："季家这代果然个个出众。"

简单一句话，自然地把季婷放在了矮一辈的位置，连带着她有意提及的沈岚，也似乎被当成晚辈。

赵恬恬没忍住"扑哧"一声，心里早已笑开了。

杜忱憋笑憋得很辛苦，要不是碍于沈岚和季婷在场，很想拍手为他叫绝。

明眼人都看得出来，季家小丫头凑上来，很明显是要给沈岚搭桥的。谁承想蒋魏承一句话，对沈岚而言直接变成了：我想当你女朋友，你却想当我叔叔。

沈岚毕竟也是十分聪明的姑娘，虽然心里有些堵，但她很快就替自己解了僵局：" 蒋总和你二哥可是有竞争关系，你让他指点你，这不是在为难他吗？"

一句话，就把蒋魏承拉回了和季许同等的辈分。

季婷得了暗示，很快嘻嘻笑了起来，补充道："我爸爸前几天还说呢，这批晚辈里，就蒋哥哥最出色了，想来指点我几句也不会造成什么压力，毕竟我菜嘛！"

嘻嘻哈哈几句话，气氛瞬间就轻松起来。赵恬恬看了看沈岚，有些欣赏，沈家独女如此聪慧，保不齐以后也会成为这"世家圈"里的黑马。

看完了戏，赵恬恬慢慢走回了时序面前。

"你刚刚就应该在我边上的，你老公的瓜吃起来还挺香。"

虽然隔得远，时序也猜到了大概的情形。沈岚对蒋魏承有想法，时序也不是不知道，毕竟蒋魏承曾经还利用她挡过沈岚。

蒋魏承态度明确，时序自己能有什么压力。

时序起身，问赵恬恬："时间差不多了，我准备先撤了，你打算继续，还是一起？"

以最佳状态高调露脸以后，时序的目的也就达到了。这个时候离开，才是符合她以前的人设。

"你不等你老公一起？刚才我可留心观察了，朝他暗送秋波的可不少啊。"

时序笑得狡黠："那你记得好好看看，如果能抓住把柄，说不定还能找他敲诈一点封口费。我得回去陪时冬冬看土星冲月，先走了，宝贝拜拜。"

"他那么小，知道什么是土星吗？"赵恬恬拆穿她纯粹想溜的借口。

时序朝赵恬恬飞吻一枚，拿起手包悄然离场。

从蒋魏承的角度，恰好可以看见自己的太太朝赵恬恬飞吻那明艳又狡猾的样子，他招来酒侍把手中的杯子放回托盘，同杜忧低语几句，随后慢慢跟着时序走了出去。

时序刚出宴会厅呼吸了几口新鲜空气，身边就多了个人，她侧头看了一眼，蒋魏承略有些疲惫地松了松领结。

对上她的眼睛，他问："回家吗？"

蒋魏承的声音低沉，回家两个字从他嘴里说出来，在这样的夜晚竟有些动听。

坐进舒适的车内，时序懒懒放松下来，余光扫过蒋魏承的脸，他已经开始闭目养神。

时序这才发现，其实这个时候蒋魏承给人的感觉就柔和很多了，没了他目光中自带的那股压迫感，单看这张脸，还挺养眼的。

时序看得认真，不料他突然睁开了眼睛。触及他的目光，时序瞬间紧绷，他显然是发现她刚刚一直在看他了。

觉得车内突然闷室，时序连忙朝车窗外看去。

"刚才，被欺负了？"身边男人突然问道。

他脸上兴味盎然，看她时居然还挂着浅浅笑意。

时序轻笑一声："这不是以为我落魄了，上赶着跑来想踩我两脚嘛，不过就她们那点本事，要欺负我还需要修行呢。"

"你和季年关系不错。"他又说了完全不相关的另一句话。

时序不知道他说这话有无深意，回答得坦然："只盼师兄知道我把人都挖给你以后，不要断了我们同门情谊才好。"

蒋魏承勾了勾唇角，在心里给时序又加了一个标签：伶牙俐齿。

秉承着有来有往的处事原则，时序也道："以前没留心观察，今天发现蒋先生的爱慕者众多啊。"

"哦？"蒋魏承挑眉，意味不明道，"你今晚一直在关注我？"

"我哪有那么闲！"

时序像是被踩了尾巴的猫咪，急忙否认。可她这样子更像此地无银三百两，蒋魏承心情愉悦了，不再说话。

驾驶座开车的林邰默默握紧了方向盘。

方才老板是在调侃时小姐吧？无情的蒋总会做这种事？婚姻使人转性？

他从后视镜偷偷看了一眼蒋魏承的表情，很放松，是心情不错时会有的表现。林邰连忙挪开了目光，忽然觉得自家老板突然决定和时序结婚也许并不算草率。

流线型的黑色轿车在夜幕中快速移动，林邰开车很稳，车子停时时序刚好小睡了一觉，腿有些僵。蒋魏承先下了车，刚绕到车门另一边，就看见时序提着裙子蹬了蹬腿。

四目相对，时序多少有些尴尬，假笑两句在前面走得飞快。蒋魏承哑然失笑，迈着步子跟在她后头。

时间还不算晚，别墅内灯火通明，好像都还没休息。时序刚走到门口的台阶下就听见里面传来时冬冬的嘶吼，她心一紧，步履匆忙间被台阶绊了一下，险些摔倒。

蒋魏承适时拉住她的手腕，语调沉稳："别急。"

时序意识到自己反应过激，勉强朝蒋魏承笑笑，而后连忙拉开大门走了进去。

客厅内果然乱成了一团，时冬冬明显是刚发了脾气，这会儿被阿茹抱着，不停地打着自己，阿茹去抓他的手，他就叫得更大声。另一边唐婶早就不知所措了，看到时序和蒋魏承回来就像看到救星一般，赶忙上来解释。

"时小姐，对不起啊，我只是想拿鸡毛掸子扫一扫家里摆件上的灰，不知道怎么的小公子看见以后就大喊大叫，还砸东西，真是很抱歉。"

阿茹应付时冬冬显然已经黔驴技穷，时序赶忙走到她面前把时冬冬接到手里,才安慰唐婶:"没有关系,你不用放在心上,这不是你的问题。"

时冬冬的情绪仍然失控,被时序抱着也完全安静不下来,两只手胡乱挥舞,就想去扯自己的耳朵。这段时间时序还来不及给他剪指甲,他微长的指甲已经把耳朵挠了好几道口子。

时序心疼得不行,一边拦着他一边哄:"时冬冬乖啊,姐姐回来了,姐姐在呢,唐婶拿鸡毛掸子是要擦灰尘,不是要打你,这里没有人欺负你,大家都很爱你,不害怕好不好?"

也不知道他听不听得进去,但时序就这样一遍又一遍地哄着。

蒋魏承对这种事情毫无经验,一直沉默地站在一旁等时序平复时冬冬的心情。

但时冬冬发起脾气来哪里是那么好下去的呢,时序拦着他不让他挠自己,他就跑去挠时序,两条腿胡乱蹬着,不知道踹了时序多少下,时序痛得皱眉,抱着他的手却一点也没松。

越是这样,时冬冬越是生气,恰好时序挂脖式的礼服让她完美的肩颈线露了出来,时冬冬张嘴就咬了上去。

阿茹看得着急,连忙喊道:"哎哟,你怎么又咬你姐姐?"

时序被咬得皱紧了眉头,忍不住"嘶"出了声。蒋魏承都能看到她眼中疼得氤氲出泪水了,她却还是忍着疼轻轻地拍着时冬冬的后背,抱着他缓缓走着。

唐婶早就被这一幕吓傻了,阿茹虽然见得多,但心中不知多心疼时序。饶是蒋魏承,此刻也做不到完全不为所动,他想起来,之前和时序同住一层酒店的时候,林郁也说过时冬冬把她的肩膀咬伤了。后来酒会上,他无意中看过时序的伤口,但远没有今天所见的那么吓人。

时冬冬闹了一个多小时,早已耗尽了精力,时序这样哄着他过了许久,咬人的力道才慢慢松了,时冬冬靠着她的肩膀睡着了。

阿茹瞅准时机赶忙上去接过时冬冬,时序半边肩膀和手都麻了,但也顾不上自己,轻声交代阿茹:"给他的耳朵消消毒,趁着他睡着了把指甲剪了吧,挠人还挺疼的。"

方才还在宴会上艳杀四方的时序此时已然狼狈非常，她吸了吸鼻子，随手抹了抹眼角的泪水，和唐婶一起收拾起被时冬冬扔得到处都是的东西来。

经过刚才看到的那一幕，唐婶已经是打心底里喜欢时序这个姑娘。她也去许多豪门中当过阿姨，像时序这样从不把她当下人看，态度一直很有礼的太太她见过却也不多。起初只是觉得时序家教养好，但今天过后，唐婶觉得，时序这个姑娘未必如她想的那样，兴许也吃过不少苦。

自然地，唐婶对时序也就多有关爱起来。看着她弯腰捡着地上杂七杂八的东西，唐婶连忙阻止："时小姐，我来吧，您去休息。哟，这肩膀伤得不轻，您等我洗洗手，拿药来帮您擦擦。"

时序是真的觉得累了，这种累无关体肤，源于心中。她一直用时冬冬的表现来衡量他的病情是否得到缓解，这样长年累月的治疗，哪怕只有一点点成效也能让她更有信心。住进蒋氏庄园这么久，时冬冬一直都安安静静，即使是在这里的第一晚，他都那么乖巧。时序一度以为是真的起效果了的，却不承想，今日又给她一种回到原点的感觉。

她轻声对唐婶说了一句"谢谢"，攥着手上被时冬冬摔碎的玩具走回了房间。

唐婶端着医药箱去敲时序房门的时候被蒋魏承拦了下来。

"给我吧。"

唐婶觉得这个时候蒋魏承去安慰时序是再好不过了，她看得出来，方才时序是想哭的，不过忍着了。

时序听到房门被不轻不重地敲了两下，以为是唐婶，头也没回，说了声"请进"。

蒋魏承走进来的时候她礼服都没换，坐在地上摆弄着手里摔成了几部分的玩具。

身后久久没有动静，时序转头看，身穿西装的蒋魏承端着一个和他形象格格不入的白色医药箱站在进门处。

时序眼睛微红，想起来同他道歉："对不起啊，时冬冬把你家弄得乱七八糟。"

蒋魏承朝她开口:"过来。"

时序坐在椅子上看着蒋魏承拿出棉签蘸取碘伏,总觉得这种事情他做着很不符合人设。凉凉的棉签碰到伤口的时候时序下意识地缩了缩。蒋魏承蹙眉,一只手按住她不停后退的肩膀:"别动。"

他处理得似乎很认真,但时序觉得专业的事情其实就应该交给专业的人来做,不知道是不是蒋魏承从没做过这种事的缘故,他手上的力度把握得不太到位,时序疼得皱眉,敢怒不敢言。

牙印深的地方已经渗了点血,时序原本嫩滑白皙的皮肤已经青紫了一大块。蒋魏承觉得这伤口看着不顺眼,赶忙涂了药贴上大创可贴。

时序很意外蒋魏承会做这些事,不过托他的福,让她一时之间分了心,倒没有方才那么丧了。在蒋魏承收拾医药箱的时候,时序找来胶水去粘时冬冬的玩具。

见她不去休息,蒋魏承问道:"这是在做什么?"

时序专注着手上的动作,柔声说:"这是时冬冬最喜欢的一个模型,我想修好。"

蒋魏承在一旁的单人沙发坐下,开口:"介意和我说说你弟弟吗?"

他会主动问是时序所没想到的,在她的概念里蒋魏承应该从不关心这些,不过确实有必要告诉他。

时序停下手里的动作,开口:"他是'星星的孩子',也就是自闭症患儿。我发现他生病的时候,他才两岁。其实早期进行干预的话,也许有可能治愈,不过那个时候我读大二,长时间不在家,等我回去才知道,时家没有给他任何治疗。后来我就把他带在身边了,不过一直到现在,也没能走进他的内心世界。"

"有时候他很乖巧,但有时候又会做一些常人无法理解的举动,他会毫无征兆地发脾气或者大喊大叫。可能……以后也会困扰到你,不过他只有我了……"

时序欲言又止,蒋魏承却朝她轻轻点了点头,像是承诺:"过段时间，我会请这方面的专家来替他诊治，你不用太担心。"

时序没想到他竟然有这么通人情的时候，或许是外界传言太盛，导致她一直觉得蒋魏承就该是一个除了蒋氏对旁的一切都漠不关心的人。

还是很感谢他愿意给予包容，时序弯唇一笑："谢谢。"

"总裁界劳模"蒋魏承今天没有准时上班，不知为什么心血来潮先送时序去复查了一下腿，顺便让医生给时序又处理了肩膀上的伤。等他到蒋氏大厦的时候，已经临近中午。

林邵有些为难地走进总裁办公室，看着正在埋头签署文件的蒋魏承，开口："沈总上午来电，想约您今晚一起用餐。"

蒋魏承仔细看着送到他手上的文件，全部看完，才问："有说为什么吗？"

林邵顿了下，答："倒是没有说，不过……提了两句沈小姐。"

"沈岚？"

林邵点了点头。

意料之内，蒋魏承放下手中的笔，转而问林邵："之前预订的几款钻戒到了吗？"

林邵不解其意，但还是尽职答道："昨天已经送到了，明天会亲自送上门供您选择。"

蒋魏承合上面前的文件，长腿一收站了起来："现在就过去看看吧。"

林邵满脸疑惑地跟着蒋魏承走进了电梯，正准备联系珠宝行安排一下保密措施，却被蒋魏承打断了。

林邵几乎是瞬间明白蒋魏承的用意，继而道："我联系公关部适当时候对外发布消息。"

蒋魏承点头，补充一句："不要透露有关时序的信息。"

不得不说，林邵觉得自家老板果然和以前很不一样了，竟然会想到先替时小姐规避舆论冲击，看来是真的用心。

莫名其妙被林邵认为护妻的蒋魏承高调地去了一趟珠宝行，在对面楼清晰可拍的 VIP 室看了不下十款钻戒，从不远处的高倍相机镜头里可以看到，凡是蒋总拿起来看的钻戒钻石都价值不菲。

最终蒋魏承选定了一枚款式简约的钻戒，并很用心地把装着钻戒的丝绒小盒放进了西装口袋中。

当天下午，蒋氏大厦的公关部就陷入了兵荒马乱之中。不幸中的万幸是老板有心，消息是在上班时间被爆料的，不至于让整个部门加班。

时隔许多年以后，蒋魏承又一次因为个人问题登上了娱乐新闻，不过这次与以往不同，媒体致电蒋氏询问消息的时候，蒋氏公关部不仅没有辟谣，还给了准确答复：蒋魏承要结婚了。

一时间，关于谁会成为蒋太太的讨论热火朝天，不过多家媒体使出浑身解数，还是没能挖出蒋太太究竟是谁。

得知蒋魏承一反常态做了这么高调的事情，以为他恋爱上脑的杜忱第一时间发来贺电："庆祝你不再是大众眼中的黄金单身汉，晚上去我新开的酒吧喝一杯？"

最近蒋魏承的工作强度确实很大，他也有想放松一下的想法，便如了杜忱的意，去了杜忱的酒吧。

杜忱和蒋魏承性格截然相反，比起蒋魏承做事按部就班、从一而终，杜忱就喜欢打破陈规，什么都喜欢涉猎，但兴趣又不长久。

最近迷上了捣鼓酒的杜忱有意在蒋魏承面前炫一下自己很少能发挥的调酒技能，自己去了吧台捣鼓一阵，没多久就端着两杯酒走了过来。

"尝尝，新配方，就是有点烈。你要是醉了回去你老婆不至于生气吧？"

"生气？她不会。"蒋魏承眯着眼点了根烟。

时序对这段婚姻的认知一直非常清晰，从不干涉他任何私人活动。直到现在，他的太太为他所做的，只有每天半夜为归家的他亮好一盏灯。

听到蒋魏承这样的回答，杜忱也就不客气了，弹了个响指叫酒侍又送了一瓶镇店的酒上来，大有一醉方休的意思。

他今天存着灌醉蒋魏承酒的念头的，以往可少有这样的机会。作为蒋魏承为数不多的好友之一，除了林邰之外，也就数他和蒋魏承最亲近。

他深知蒋魏承是一个清醒克制的人，抽烟不上瘾，饮酒不贪杯，像今天这样主动喝酒更是少见，所以他人前人后都少有失态的时候。

少有，但也不是没有。想来杜忱还记得六年前，蒋家老爷子病故之后不久。杜忱上门给蒋魏承送东西，就看见他一个人坐在客厅的钢琴前，琴上琴下倒着几瓶已经喝完了的空酒瓶。

那天他的眼睛通红，仿佛受伤之后独自舔舐伤口的猛兽，沉默又脆弱。

不过那天以后，蒋魏承用雷霆手段让那些想要蚕食蒋氏的人都闭上了嘴，仿佛撞见他醉酒不过是杜忱的一场梦。

在那以后就再没有了，蒋魏承变成了一个看起来百毒不侵的男人，带着他与生俱来的气场，让人自然而然地觉得，这世上不会有任何事情能够伤他分毫。

蒋魏承晃着酒杯，时不时品上一口，而后随意地看向人群。两人就坐在气氛高涨的大厅里，人来人往间许多人注意到蒋魏承，更有不少姑娘跃跃欲试想上来搭讪，但都迫于他那拒人于千里之外的表情，没能真正付诸实践。

但有一个人例外。

沈岚不请自来，十分熟稔地坐在了蒋魏承边上。她笑得无懈可击，朝杜忱道："早就听说杜大哥新开了这家，今天打算来喝一杯没想到碰到了主人，不介意我和你们一起吧？"

杜忱挑眉，看了一眼蒋魏承，见他毫无表态，便道："喝杯酒而已，有什么好介意的。听说沈岚妹妹在外风生水起，怎么突然回来了？"

沈岚笑笑，然后说："书读完了当然是要回来，我家老爷子生怕我嫁个异乡人，再不回来他可能就要派人去绑我了。今天听说，蒋总要结婚了？"

她的目光似有若无地在蒋魏承身上扫过，似乎想从他脸上看出更多。沈岚当然不是偶遇他们的，事实上她费了许多周折才知道蒋魏承今晚在这里。她这样出现的原因也很简单,纵然蒋氏公关部给出了肯定答案,但她还是不相信蒋魏承说结婚就结婚了,她想要当面求证。

沈岚对蒋魏承有意思这么多年也不算是什么秘密,只是一直以来她都端着,不肯放下身姿主动。如果不是之前时家把主意打到蒋魏承头上,沈岚还真不一定会着急。但没想到蒋魏承油盐不进,她都豁出去拜托父亲相邀了,哪知道等来了蒋魏承要结婚的消息。

杜忱提着一口气去看蒋魏承的表情,结果对方就跟没听见似的,自顾自地品着酒杯里的酒。

要是在早些时候,杜忱兴许会乐意当一当沈岚的助攻。旁的不提,以沈岚的才华和家世,和蒋魏承也算匹配,万一碰撞出点火花,也好过他一直孤家寡人。

但错过了就是错过了,杜忱只当是看不出沈岚的心思,道:"沈家就你一个千金,可不得早点喊你回来继承家产。"

有不相干的人打扰,这酒喝起来就没意思了。蒋魏承无视了沈岚的问题,喝完面前最后一点酒站起了身,道:"我先走了。"

"好不容易碰上,蒋总不一起喝一杯吗?"沈岚语气自然,并未因为对方是自己爱慕的人就放低姿态。

蒋魏承回头看了她一眼,婉拒:"抱歉,我太太不喜欢我晚归。"

简简单单一句话,就掐灭了沈岚心中最后一点火光。直到蒋魏承潇洒走远了,沈岚还站在原地没能缓得过来。

杜忱没想到蒋魏承这种时候居然也会搬出时序,不禁失笑,暗叹有家室的男人果然不一样。

"蒋总他……"

作为蒋魏承的挚友,自然懂他的意思,杜忱接过沈岚的话:"你也想不到吧,其实证都领了。"

好不容易鼓起的勇气顷刻间就散了,沈岚白着一张脸问:"不知道,是哪家千金?"

杜忱可没忘蒋魏承的嘱托,乐呵呵道:"下个月就办婚礼了,到时候就知道了。"

后来杜忱说了什么,沈岚已经记不清了,醉眼蒙眬的时候沈岚给季许发了一条信息:"出来喝一杯吗?"

坐在车中,酒意开始上头,蒋魏承捏着眉心缓着一阵又一阵的头晕。他今天饮酒有些过量,出现了久违的醉酒感。车子平稳停后,他足足缓了五分钟才下车。

初秋深夜凉意乍来,风一吹就让人忍不住瑟缩一下。家门前的灯照旧亮着,吸引了几只小飞虫围着灯光飞舞,好似正在取暖。蒋魏承看了一会儿,打开了家门。

门打开的刹那,室内的灯光和暖意都倾泻而来。时序还没有睡,盘腿坐在客厅的地板上对着面前的笔记本电脑快速敲着键盘。

几乎是蒋魏承一进门时序就闻到了他身上的酒味,她蹙眉看过去,他正微眯着眼睛半靠着墙,似乎有些难受的样子。

端详片刻,时序出言打破室内的寂静。

"你需不需要喝一杯糖水解解酒?"

蒋魏承没睁开眼睛,双唇一动,说:"谢谢。"

那就是要的意思,时序随手拿起电脑边的木质发簪将披散在肩膀的长发盘了起来,走到厨房烧起了开水。

在等水开的时候时序摸了摸肚子,打算顺便给自己下碗面条。

她进厨房时图省事,只开了灶台前的一盏灯。燃气灶跳跃着浅蓝色的火焰,高汤锅中冒出的白汽在灯光下从她头顶缓缓升起。时序利落地洗了一把青菜放在一旁滤水,卡着时间翻出糖罐调了一杯糖水。

银质汤匙在玻璃杯中发出清脆的碰撞,时序端着糖水转身,却不知道本来在客厅靠墙醒酒的人什么时候站到了她的身后。

蒋魏承其实已经偷偷观察了她许久,明明做着好几件事,但她却有条不紊,深夜、厨房和她,组合在一起莫名让人觉得舒服。

有些昏暗的厨房中,时序的眼眸亮得出奇,对比之下蒋魏承的眸子就显得幽深许多。直到带着酒意的呼吸喷在脸上,时序才反应过来两个人此时离得有多近。

一股不自在忽而从心底冒了出来,但蒋魏承就只是这样盯着她,既不说话也没有别的举动。

在时序快要受不了的时候,他从她手中拿过了杯子一饮而尽。甜甜的糖水滑入腹中,杯子放下时,他神色已如往常。

"抱歉,方才有些头晕。"

这是在解释他刚刚的失态。

时序还不至于和一个喝醉的人计较那么多,顺手把蒋魏承放在橱台上的玻璃杯洗干净放好,说:"蒋先生早些休息。"

依旧是在杜忧那间热闹喧嚣的酒吧,沈岚面前已经有了很多个空杯,杜忧善解人意,交代店内员工多看顾一些后,就把卡座空间留给了沈岚一个人发泄。

沈岚知道自己喝了很多,却越发清醒。不过酒精上脑会放大感官,在音响的轰炸之中,她居然还能清晰地听到有人踩着高跟鞋走了过来。

来人已经坐在了对面,沈岚迷蒙着眼睛看清楚了人,语调不咸不淡:"是你啊。"

时玥落座便说:"沈小姐大晚上给别人的男朋友发消息,是什么意思?"

沈岚端着酒杯,漫不经心地晃着里面的酒,闻言勾了勾唇角,语气嘲讽:"季许知道你偷看他手机的事情吗?"

被揭穿的时玥不太自然地捏紧了手包,面上却强撑着气势:"我是他的女朋友。"

"呵!"沈岚嘴边的讽刺更甚,"那作为季许的前女友,我可以很负责任地告诉你,他非常讨厌伴侣擅自阅读他的私人信息。"

时玥一直很介意沈岚的存在,当她说完这句话以后,时玥整张脸都黑了。

沈岚饶有兴致地看着她变脸，很快又联想到了另一个人。

"比起你姐姐，你确实不太聪明。"沈岚道。

如果要问时家二小姐锦衣玉食长到这么大，最不如意的事情是什么，那就是时序的存在。哪怕时序在时家毫无地位可言，可她无法否认的是，她始终活在时序的光环之下。

人人都喜欢拿她们两个进行比较，样貌、谈吐、学识。偏偏让她硌硬的是，这些时序都做得比她要好。

明明从未看到时序付出过什么努力，大多时候只是靠一袭衣裙装点，高冷地往某处一坐，就会有人频频投去欣赏的目光。

如今，沈岚竟然还说这种话。

"她已经不是我姐姐了，你不看新闻吗？她断绝了和时家的关系。"时玥语气中暗含怒意。

沈岚对她的态度置若罔闻，红唇轻抿，又是一声冷笑："你父亲现在应该很着急吧，蒋魏承要结婚了，他的算盘落空了。还是你姐姐清醒，早早脱身了。"

沈岚说完，毫不避讳地当着时玥的面掏出手机，将电话拨给了季许。

电话在酒吧音乐暂停的时候接通，时玥清晰听到季许的声音从对面传来。

沈岚带着笑，可谓妖冶，语调娇嗔又好像带着几分埋怨："你好不讲义气，明明是给你发的消息，居然打发了女朋友来找我。"

说罢，沈岚靠在卡座的沙发上，似乎在等季许到来。

时玥脸色骤然煞白，这种白一直持续到季许出现。

她犹疑着想解释，但季许面色如常，都没顾上搭理她，先是把喝醉了酒不知睡没睡着的沈岚抱到了车上。

"季许……"

时玥叫住了他，看着他熟练地做完这一切，她心中有一口大锅几近沸腾。

季许停了下来，带着烟味的手抚摸上时玥的头发，明明动作亲昵，可他语调凉薄:"我送沈岚回去,你先回家。下次,别做这种事了。"

时序起来的时候整栋别墅安安静静的,问过唐婶才知道,蒋魏承还在家中,似乎还没起床。

想起他昨晚醉红眼的样子,时序暗笑,原来他也会有起不来床的时候。

在要不要等他一起吃早饭中纠结了十分钟,时序吃起了独食。

时冬冬惺忪着睡眼被阿茹抱了过来,看到正在吃早餐的时序,时冬冬眼睛亮了亮,忙挣脱了阿茹的怀抱,自己爬到了时序身边的凳子坐下。

时冬冬不懂自己控制饮食,时序给他夹多少,他都一股脑往嘴巴里塞,两个腮帮子鼓囊囊的,就像是她小时候饲养过的小仓鼠。

时序玩心大起,伸手掐了掐他的腮帮子。

时冬冬最不喜欢别人在他专心做什么的时候打扰,时序一掐他,他就瞪时序一眼,然后时序再掐,乐此不疲地和他重复着这种幼稚的游戏。

蒋魏承打着领结慢步走下楼的时候,就看到不远处的餐厅里时序笑弯了眼睛。

看到时冬冬快有要发脾气的征兆了,她才连忙住手哄道:"好了好了,我不欺负你了,你乖乖吃饭。"

从没想过能在这栋房子里看见这样的场景,蒋魏承原本直接要往大门迈的步子拐了个弯,走进餐厅。

说来离谱,时序在蒋家住了快两个月,这还是初次和蒋魏承一桌吃饭。不过他倒是很习惯的样子,在自己的位置坐下后,就开始从容不迫地进食。

不像时仲明那样装模作样,吃个早饭还要拿个平板电脑浏览一下财经讯息,生怕别人不知道他是总裁。蒋魏承吃饭专心致志的,从时序的角度来看,就是赏心悦目。

正当时序看得投入的时候,林郫匆匆走了进来。

他拿着平板电脑路过时,时序顺便瞥了一眼上面的内容,居然是八卦页面。蒋魏承接过平板电脑眉头就皱了起来，好奇心作祟，时序悄悄摸出手机看了看推送——居然是蒋魏承在酒吧和沈岚坐在一起的照片。

照片虽然模糊，但依稀看得出蒋魏承姿势放松，沈岚和杜忱相谈甚欢。从三人的位置以及杜忱和蒋魏承的关系，有媒体大胆猜测沈岚就是蒋魏承那个神秘的结婚对象。

收起手机，时序假装无事发生继续啃着手上的玉米，蒋魏承抬眉看了她一眼，对林郜道："昨晚和杜忱喝酒，恰巧遇到了沈岚，你让公关部澄清一下。"

按照蒋魏承以往的风格，一般只会对林郜说最后那一句。加在前面的解释显然是说给另一个人听的，林郜不动声色地观察了一下时序的表情，居然一点反应也没有。

在老板和老板娘之间谁占上风，林郜当下有了点大胆的判断，脑子里天马行空的同时，他还不忘给蒋魏承解围，对时序道："太太，定制的婚纱已经出样了，可能需要您去店内试一试。"

喝着牛奶的时序被林郜这一声"太太"呛了呛，咳得一张脸通红，好半天才缓过来。

蒋魏承忽然就心情愉悦了，从容地擦了擦手，出了门。

赵恬恬听说时序要去试婚纱，推了手上的事情就去蒋氏庄园接了时序。一路她都很有兴致，轰着油门卡在超速边缘冲到了婚纱店。

这家店颇有名气，向来是上流圈层定制婚纱或者礼服的首选，里面的设计师都是几轮淘汰中取优录取的。

时序也是到了才知道，蒋魏承定的设计师，是这家的首席。虽然只是一场交易，但他似乎也并不敷衍。

赵恬恬觉得蒋总不愧是蒋总，果然很有格局。时序对这些是无所谓的，甚至在设计师介绍完整个婚纱的用料以后，还有些替蒋魏承心疼钱。

在她去试婚纱的时候，赵恬恬坐在沙发上等她，手里杂志还没翻页呢，就听到有人叫她。

"赵恬恬？没想到居然在这里碰到你。"

来人满脸探究与好奇，赵恬恬朝她商业化一笑，并不打算过多交流。

不过女子似乎并不在意她的疏离，径直坐在了赵恬恬身边。在没人看得见的地方，赵恬恬撇了撇嘴。

碰见谁不好，偏偏碰见被誉为"八卦制造机"的李小姐。

赵恬恬以前吃过她的亏，一个聚会上和她多聊了几句闲话，没多久就传了好些流言出来，大多经过李小姐丰富的想象力加持，那叫一个生动形象。

有教训在前，往后再碰见，赵恬恬是一个字都不想多说了。

李小姐自讨了个没趣，本不想多待。偏巧她刚一起身，就有店员过来道："赵小姐，时小姐婚纱穿好了，请您过去看看。"

"哪个时小姐啊，不是时序吧？"

这下李小姐可是兴奋了，跟着店员就要往里走。赵恬恬想拦却没拦住，走在后头脸都黑了。

"哇，这婚纱也太好看了吧。"

听到陌生的声音，时序下意识地皱起了眉头，再一看赵恬恬黑了的脸，忙朝她投去一个"没事"的目光。

李小姐似乎感觉不到周围的气氛对她不算欢迎，很自来熟地走到了时序面前，嘴里不停地说："这婚纱以前没见过，是新到的款吗？瞧瞧这上面的钻，真好看。时序你怎么来试婚纱了，没听说你要结婚啊？"

时序保持着基本的礼貌，心想多一事不如少一事，便撒了谎："来定礼服，看这婚纱不错，随便试了试。"

李小姐三句话不离八卦本行，联想能力可谓丰富，她对时序笑得暧昧极了："不是因为蒋魏承要结婚受了刺激吧？之前你们两个还传得轰轰烈烈呢，结果人家说结婚就结婚了，你别太难过啊，天下男人多的是呢。"

时序笑而不答，不再给李小姐探听的机会。赵恬恬听得眉头直跳，十分想冲上去告诉李小姐，如此安慰大可不必。

一段小插曲谁都没有放在心上，不料两三天以后关于时序的风言风语突然就被传了起来，还越传越离谱，连往常只活跃在实验室的季年都有所耳闻。

接到季年电话的时候时序正在陪时冬冬玩拼图，两只手不得闲，她干脆开了免提。

是以，打算下楼来接杯水的蒋魏承刚走下楼梯，就听见时序的手机里传来季年的那句：“你因为蒋魏承要结婚心里不痛快，自己跑去试了婚纱？你……喜欢蒋魏承？”

季年似乎不太愿意说出这句话，还特地停顿了一下。

时序和楼梯口的蒋魏承对视了一眼，忙不迭去关了手机的免提，以免季年再说出什么吓人的话来。

"时序，你有在听吗？"

时序几乎是逃一般地带着手机躲到了卧室，季年那边还一直在叫她，她忙应道：“师兄，我在听。最近的传言都是误会，你不用太放在心上，我也没有心里不痛快。”

季年听完时序的话长舒一口气，又好笑自己过度反应，和时序闲聊几句。

挂了电话，时序悄悄拉开房门客厅看了一眼，蒋魏承坐在时冬冬边上正看向她，几乎是第一时间捕捉到了她偷窥的目光。看那架势，似乎是有意在等她。

时序笑得不尴不尬，道：“试婚纱的时候碰到了熟人，没想到会传成这样。”

蒋魏承颔首，而后说：“婚礼前一天的宴会邀请函已经发出去了，你最近有时间的话可以开始准备婚礼的相关事宜，那一天你可能会很辛苦。”

时序抿唇一笑，面露期待：“我倒是很好奇那天大家的反应。”

结婚前一天才公布新娘身份是时序的主意，她不想有人知道提前搅局，也觉得悄悄震惊所有人比较有趣。

蒋魏承看她又露出那狡黠的表情，勾了勾唇。和时序说完事情，他没有着急上楼，而是在时冬冬一地的拼图块中翻拣出一片，放在手心里，时冬冬一言不发，胖乎乎的小手探进蒋魏承的手心，自然地取过那一片嵌进了大块拼图之中。

　　时序看得瞠目结舌，除了自己和阿茹，她从未见过时冬冬和旁人互动，一时竟也觉得画面异常和谐。

第五章
百媚千娇
CHIWEN

喧闹的海滨市场，鱼虾商贩卖力吆喝着。时序戴着的墨镜挡住了半张脸，她坐在一个简易的小食铺前，跷着小腿喝着一杯半冰的柠檬茶。

她看了看腕上的手表，在时针和分针重叠的时候，一个模样不修边幅的男人坐到了她的对面。男人冲她笑笑，扬了扬手里的手机，片刻，时序的手机屏幕就亮了起来。

年逾四十的男人身上一股浓厚的市井之气，倘若时序没有事先调查过他的底细，先入为主的印象就是这个人指定不靠谱。

可真正见了面，时序也没有忽视他那双敏锐的眼睛，明明行事粗糙，却能把周边所有人的行为动作都纳入眼底。

"小姐，您要查的这件事，如今的证据可不多了。"侦探实话实说。

时序将事先准备好的现金放在桌上，推了过去："如果能够找到关键证据最好不过，找不到的话，那就请你尽可能为我还原事实真相。"

侦探笑着将钱塞入破破的腰包之中，摘下头顶的帽子礼节性地朝时序颔首，随即起身离去，在人来人往中，变回了最普通不过的路人。

时序喝完一整杯柠檬水，冰和酸交织在一起，让她的胃有些不适。她起身打算把空瓶丢进垃圾箱，身边有个小孩大着胆子走到时序面前，礼貌地问她:"姐姐,可以把你的空瓶子给我吗?"

时序把空瓶递给小孩,小孩脏兮兮的手一把接过,还不忘礼貌道谢,随后像只小麻雀般一边叫着"妈妈"一边快速跑到了一个年轻的女人身边,将瓶子放进了女人手中的袋子里。女人衣着虽然有些脏,可并不邋遢,她摸了摸小孩的脑袋,温柔一笑。

母子二人相携着渐行渐远,直到看不见了,时序才收回了目光,走到了停在一旁的车前。

这辆车是蒋魏承借给她开的,十分低调的黑色,不太符合时序一贯的喜好。可蒋魏承带她去车库选车的时候,她才惊讶地发现,蒋魏承的车库里只有三辆车,还都是一样的颜色。

不过高性能轿车开起来手感的确不错,掐着时间,时序准时到达了儿童心理辅导中心。每周固定的时间时序都会把时冬冬送来这里,尽管他和别的孩子不同,但时序还是不希望如果有一天他痊愈了,却发现自己比同龄人落后许多。

时序接了时冬冬出来,刚走两步他就抱着时序的腿要她抱。虽然如今她抱着时冬冬已然感到吃力,但很喜欢时冬冬有这样的表现,因为这个时候的他看起来就和正常的小朋友差不多。

时序抱着时冬冬和阿茹刚走下中心电梯,就被一个穿着中规中矩的黑色西装的男人拦住了路,这是杜云英的人。

"小姐,老夫人在车上等您。"

时序不知道杜云英突然来找她是为了什么,却并不想见。

她绕开男人,男人又拦住了她。

时冬冬明显有些不适,紧紧抓着时序的衣袖。时序不耐烦地看着男人,道:"请让开。"

男人不为所动,大有定要让时序去见杜云英的架势。两相僵持之间,季年不知从哪里走了出来。看到他,男人客气了一些。

季年几乎是挡在了时序身前,问男人:"有什么问题吗?"

男人笑了笑,答:"季公子,只是老夫人想见孙女而已。"

时序冷笑一番，改了主意。她把时冬冬交给阿茹，又对季年说道："师兄，麻烦你帮我送他们回去。"

说完，她径直往外走。

时家的豪华轿车内，杜云英坐得笔直，很有气派。时序拉开车门坐了进去，司机缓缓发动车子，却是在周围兜着圈子。

时序大有杜云英不说话就不开口的意思。车内安静许久，还是杜云英先按捺不住，开了腔："蒋魏承要结婚了。"

时序面无表情："听说了。"

她云淡风轻的口气令杜云英有些不满，随后又道："外面那些风言风语，可是称了想看时家笑话的人的心了。你既然自己有那么大的主意，就不要被传出那些有损我时家名誉的事情。"

原来是责难来了，时序笑得轻蔑，看着杜云英那张哪怕上了年纪也丝毫让人感觉不到慈祥的脸，哂笑："时家被人怎么看，如今和我有什么关系呢？倒是伯父应该非常着急吧，听说时玥不久前惹了季许不开心，两人正闹别扭呢。"

杜云英果然变了脸色。时序就知道，专挑他们的弱点说话，总是能击中要害。说起来这件事还是赵恬恬八卦的时候告诉她的，现在对时家而言，时玥和季许的关系，才是最为关注的。

"时玥的事情用不着你操心，时家和季家门当户对，他们的婚姻不是两个人的事，是两个家族的事情。"

时序嘴角挂着几分嘲弄，应道："对，依照时家的现状，如果不趁早抱紧季家，怕是不出几年就没落了吧。"

杜云英被时序气得不行，直接伸手指着她："你怎么说得出这种话，时序，你果然是养不熟的。算了，我来只是通知你一声，明天时家会正式发表声明，你既然要和我们决裂，那我就如你所愿，往后你好自为之。"

"哦？是看蒋魏承要结婚了，所以把我当弃子了？挺好，我没意见。"

看着时序这副无所谓的样子，杜云英也是头疼。她对这个孙女历来没有太多感情，可或许到底有一些血缘关系在作祟吧，最后她还是说了一句："也不知道你父亲看到你现在的样子，会是什么心情。"

时序直接听笑了，想不到这种时候杜云英居然还能提起自己的父亲。时序淡漠地看着杜云英，质问道："祖母，真难为您还想得起我父亲，我还以为这么多年，您眼中只能看见伯父呢。"

杜云英那张保养多年的脸骤然僵了僵，再开口时她的语气竟然唏嘘起来："你父亲也是我的孩子，我一手将他养大，看着他成人娶妻。我虽然偏心你伯父，可未必就不爱你父亲。你父母出事，我未必就不难过。"

原来杜云英也知道自己偏心，一番话说得若非时序清醒，也许都要感动了。

时序怎么也想不到，最先对自己打出亲情牌的人是杜云英。忽而觉得心间酸涩，她勾了勾嘴角："对，您很偏心。所以您永远觉得时仲明做的一切都是对的，那如果他做了很严重的错事呢，您也会原谅他吗？"

持着拐杖的手骤然握紧，杜云英转头盯着时序："你说这话是什么意思？！"

时序直面她那充满审视的目光，冷笑一声："时冬冬是您唯一的孙子，明明有机会可以治好他，时仲明恶意忽视，您也纵容了，不是吗？"

时序很明显地感觉到身侧的杜云英长舒了口气，她那双精明的眼睛闭了起来，给人的压迫感骤减不少："不管他未来怎么样，只要是时家的子孙，起码一生衣食无忧。是你，替他放弃了这一切。"

"时家门庭太高了，我们姐弟高攀不起。"

时序的声音恢复面对时家时的肃冷，打开车门扬长而去。

漫无目的地走了许久，时序才觉得自己心中的情绪平复许多。忽然不是很想回去，时序麻烦了林邰去公寓接阿茹和时冬冬，随后自己走进了街头一家不怎么起眼的料理店。

这家店已经开了三十多年，如今时序是这里的常客。现任店主是料理店创始人的孙女，她经常看到时序一个人过来就餐，留了心，每次都会额外送时序一盅自酿的青梅汁。

一来二去地，两个人也熟稔起来，每回时序过来都会和她闲聊几句。

时序到的时候还不算饭点，店内食客稀少，尚且不算热闹。在店内管理上亲力亲为的店主正得空，亲自端了青梅汁送了过来。

"许久不见你来了，还好你来得巧，再过几天我就要闭店了。"店主说。

时序觉得突然，忙问："怎么突然打算闭店，你这里生意不是一直都很好？"

店主温婉地笑笑，说："我爷爷身体不太好了，他常念叨想要落叶归根，所以我们打算陪他回去。对了，店里许多东西也带不走，如果你有想留念的，我送你。"

时序好似还在回味她说要闭店的消息，怔了片刻，才摇摇头："谢谢，那你就多送我一盅青梅汁吧。"

店主应答后走出了包厢，随后菜陆陆续续摆上了桌子，仍旧是原来的摆盘和菜色，但她却突然没了胃口。

这里也要消失了，时序盯着菜上升起的袅袅白烟，心底有些伤感。

这家店，是她为数不多的用来回忆父母的场所之一。她记得幼年，父亲频繁出差，她年纪小，体质又弱，母亲便带着她留在时家，忍受着婆婆的刁难和妯娌的冷漠。

每当父亲出差回来，母亲便满心欢喜地带着她出门，一家三口在这家店吃一顿团圆饭，欢声笑语都可以不必顾忌任何人。

再后来她长大了些，跟着父母四处被发配，每每回来这里，落地的第一餐一定是在这里。那时她觉得，一定是这里的饭菜有魔力，所以能够给他们全家足够的能量，去面对时家的苛待与无情。

事故之后，时序开心不开心，都喜欢来这里坐坐，点上以前常点的菜色，一个人饱餐一顿，然后鼓起勇气，去应对所有风雨。

不过现在的她，即使不需要外因的助力，也已经很有勇气了吧。

时序夹着已经有些放凉的菜，一口一口填饱饥饿的肚子。离开时，她眼底的伤感早已泯然，她握着店主赠的青梅汁，同店主道别。

在时序漫步消食的时候，一辆车缓缓滑至她的身边。车窗半降，露出了蒋魏承那张不苟言笑的脸。

车子停下似乎是在等她，时序拉开车门坐了进去，倚着车窗走神。

"你不开心。"蒋魏承忽然开口。

时序没有同人诉苦的习惯，随口胡诌道："可能是有一点婚前焦虑。"

蒋魏承早就知道她是个会把心思藏得很深的人，对这个说法是不信的，却饶有兴致地顺着她的话说了下去："从法律意义上来说，你现在已经算是婚后了。"

在把天聊死这块，时序觉得蒋魏承是有本事的，她笑笑，道："现在不还是隐婚状态吗？"

蒋魏承若有所思地点点头，肯定道："所以对外公开有助于缓解焦虑。"

"……"

时序觉得自己和蒋总的思维是两个维度，及时闭了嘴。

时序回了蒋氏庄园就被阿茹悄悄拉到了卧室。

"季公子把我们送回了公寓，似乎是发现我们不在那里住了。林郁来接的时候，他的车好像还没有开走。"

时序抿了抿唇，道："反正早晚都会知道，没关系。"

季年的电话是在晚上打来的，彼时时序正在捣鼓着时冬冬的航天器小摆件，她似乎是早就在等这一通电话，铃声刚响就接了起来。

电话那头是短暂的沉默，片刻，季年才开腔问道："你现在，住在蒋魏承家？抱歉，我跟了阿茹她们的车。"

时序承认得很痛快，低声应了句"嗯"。

得到肯定，季年的心情并不轻松，像是在努力消化她话语中传达的意思，而后季年继续问道："蒋魏承的结婚对象是你？"

"对，之前不太方便透露，所以……"

对于待自己真诚的人而言，时序其实很怕亏欠，就比如此时心中对季年腾升的歉意，让她有些不适。

季年显然不能理解事情会这样发展，时序缓缓吐出一口气，继续道："我和他两情相悦，但我不想让时仲明把主意打到他身上。其实我……喜欢他很多年了。"

乱麻还得快刀斩，时序找了个听起来最有说服力的理由，成功骗到了季年。向来彬彬有礼的季年第一次连再见都没说就挂了电话，听着断线的"嘟嘟"声，时序舔了舔嘴唇，一转身就发现蒋魏承不知道在身后听了多久。

时序头皮一紧，在尴尬中率先发难："从来不知道蒋先生还有偷听的癖好。"

蒋魏承握着一杯清水，慢条斯理地回："我也第一次知道原来时小姐和我两情相悦并且喜欢了我很多年。"

时序假笑一声，溜了。

转眼到了十月，蒋氏庄园的玫瑰开始落败，一早定下的婚礼时间也如期而至。按照当地的风俗，婚礼从前一天的晚上开始，先是迎宾晚宴，再是第二日的正式婚礼。

婚礼邀请函提前一个月就从蒋氏的总裁办公室发出了，蒋魏承那神秘的太太也终于要在婚礼前的晚宴上亮明正身，不少人赶早到了蒋家，就想看看到底是何方神圣。

蒋氏庄园终于又热闹了起来，刚过三点宾客已经来了许多。时序和蒋魏承都没有什么亲人，所邀请的除了朋友大部分都是常有往来的商业伙伴。在二楼的时序悄悄透过窗子看了一眼正迎宾的蒋魏承，西装革履一派社会精英的模样，要不是胸前别着的那一朵礼花，时序觉得他仿佛随时都可以去参加股东大会。

楼下人声鼎沸，议论不绝，楼上导致这一切发生的当事人还在化妆师的协助下精心打扮。

赵恬恬看了一眼正在整理礼服的时序，轻轻戳了戳她的腰，没头没脑地说了一句："我发现蒋魏承对你还挺好的。"

时序侧头看她，抿了抿上唇的口红，说："为什么突然这样讲？"

赵恬恬笑得有些揶揄："虽然你们这个婚礼筹备的时间才一个多月，可看起来是用了很多心思的，你别说你也出了力，我才不信。"

在这场婚礼上确实当了甩手掌柜的时序笑了起来，眼睛里波光潋滟，格外晃眼。

"你等等就这么笑，能把蒋总迷死。"赵恬恬道。

时序睨她一眼，嫌弃她突如其来的不正经："你等等话再多，我就吹枕边风让蒋魏承撤资，让你赚不到钱。"

拿着个首饰盒子走进来的蒋魏承不自然地咳了一声，刹那间时序的脸就以肉眼可见的速度涨红。赵恬恬暧昧地朝时序挑挑眉，很有眼力见地拉着化妆师走了出去。

一时间偌大的房间里就只剩下她和蒋魏承两个人，时序心头发窘，暗骂赵恬恬坑队友。

蒋魏承很快恢复如常，把手里的盒子递给时序，说："一会儿戴上。"

时序打开一看，里面静静躺着一对钻石耳环。

"刚才……是和赵恬恬开玩笑的。"时序硬着头皮解释。

蒋魏承的回应比她想的还要简单，他"嗯"了一声，走得比谁都潇洒，只有路过的镜面装饰留下了他嘴角那一瞬可疑的弧度。

宴会开始前那漫长寒暄的间隙，时仲明举着杯子走到了蒋魏承面前，他笑得圆滑，道："怪不得之前想撮合蒋总和时序一直不成，原来蒋总早就有心上人了，恭喜。"

蒋魏承朝他微微致意，说了声谢谢，而后又招呼起其他宾客。时仲明讨了个没趣倒也不觉得尴尬，转而又举着杯子往季许父母那边去了。

沈岚在宴会厅一隅喝闷酒，季婷有些看不下去，上前安慰她："沈岚姐姐，你要是不开心就先回去吧，为什么要待在这里折磨你自己啊。"

沈岚笑了笑，有些自嘲："我只是想亲眼看看能嫁给他的人是谁而已。"

季婷尚未经历过情爱，更不知道喜欢一个人的滋味，此时看着沈岚如此失意也束手无策，只得坐在一旁陪着，无聊地打量着人群。这一打量不要紧，她竟然发现沈岚不是全场唯一一个喝闷酒的，自己那平日滴酒不沾的大哥这个时候已经下肚三杯了。

不过好在季年清醒地知道今天的场合，三杯过后便不再动酒。有人引着年轻的姑娘往他面前去，他也谦和有礼地应对着，只是在过于了解他的季婷看来，他现在表现出来的礼貌多少有演的成分。

比起他们，时玥要算心情好得多。自那日沈岚的那一通电话过后，季许冷了她好多天，直到今天他亲自上门接了自己来这里，两人的关系才算拨云见日重回明朗。

时玥挽着季许的手，看着现场布置不住赞叹："即使是迎宾宴都处处都透露着精致，听说现在看到的这些鲜花都是今天早晨采摘空运来的，真没想到蒋魏承也会这么宠妻。"

她的目光始终在宴会厅巡游，巨大的鲜花墙上两种颜色的玫瑰拼出动听情话，现场所有摆件精致典雅，整体风格不妖不艳，视觉感官得到极大享受，连细节都处处透露出婚礼的甜蜜。

季许看她一眼，问："你很喜欢？"

时玥弯起嘴角，笑得温柔："哪个女孩子会不喜欢这样梦幻的场景啊，而且还是婚礼欸。"

季许勾了勾嘴角，摸了摸她的手，继续带着她去交际。话中暗示没有得到回应，时玥失落了片刻，随即又扬起笑容尽职地履行女伴使命。

浪漫的钢琴曲缓缓流淌，也昭示着晚宴正式开始。众人翘首以盼女主角出现，却迟迟没能看见身影。

一直等着时序现身炸翻全场的杜忱凑到蒋魏承身边问："什么情况？你老婆怯场？"

蒋魏承抬眼看他，笑了笑："怯场？她等这一天可等了很久。"

终于，高跟鞋轻敲地板的脆声自二楼的台阶处传来，热闹的人群骤然安静，都看向了楼梯的方向。

作为现场为数不多的知情者，赵恬恬十分想拿出手机录下接下来的画面，不用想都知道，肯定很刺激。

一道窈窕身影出现在楼梯口，并款款往下走来，众人眼中的闪烁着的情绪精彩极了，意外、震惊、惊艳轮番出现。

时序今天穿了条高开衩的红色露背礼裙，两根细细的带子吊在她的直角肩上，白皙修长的脖子没有项链，两道锁骨却足够吸睛。一头秀发做了慵懒又风情的法式卷儿，几缕垂在胸前，随着她走动，一晃一晃。发丝旁的耳垂上挂着一对细长的钻石耳坠，摇曳着折射水晶灯光。再往下纤腰袅娜，姣好的身材被裙子勾勒出完美曲线，高开衩的裙摆让修长纤细的双腿若隐若现，随着她走下台阶，仿佛每一步都能踏在人心上。

时序红唇轻抿，嘴角上扬，灿若星辰的眸子越过众人看向蒋魏承，而后她慵懒又随意地撩了撩颈边的发丝，一举一动说不出的风情万种。

明知一切都是她有意为之，但他的心里只剩一句"千娇百媚"。

蒋魏承忽然很有配合她演这出戏的兴趣，他在时序即将踏下台阶时走到了她的面前，朝她递出了手。

略微冰凉的指节搭在宽厚的手心之中，蒋魏承收紧手轻轻一拉，将人拉到了自己身边。

时序虽然此时眼中只有蒋魏承，但余光已经扫过许多人，时仲明脸色青白交加，时玥满脸不可置信，其余的人更是错愕，唯有赵恬恬和杜忱忍笑忍得辛苦。

蒋魏承拉着时序走到宴会厅中心，头顶的水晶灯为两人镀上一层光晕，在大家都还愣神的当口，蒋魏承低缓道："我太太，时序。"

时序觉得蒋魏承其实也很有演技，简单几个字配合着他那撩人的嗓音听着居然有些深情。

"啪叽！"

不知道是谁惊讶地摔碎了杯子，而后全场陷入新一轮的寂静。

几分钟后，才有人打破寂静。

"怪不得藏得那么深，原来蒋总的太太竟然是时小姐。"

很多人心里都惊得爆粗口了。这是什么惊天大反转，本以为脱离了时家就泯然众人的时家大小姐，在被群嘲多日以后转身就和蒋魏承成了一对？

别人触底反弹，她触底一飞冲天？

有些不识趣的此刻凑到了时仲明面前，奉承："时总，真是恭喜啊，您家千金们的姻缘真令人羡慕。"

时仲明心里恨得咬牙切齿，这才意识到自己是被时序摆了一道。可他面上还得装开心，笑着同人道谢。

"这蒋总和小季总都是难得的才俊，往后三家密不可分时家的基业算是保住了，时家有两个了不得的女儿啊。"离时仲明不远处有人议论道。

时仲明瞬间就熄了火，事情发展到现在这步，不正是应了他一开始的打算吗？难怪时序那么有底气要和他们断绝关系，原来背后的靠山在这里。

时序还有可以利用的价值，时仲明在心中如是想着。

时序跟在蒋魏承身边答谢来客，自然把大部分人的表情都看在眼里，吃惊的颇多，祝福的也不少，当然还有很多笑不出来的。

听得身边的人轻轻笑出了声，蒋魏承偏头看了看她，低声问："这么开心？"

时序亮晶晶的眼睛对上他，眼底有狡黠一闪而过："不是开心，是很爽。狐假虎威的爽点，我充分感受了。"

两人窃窃私语完，季年就端着杯子走了上来。

"师妹，恭喜。"

他看起来有些强颜欢笑，但语气真挚。时序轻轻同他碰杯，道了声谢。

一直裸露的后腰突然被覆上一只手，时序几不可察地抖了抖，才发现原来是蒋魏承很自然地揽上了她的腰,手掌不偏不倚正好盖住她礼服的镂空设计。

倒也不必如此入戏,时序腹诽。

手触碰到细腻的肌肤,蒋魏承才发觉自己动作过于亲昵。想了想,他最终没有把手挪开。众人时不时投向时序的目光他还是感知得到的,那些赤裸裸的打量,他不太喜欢。

林邵在不远处将自家老板反常的举动全部纳于眼底,心中啧啧称奇。同样啧啧称奇的还有一同前来操持宴会的总裁办助理们。

其中一个实在难耐心中的好奇,问林邵:"总助,老板娘戴的那对钻石耳环,就是你特地跑一趟国外拍下来的那对吧?"

林邵点点头。当时接到蒋魏承安排的时候他还纳闷过,哪承想老板是为了博夫人一笑。

一场宴会过后,宾客是不是都开心不知道,但主人尽欢了。只剩下几个自己人之后,时序撕破一晚上的伪装,举着一支低度酒和赵恬恬在后花园碰瓶。

"以前我还不觉得,现在发现,打人脸真的好爽!"时序笑靥如花,满是得逞的笑意。

赵恬恬很懂她的欢喜,说:"我特地观察了你大伯和你堂妹的表情,一个仿佛便秘,一个气得咬牙。"

这接地气的形容,时序笑着推搡赵恬恬,语气娇嗔:"你好恶心啊赵总,你这样怎么嫁得出去?"

因着时序的开心,赵恬恬心情也好,恶心吧啦地揽过她,说:"嫁不出去就赖着你,反正你老公有钱,你偷你老公的钱养我。"

正在蒋魏承书房"无心"听人家小姐妹说私房话的杜忱喷了酒,蒋魏承嫌弃地看他一眼,口吻冷漠:"你也很恶心。"

杜忱不以为意,指指楼下,笑道:"你老婆和她这小姐妹挺有意思啊。我之前还真以为你老婆就像传的那样性情冰冷,只可远观呢,没想到私下性格这么活泼。那我就更好奇了，你们两这八竿子打不到一块去的脾气，是怎么看对眼的啊？"

被质疑性格不合的蒋魏承觑他一眼："你很闲？"

庄园恢复往日的宁静已经是晚上十点多了，时序卸下了那对钻石耳环，走到了蒋魏承书房前。

门没关，洞开的大门足够让她看清楚里面的景象。

蒋魏承倚在窗边，嘴角挂着时序从未见过的柔和笑意，似乎正在和谁打着电话。

时序不是有意偷听，但也着实好奇电话那头究竟是谁有这么大的本事，能让历来面色淡淡的蒋魏承看起来这样温和。

这犹疑之间，她就被蒋魏承发现了。

"到时候你有机会见到她的。"

他朝那头说完这一句，收了线。随着电话挂断，蒋魏承又变回了平日常见的淡漠脸。

时序弯了弯唇角，扬着手上的盒子示意："我来还你耳环。"

蒋魏承已经走到了书桌前坐下，期间他看了一眼时序。她还没来得及换衣服，窗外月光打了进来，小半洒在她的裙摆之上。

他觉得有些奇怪，明明和刚才相比她只是摘了一对耳环，却在这月光之下平添几分清纯。

"那我……放这儿了？"时序指指他的书桌。

蒋魏承收回放在她身上的目光，冷声道："放你那里。"

突如其来的拒人于千里之外的感觉，时序微怔，拿着盒子走出了书房。

以冷漠自防的蒋魏承在时序离开之后长舒一口气，目光牢牢盯着地上缓缓挪动的月光，不知在思量些什么。

走回卧室，时序觉得有些烦，正想把耳坠连盒子丢进抽屉却突然想起来，这个房间里很多她常用的东西在上午就被唐婶和阿茹收拾去了二楼的婚房。

想到合约婚姻却还要被迫共居一室,这下时序当真是婚前焦虑了。

带着这样的焦虑,她一晚上没睡安稳,第二天被早早挖起来化新娘妆的人此时正对着镜子走神。

化妆师资历深,也见过百来个新娘了,像时序这样满脸困倦,毫无新婚的紧张与期待的新娘还是第一次看见,整个人的反应还比不上伴娘生动。

赵恬恬确然是兴奋的,兴奋之中还有一丝丝伤感。时序透过镜子看见她脸上精彩纷呈的表情,开口调侃她以转移自己的注意力:"你这是打算等等在我的婚礼上表演变脸?"

赵恬恬说得煞有介事:"实不相瞒,我此刻有一种嫁女儿的苍凉感。"

时序隔着镜子就瞪了她一眼,化妆师没忍住笑出了声。化妆师虽然分神去听新娘和伴娘玩笑,但手上技艺一丝不苟。两个小时后,化妆室就响起了赵恬恬的惊叹。

时序的婚纱繁复,相对而言的妆容与发型就选择了简约的风格,虽说简约但花的功夫可一点不少,皇冠在她头顶一固定,头纱一罩,让赵恬恬想起了以前看画展时见过的中世纪女王。

华丽、优雅且从容。

或许是服装加持,时序这时候才真正有了一点结婚的感觉了。但也只是感觉而已,别人的婚礼新娘休息室来客络绎不绝,但她这里却安静得多。无人打扰,时序乐得清净,斜靠在沙发上补觉。

还没睡熟呢,就听到门口传来动静,时序开门一看,是笑得像朵喇叭花的杜忧。

有些意外他会过来,时序将人请了进来。看着里面如此安静,杜忧笑着说了一声:"现在我是有点相信说你不喜欢交际的传闻了。"

他说得很委婉,时序却直白得多,脸上并无不满,而是扬着唇回他:"你还不如直接说传闻里我没几个朋友是真的呢,反正也是事实。"

接触了几次,杜忧对时序先入为主的印象就是她一点都不做作,有时候甚至令人觉得很真诚。像他们这种环境成长起来的人,说得坦率一点,很少有时序这样的,所以更显得她难得一些。"

杜忱拿出额外备好的礼物,递给时序:"给你和魏承的新婚贺礼,准备得仓促你别介意,我是真没想到他说结婚就结婚了。"

时序收了礼物,静静等着杜忱的后话。今天他可是伴郎,这个时候出现在这里,显然是有话想单独和她说。

时序这一副静候佳音的表情让本还在组织措辞的杜忱轻松了一些,他咧了咧嘴,开口:"其实这几年他过得也挺难的,如今有你在他身边和他互相扶持,我也就放心了。你也知道他这个人,看起来就是个'注孤生'的性格,但你自己接触了就知道,他不是这样的。虽然那臭脾气有时候让人觉得没有心,但也就只是他一种自我保护的伪装罢了。"

时序必须承认,蒋魏承有杜忱这么个朋友应当是幸运的。她清楚杜忱话里话外的意思了,是怕她因为蒋魏承那冰冷的性子和他有误会,提前来把蒋魏承托付给她。

说起来,她对蒋魏承的过去有些好奇。顺着杜忱的话,时序开始套他:"他性子确实让人觉得冷。"

刚结婚就让时序有这种感受那怎么行,杜忱连忙替蒋魏承解释起来:"变成这样真不怪他,你知道的,整个蒋家的担子都压在他身上,他总得有威信才能镇得住那些蠢蠢欲动的人不是?"

时序适时面露疑惑,继续套话:"是啊,有时候总觉得他心里藏了许多事情,让人有点……心疼。"

一个随口胡诌,另一个却真的上了当。杜忱心想蒋魏承连这一面都被时序见过了,可见是开始对她交了心,丝毫不知时序小心机的杜忱立马就继续道:"嗐,你们都听过许多传闻,你也知道他这一路是单枪匹马闯过来的,打从我认识他开始他就一直是一个人,身边会为他考虑的也就一个林邵。他自己背地里咽下了多少苦闷和孤独,谁又知道呢。我托大,叫你一声弟妹,既然你们是一家人了,我便希望你们能好好的,也让他往后能有个人时时记挂着。"

本来是存着去探究蒋魏承的心情，但杜忧说得这么真情实感，反倒是时序觉得自己的做法不妥当起来。若杜忧不说，她还真不能想象到看起来刀枪不侵的蒋魏承居然也会有苦闷和孤独。

杜忧的嘱托，时序应下了却不敢确定自己能不能做到，毕竟在今天之前，她从未想过要去真正了解蒋魏承这个人。

杜忧走后没多久，外面便有争执传来，听声音是赵恬恬拦着时玥不让她进来。

时玥语气很鄙夷，对着赵恬恬就道："赵总这是看时序嫁得好，迫不及待就要抱大腿了，可我和她好歹也是堂姐妹，你这样拦着我，未免有些摆不清自己的位置了吧。"

赵家在时家面前，确实很不够看。赵恬恬能有今日的社会地位，靠的也大多是她自己的本事，在时玥眼中，她这种根基不深的姑且只能算是暴发户，历来都不放在眼里。

赵恬恬自然是站在时序这边的，面对时玥的挑衅，看在今天是时序婚礼的份上也忍了。

可时序没那么有好的脾气，她走出去看了时玥一眼，反讽："时玥小姐忘了不久前时家对外发布的正式声明了？我和你，现在算哪门子的堂姐妹？"

时玥被讽刺到了，嘴上却仍逞强："你真是，很令人刮目相看。"

时序头顶的钻石闪着光，连带着她整个人都显得高傲，她只是轻轻地眨了眨眼："过奖。"

时玥最讨厌她这种油盐不进的样子，捏着裙子逼问道："你明明不喜欢蒋魏承，为什么要和他结婚？"

时序笑了，意味深长地反问："我不喜欢他，那谁喜欢，你吗？少操些心吧，妹妹，好不容易和季许言归于好，怎么还有精力去费心别人的事情。你可得好好把住他才好，不然你猜你父亲会不会又求到我这里来？"

时玥成功被气得发抖，满脸愤愤道："我就知道这是你故意的，你想用这种方法重回时家，你心里从来都不舍得放弃时家大小姐的身份。"

被她的天真打败，时序笑出了声，接着气她："哎呀，被你发现了，毕竟有我在的场合别人介绍你都只会说那是时家大小姐时序的妹妹。"说完，也不想和她纠缠了，时序继续道，"今日是我的婚礼，你愿意来，我没什么意见，可如果你想挑事，我未必会顾忌季许的颜面。"

想到季许，时玥带着一肚子气走了，之前在时序面前逞过一次威风让她有些忘形，居然不记得对上时序的时候她就没有几次讨着过便宜。

全程围观的赵恬恬朝时序比了个大拇指以示赞许，而后笑出了声："还是搬出季许有用，他还真有本事，把时家这不可一世的小公主拿捏住了。"

"一个愿打一个愿挨的事，他们的爱情，何尝不是变相的交易。"时序摇头笑道。

话音刚落，今日格外意气风发的蒋魏承就不紧不慢地走了过来。

显然刚刚他都听到了，看了时序一眼，他评价道："气人的本事不错。"

时序没和他客气，应道："还行吧。"

"你这妹妹好像嫉妒你？"他又补了一句。

"很可笑，对吧？"

时序说着就笑了起来，有时候她真不懂时玥嫉妒她什么。时家对她一言难尽，却给时玥和时宴撑起了一顶近乎完美的保护伞。她之前所做的一切，出席的每个场合，何尝不是按照时家的要求，以自己去给时玥和时宴铺路呢。

但时玥仿佛看不到这些，只看到了她那些所谓的人前风光。

蒋魏承没接话了，意味深长地看了时序一样，而后向她支起了臂弯。

原来已经到了新郎新娘出场的环节，时序没有可以挽着出场的男性长辈，所以蒋魏承陪她一起出场。

她对这场婚礼没什么别的情愫，反正也就是一场表演，只不过整个婚礼现场一切布置得挑不出瑕疵，成双成对的摆件还有随处可见的两个人名字的缩写，让时序恍惚地觉得这确实是一场属于两个相爱的人的特殊时刻。

直到脚下一个趔趄，教堂的气氛因新娘热闹起来。蒋魏承偏头看了看她，低声道："专心。"

但时序仍旧没能专心起来，在说完"我愿意"之后继续恍惚，直到无名指被冰凉的戒指牢牢套住，这才意识到自己正在结婚。

站在她面前的蒋魏承一身黑色暗纹礼服，头发似乎还做了个造型，看起来不再像以往那么严肃板正，年轻了不少。

他神情专注，目光深邃。时序下意识地避开他的眼睛，盯着他衬衫上一丝不苟的温莎结，企图缓解尴尬。

哪怕到了现在，她和蒋魏承其实都还算不上熟。近距离接触时，总会让她觉得不太自在。

外人看来只会以为是新娘紧张，是以在牧师表示蒋魏承可以亲吻新娘的时候，起哄的声音叫得很大。

季年坐在前排，面上虽然含笑，可笑意不达眼底。而当他看到蒋魏承凑到时序面前，时序本能往后躲了躲的时候，他捏紧的手松了松，再看向两人的目光里便带上了探究。

时序感受到一股温热的呼吸凑了上来，不知怎么就想到了蒋魏承醉酒那天晚上，两人也是靠得这么近。注意到她的避让，蒋魏承轻笑一声，一只手托住她的后脑，阻挡了她后仰的姿势，而后迅速贴近，在她脸颊印上一个蜻蜓点水的吻。

专业度极高的摄影师抓拍下这一幕，从镜头里看，画面居然格外唯美。

伴郎杜忱恨铁不成钢地叹了口气，小声嘟囔："这种时候还亲什么脸啊！这样的人，究竟为什么会有老婆？"

赵恬恬没忍住笑出了声，这要是不亲脸亲别的地方，怕是时序要被吓得提裙子逃婚了吧，瞅瞅时序那脸，红得跟什么似的。

时序在蒋魏承的脸后退之后缓缓呼出一口气，换衣服的间隙她摸了摸自己发烫的耳朵，不敢去看镜子中的自己。

朝来宾致谢时，季许带着时玥走上前来。

人前的时玥落落大方，和方才在新娘休息室的判若两人，乖巧地在季许身边当个花瓶。

季许朝时序扬了扬杯子，口气颇为遗憾："之前还想着要把时小姐挖来季氏，没承想蒋总捷足先登，直接把人娶回了家。"

季许果然还是那个季许，一番话说得看似没毛病，但就是让人觉得他想搞事。

也许是因为今天是婚礼，蒋魏承全程带着淡淡的笑意，他道："幸好季总已有佳人在侧，不然我好像会有些危机感。"

时序尚且不知两个男人间简单的对话其实暗藏机锋，她客套地寒暄了句："期待季总的好消息。"

闻言，季许亲昵地拉了拉时玥的手，含笑应道："当然，还想向蒋太太讨个捧花的彩头。"

若非自己今天是主角还需注意一下形象，时序很想挑眉，她快速分析季许话里的意思，这是意味着，季许和时玥的关系取得了突破性进展？

看着季许，时序扬唇笑了笑："抱歉，捧花一早就送给伴娘了。"

季许面露些许惋惜，看向时玥："这样，我只能自己给你一捧了。"

时玥惊讶地扬起了头，时序到底没忍住挑了眉，季许果然是不按常理出牌的男人。

婚礼落幕后，林部发了几张婚礼中的照片供蒋魏承和时序挑选，用以对外发布。

当了一天演员的时序彼时刚舒舒服服泡完澡，走出浴室的时候，蒋魏承就在不远处的玄关等她。

"你来选吧。"他把手机递给时序。

映入眼帘第一张就是蒋魏承吻她脸的照片，快速划过，挑了几张中规中矩的，递还给蒋魏承。

以为没什么事了，时序习惯性走回常住的房间，看见阿茹已经陪着时冬冬睡熟了，才想起来她还有个婚房要去。

时序迟疑着步子踏进蒋魏承的私人领域，不是想象中的黑白灰，红色喜庆的床上用品眼熟极了，一看就是唐婶的杰作。

蒋魏承仿佛很疲惫的样子，对满目暧昧的颜色毫无感觉，掀开被子一角躺了进去，背对着时序很快平缓了呼吸。

时序扬手敲了敲自己的脑袋，暗骂自己想得太多。总不至于站着等天亮，时序咬咬牙，轻手轻脚地跟着躺进被窝，缩在床边。

豪华大床上的两个人背对而眠，中间的距离大得足够躺进三个时冬冬。

因前一天没好好休息，这一晚时序睡得很沉。早上意识迷迷糊糊清醒的时候她还在想，这场合约婚姻到目前为止，好像比想象中要轻松。

直到身后的人坐了起来，感受到床铺微微震动的时序屏住呼吸，不敢动了。

自动解除勿扰模式的手机不合时宜地响了好几声，时序再没有办法装睡，摸着手机坐了起来，佯装自然地和身边人说了声"早"。

蒋魏承戴着他的金框眼镜正捧着一本书在读，他分神看了一眼时序，回了句："早。"

时序想，这大概就是平平无奇的婚后日常。她骤然轻松，起身去了起居室洗漱，丝毫不知和她同盖了一床棉被的男人整整十分钟都没翻动过手里的书页。

不同于以往，蒋魏承的生活节奏仿佛突然慢了下来。时序慢吞吞走进餐厅的时候，蒋魏承正在细品唐婶炖的汤。

"你今天不去公司？"时序看着时间已经八点过半，诧异地问道。

"婚假。"他轻描淡写。

时序觉得自己问了个蠢问题，忙给自己"挽尊"："我还以为你不经常休假。"

蒋魏承看了她一眼，嘴角噙了一抹笑："确实不经常，这是第一次休婚假。"

您这话让人怎么接？

时序哽住了，忙打开电视缓解尴尬，刚好停在了财经频道。这个点基本都是早间新闻，此时正在复盘昨天的一线信息。

她随意扫了两眼，正在报道蒋氏宣布构建智能医疗领域新蓝图。

时序"咦"了一声，问蒋魏承："你不是打算过几天再公布？"

蒋魏承擦了擦嘴角，告诉她："季家已经有动作了，宜早不宜晚，且昨天大众的关注度都在我们身上。"

时序看着蒋魏承的目光瞬间有些钦佩，他果然是天生的生意人，借着婚礼的热度去宣布这样的消息，倒给蒋氏宣传部省了不少力气。

既然合作伙伴都这么给力了，时序也不想拖后腿。

"你可以让林邵安排了，我随时可以去研发组就职。我前几天询问了进度，二代智能舱在预人体试验阶段似乎出了一点小问题。"

她在提及工作的时候神采飞扬，这股斗志昂扬的气势让蒋魏承觉得颇为熟悉。

"不着急。"他说。

"欸？"时序不解。

他十分顺手地盛了碗汤递至时序面前，缓缓开口："今天还是新婚第一天。"

时序猝不及防感受到了蒋魏承的亲和力，整个人都呆愣起来。

看她在发呆，蒋魏承屈指轻轻叩了叩桌面："吃过饭去收拾行李，我们去度蜜月。"

还要度蜜月？

时序忙站起身，委婉拒绝："不用吧，现在这种时候，你走得开吗？"

连续加班了很长一段时间，就为了空出蜜月期的蒋魏承看了看时序一眼，反问："那不然我之前为什么那么忙？"

时序无言以对时，又听他补了一句："就当提前给自己放假吧，往后，有你忙的。"

收拾行李的时候，阿茹拿了个文件袋进来给时序，说是有人送来指名给她的。外包装上什么也没写，时序拆开才发现里面是几张薄薄的纸。细细看完上面的所有内容，时序整个人都分外安静。

阿茹担心她，问了一句："是什么？"

时序浅笑一声，看起来却不知道算不算开心："是我爷爷很多年前给我备的一份嫁妆，这件事……我们知道就好了，不用告诉蒋魏承。"

时序把文件塞回文件袋中，锁到了抽屉的最里层。而后她一边收拾着东西，却一边回想起了很多往事。

"爷爷"这个词，真是很久远的记忆了。

从她记事起，爷爷的身体就很差，早早把位置让给了时仲明，后来的几年，都在病房或是时家那扇沉重的木门后度过。

他走的时候，时序不到六岁。

如今互联网上依旧还有许多老人的照片，但若非刻意搜索，她已经很难想起老人的模样。记忆里他躺在病床上的身影倒是尚算清晰，还有每次她受了委屈躲到老人房间里时，那只枯槁的手摸自己头顶的触感也还没有忘记。

起码他是真心疼爱他们一家的吧，只可惜疼爱的时间太短了。也或许他早就知道了这一切，所以偷偷备下一份这样的东西，用以弥补他心中的亏欠。

在时序坐落头等舱的同时，季许走进了季年的实验室。

实验室内摆放着时序留下的第一代智能舱，彼时季年正安静地躺在里面。

季许敲敲门板，沉思中的男人睁开了眼睛。

从小到大兄弟二人都按照不同的人生轨迹各自成长，不如外界所说的那般亲密无间，但季年无法否认，世界上最了解他的人是季许。

季许知道他对时序的心思，更知道他心里不痛快，不然也不至于在没事的时候泡在实验室内。

季许把玩着桌面上的笔，开口："昨天蒋氏宣布正式开发智能医疗，我让人查了查他们注资的研发公司，发现了一些有意思的事情。"

季年情绪不高，对这些更是没有兴趣，淡淡道："这些你应该告诉父亲。"

季许面露玩味，继续道："这家公司早在一年前就出资成立，三个月前有一支成熟的研发团队带着一件你并不陌生的产品加入，对，就是时序和时家决裂的那个月。说起来也很凑巧，时序和时家决裂那天我也在，依稀记得，是因为她不满时家逼她和蒋魏承结婚。"

季年一点就通，找回些精神："你是说，时序和蒋魏承结婚，也许有内情？"

季许笑笑："也只是猜测，不过时家的打算，我们都清楚。这个时间点，发生的这一切事情，都过分凑巧了，不是吗？"

季年听完，苦笑一下："如果她是想和时家对抗，这样赔了自己进去多少有些傻。"

季许突然又抛出个消息："我和父亲商量过了，打算和时玥订婚。"

季年猛然抬头看向季许，对他的这个决定意外至极。

这些年在季许身边的人太多了，比时玥更优秀的并不少见，可季许永远一副游戏花丛的样子，迟迟不肯安定下来的原因季年非常清楚。

"你……如今家中一切稳定，其实没有需要你牺牲什么的地方。"季年说得委婉。

季许却笑了，他拍了拍季年的肩膀，说："很多时候，身处的环境会逼着人做选择，我是这样，也许时序也是。"

原来他绕了这么一大圈是为了安慰自己，季年终于牵起了嘴角，说："时玥其实很不适合你，你要好好考虑清楚。"

这一点季许却早就看明白了，反倒说服起季年来："但不可否认，目前她最合适。"

时序的婚礼时家的人除了时玥都没有去，明眼人都看得出来，他们是不想给时序面子，可也有人觉得时家后面做得这么绝，现在玩这一出多少有点给脸不要脸。

说什么的声音都有，气急败坏的时仲明在家骂骂咧咧了一整天，时序的做法就像是狠狠在他脸上打了一巴掌，打落了他所有的面子，但他还要装着体面的样子。

看着发怒的儿子，杜云英叹了口气："早该想到的，你弟弟的孩子，怎么可能会安分守己，她能有这一招是叫人不敢小看了。事已至此，你还是盯紧时玥和季许吧。"

这就又是时仲明的一桩心事，正烦着，却没想到季家的电话打了过来。

几句交谈后，放下电话的时仲明终于觉得自己的心情舒坦了许多，他笑眯眯地看着刚从家门口进来的时玥，道："季许父亲打来了电话，想两家约着吃个饭，定一定你和季许的事情。"

时玥愣在当场，小半天才反应过来要定的是什么事情，她欣喜非常，可欣喜过后却又有些失落，心想季许半开玩笑半认真的，在时序的婚礼上确实有所暗示，可订婚毕竟是两个人的事情，为什么不是她这个当事人最先知道。

第六章
向我太太道歉
CHIWEN

飞机落了地，时序才知道蒋魏承原来也是会有闲心忽悠人的。看着身后跟着他们的蒋氏工作人员，时序想总不至于真有人度蜜月还带着团队吧。

不过更令时序意外的是，走在最后的林郐身边还带着两个人，阿茹和时冬冬。时序疑惑地看着蒋魏承，他也不解释，只是丢了一句："林郐会为你们安排好行程。"

说完，他跟着他的团队先上了商务车。

被留在原地的时序看着开走的车眨巴眼睛，不知道该气还是该笑。林郐在后面摇摇头，忙上前解释："蒋总提前预约了米歇尔教授的时间，本来是打算和您一起过去的，不过刚好今天有一个比较重要的合作对象在这里，所以由我送您和小公子过去。"

听到米歇尔教授的名字，时序立刻就不觉得蒋魏承无情了。自上次带着时冬冬匆匆见了米歇尔教授一面后，时序就很想再约一次他，只不过他是真的太难约。

时序对蒋魏承这样的蜜月安排非常满意，当即抱着时冬冬坐上了车。

站在米歇尔教授办公室门口,时序深吸一口气。既期待又有些担忧,她摸了摸时冬冬的头,看着米歇尔教授的助理敲开了门。

令时序意外的是,米歇尔教授居然还记得时序,准确来说是还记得时冬冬这么个小病号。在不熟悉的环境中,时冬冬紧紧贴着时序,一步也不想和她分开。

简单询问过时冬冬这几个月来的状态,米歇尔教授让人带着时冬冬去做进一步的检查,主要是检测时冬冬各方面能力的发育情况。这种检查每年时序都会带时冬冬做一次,结果却有些差强人意。

在等待检查结果的时候,米歇尔教授同时序闲聊了起来:"上次是季带你过来的,我还以为你们关系很好,没想到原来你是蒋先生的太太。"

果然八卦不分国籍,时序笑了笑,道:"季年和我只是正常师兄妹关系。"

米歇尔教授看了她片刻,说了一句:"原来是这样。"

他语调微微上扬,显然对时序的解释不完全认可。毕竟季年明明知道他很不喜欢诸如上次那样的行为,却还是冒着他会生气的风险将人带来了。但看时序如此坦荡的模样,米歇尔教授就了然了,大概又是一个浪漫却不完美的故事。

检查的时间不长,米歇尔教授的助手拿着报告进来的时候,时序刚好喝完一杯咖啡。看着他低头仔细查看报告的样子,时序双手交握,拇指指甲盖被捏得发白。

米歇尔教授没有立刻说出结论,走到回来之后就黏着时序的时冬冬身边,对他发出了诸如"坐下""拍拍手""跳一跳"之类的简单指令,然而时冬冬没有给出任何反应。

米歇尔教授叹了口气,这口气仿佛叹进了时序心里。

终于,他说出了综合检测过后得出的结论。

"时小姐,根据智力测试,可以得出,您的弟弟目前的智力水平发育较为迟缓,不过不算很糟糕,现在相当于五岁儿童的智力。但其他综合能力却不乐观,他的语言能力目前是几乎没有发展的,这是比较严重的一个问题,除此之外,他对外界的感知能力很弱,几乎接收不到指令,也无法根据听到的内容进行行为处理……"

时序咬了咬唇:"上次与您交流时,您有说过他的状态趋好,现在同那一次相比,是怎么样呢?"

米歇尔教授摘下了鼻梁上的眼镜,道:"这就是我想同你说的最重要的一点,我发现这几个月来他的状态几乎是停滞的。如果按照现阶段发展下去的话,他的智力很有可能定格在这个阶段。"

时序悬着的心没有放下,而是被米歇尔教授的话砸了个七零八落。

看着眼前这个漂亮的姑娘满脸愁容,米歇尔教授重新组织了一下语言:"不过这个阶段如果积极进行干预和治疗的话,也许情况也不会发展得那么糟糕。身为监护人,首先要做的就是积极与自闭症患儿对话,哪怕他对外界的信息还处于屏蔽状态。刚刚我看得出来,他还是十分依赖于你的,而且看他对陌生环境的反应,可以得出他极度缺乏安全感,且时常容易感到恐惧。目前我给出的建议是首先要建立起他对环境的信任度,辅助开展各类能力训练。"

米歇尔教授一口气说了很多,时序随身携带的笔记本已经记了满满好几页纸,虽然她听得很认真,医嘱也都认真记下了,但其实动笔的时候大脑是没有思考的,对时冬冬的许多复杂情绪占据了时序的大脑,让她变得机械又麻木。

从米歇尔教授的办公室出来,林邰就可以明显发现时序的情绪不高。思索许久,他还是把这一状况向蒋魏承进行了汇报,电话那头的蒋魏承沉默了一瞬,而后对林邰说:"时冬冬的检查结果和米歇尔教授给出的建议,你发一份给我。"

检查结束,时序没有去哪里的欲望,直接让林邰把他们送去了酒店。蜜月套房是个总统套,不过没有那些花里胡哨的装饰,只在会客厅的茶几上摆了一束寓意美好的红玫瑰。如米歇尔教授所说,时冬冬就如时序的人形挂件,打下车开始一直到进了套房,他都被时序抱在手上。

其实时序原本是心存一些侥幸的，被这样兜头浇了一盆冷水，她不知道是该庆幸自己及时清醒，还是遗憾不能再多自我安慰一会儿。阿茹不知如何安慰，照顾了时冬冬这么多年，她对他的感情也很深，此刻也只能沉默地去收拾好时冬冬的行李，觉得哪怕多为他做一点小事也许都会对他有些帮助。

时序知道，自己此刻是阿茹和时冬冬的主心骨，虽然结果不尽如人意，可倘若连她都丧失信心，谁还会给时冬冬希望呢？她拍了拍自己的脸，佯装振作，拿出时冬冬的拼图铺开在地面，笑着问他："时冬冬，姐姐陪你玩拼图好不好？"

时冬冬自己坐到地板上，好在他还是会表现出一些喜恶的，能让时序稍微掌握一点他的行为特征。

时序谨记马歇尔教授的话，要适当刺激他对外界做出反应。抢在时冬冬拿到他需要的拼图前，时序拿了过来握在手里。

"时冬冬，你猜一猜你要的拼图在哪只手上？"

时冬冬只是迷茫地转了转头，不给她任何回应，姐弟两个就这样僵持了许久，然后时冬冬对时序的行为产生了误解，认为她在抢他的东西，在谁都没有预料到的时候，时冬冬一脚踢散了地上的拼图，攥着拳头气鼓鼓的。

时序好不容易建立起来的心态垮了，她撑着头有些丧，丢下了手里的拼图。时冬冬也不要那个拼图了，自己爬起来跑去翻阿茹打开的行李箱，找出了从他出生开始就一直陪着他的玩偶，坐在地板上紧紧抱着。

阿茹适时走了出来，时序神情恹恹的，没什么力气地说了声："带他去洗澡吧。"

蒋魏承回到酒店的时候，夜已经深了。套房玄关中亮着一盏灯，他往里走室内却漆黑一片。路过阳台时蒋魏承步伐一顿，随后他走了过去。

抱着双膝靠坐在阳台沙发上的时序听到脚步声回头看了一眼，本应该礼节性地说一句"你回来了"，话到嘴边却又变成了"谢谢你"。

时序的状态蒋魏承通过林郓的转述就已经心里有数，只是没想到她比他想的要更无精打采一些。已经耗费了一天精力的蒋魏承本打算早点休息，现在却改变了主意。

"吃过晚饭了吗？"他问时序。

晚饭是酒店送上来的，但时序当时毫无胃口，此刻被蒋魏承这么一问，她的胃就仿佛被激活了一般，不断传递出饥饿的讯号。

看她下意识地捂着肚子，蒋魏承把脱下来的西装外套搭在了臂弯里："走吧，去吃点东西。"

这个点大部分商店都已经打烊了，时序看到一家店还亮着灯下意识就走了过去，走进去之后才发现是一家24小时西式快餐店。想起和自己同行的是蒋魏承，时序打算转身，不料他却走了进去，并且走向了点餐台。

这种东西蒋魏承几乎从来不吃，盲选了两个套餐，送上来的时候他盯着食物看了许久，显然是在思考怎么下口。

时序替他考虑："要不换一家吧，这个打包回去好了。"

蒋魏承的迟疑也就只有一瞬，随后已经将食物拿在了手中，看向时序，问："坐在阳台想了什么？"

没想到他还有这份闲心，可当下时序确实很想找人倾诉，那个人是蒋魏承也行。

她挖着眼前的圣代，笑了笑，笑意有一些苦涩："我觉得自己不太负责任，明明知道自己是时冬冬唯一的依靠，却任由他变成了现在这个样子。如果他以后一直保持现状，我不知道该怎么办。"

蒋魏承问她："你十八岁的时候在干什么？"

一大勺冰激凌下肚，时序被激得抖了抖，她眼神有些放空，片刻后才道："失去了父母，萎靡了数月，然后入学，上课。"

"看起来似乎并不轻松。"他说。

何止是不轻松啊，那个时候的时序简直觉得人生不再有意义了。若非阿茹和赵恬恬以时冬冬来作为她的责任，兴许这个世界上早就没有时序。

不过那些都已经是时序跨过的坎儿了，哪怕提起来她还是会伤感，却不如当年那般消极。

时序弯了弯嘴角："那个时候觉得自己怎么都过不去了，可也稀里糊涂地扛过来了。"

"一次就透支了你所有的信心？"蒋魏承又问。

时序抬眼看他，反驳："怎么可能，信心这种东西，是不断建立的。"

蒋魏承勾唇，没再说话，而是起身再度走向了点餐台。

时序后知后觉地意识到，他刚刚似乎是在开导自己，兜了这么一个大圈子，是在让她建立信心吗？

正这么想着，一杯冒着热气的牛奶被修长的手放至她的眼前。时序抬头和他对视，蒋魏承淡淡说了一声："我不希望半夜因为你胃痛中断睡眠。"

时序看着已经被自己吃完大半的冰激凌，放下了勺子，开始小口啜饮那杯烫嘴的牛奶。一早就见识过了她气场全开的样子，但这会儿蒋魏承却觉得她看起来有些乖。

蒋魏承匆匆吃了几口味道不怎么样的食物填饱肚子，擦了擦嘴。他长腿一收站了起来，对她道："走吧。"

时节已晚，离开了温暖的室内，时序在风中搓了搓手臂。蒋魏承将搭在臂弯的西装外套随手递给她，也不说话。时序本想拒绝，结果他却像不耐烦一样，直接展开披在了她身上，而后大长腿在前迈着，也不管她跟不跟得上他的步伐。

莫名地，时序想起了一件旧事，嘀咕了一句："你们男人都那么喜欢借外套给别人吗？"

蒋魏承听得不真切，回头问了她一句："什么？"

时序摆摆手："没有，我就是想起来盛夏的时候也有人给我送了一件外套。"

蒋魏承流畅的步伐停了停，脸上表情有一瞬微妙，只不过很快又藏于夜色之中。时序哪里晓得，蒋魏承少见有那么多管闲事的时候，那是第一次,不过被她拒绝得很彻底。

时序睡醒的时候天才微微发亮,她辗转了一下身子发现身边还躺着一个闭目而眠的蒋魏承。

借着微光,时序打量了一下他的睡颜,只想感慨一句这人除了有时候嘴毒一点以外,其余的行为举止都像极了设定过程序的机器人。睡觉这么放松的事情,他居然也能做到一个晚上不变换睡姿。

他下巴冒出了一点青色胡楂,时序轻轻"啧"了一声,这样看又觉得这人真实了一点。

蒋魏承轻轻动了动,似乎有醒来的趋势,时序赶忙悄悄下了床,躲到了外面的浴室洗漱。

几乎是时序一动蒋魏承就醒了,他本就浅眠,这几天被迫和时序同寝其实他休息得一点都不好,暗自思考着回去之后要找个什么合理的理由,在不引起唐婶和阿茹怀疑的情况下和时序分房而眠,以保证自己的睡眠质量。

时序刚洗完脸出来,时冬冬就自己打开房间门跑出来了。时序给他买的睡衣偏大,套在他身上松松垮垮的,配着他一头乱糟糟的小软毛,煞是可爱。经过一晚上的冷静和丧气,时序觉得蒋魏承说得也对,她不该早早丧失信心。

时序不管时冬冬能不能听进去,牵住他的小手把他往洗漱台带,一边刷着他的乳牙,一边碎碎念:"小朋友要刷牙才不会长蛀牙对不对,张大嘴姐姐看看,我们时冬冬小朋友有没有蛀牙。"

她两个手指在时冬冬的脸上一捏,他的嘴就嘟了起来。时冬冬显然不知道自己姐姐如此反常是在做什么,一脸呆呆地看着时序,看得时序觉得他好萌,低声笑了起来。

笑声透过空气传到刚走出房门的蒋魏承耳中,看来时序的自我恢复能力比他想象的要更强。他多少有些欣赏这样的时序,想着自己的合约对象还算不赖。

林郁适时过来敲门,顾虑到时序在,他没有往里走,只是在进门处低声向蒋魏承汇报了几句什么,时序听不真切不过也没有要去偷听的想法。不过门廊处的镜子却让时序看到了蒋魏承的表情,他先是扬了扬眉,随后嘴角轻轻一勾,一副得逞了的表情。

吃过早餐,时序询问蒋魏承接下来的日程安排。她本意是想告诉蒋魏承如果他有公务就去忙他的好了,她也有自己的打算。阿茹从汶岛开始一直跟时序到现在,说起来这么多年时序从没带她去哪里玩过,也很少带时冬冬去度假,正好趁着这次带他们在这远离时家的地方好好游玩一番。

不过蒋魏承却是让林郁把他们一行全部送到了某处高端的度假区,林郁将他们四个人送到就功成身退了,跟着蒋魏承同来的团队时序更是一个都没再见过。

她不解的目光从开始就一直投向蒋魏承,蒋魏承接触了好几次之后,才破天荒地和她解释道:"现在开始才算是真正的蜜月,一周后我们回去。"

就这?

看完整个度假区的功能介绍之后时序想,蒋魏承是借机来疗养的吧。别人的蜜月是去沙滩大海名胜古迹,她的蜜月是来森林氧吧修身养性。

不过阿茹似乎是很喜欢这里的样子,或许是这处占据了整座山的度假区建筑风格同汶岛的建筑有些相似,阿茹觉得亲切。

时序本来就对蜜月无所谓,看到他们喜欢就更随意了。她找了一个通风的阳台坐下,抱着笔记本电脑看科研助理给她发来的二代智能医疗舱数据。

将冗长的数据看完,时序对他们当下的实验进展有了一个大致的概念。长时间坐在电脑前,时序肩膀酸涩,她站起身舒展了一下手臂,回头就看见穿着黑色针织衫的蒋魏承坐在楼下的小院子里看书。

虽然依旧是黑色,但针织衫比西服休闲许多,他偶尔扶一扶下滑的金边眼镜，间或端起桌面上的茶水小饮一口。不知道是不是错觉，时序觉得他身上的冷锐此刻被掩藏了大半，居然让她觉得有几分儒雅。

时冬冬不知道从哪里跑了出来，似乎也不怕蒋魏承，直直跑到了他附近，只是也没看他，一屁股坐在草地上摧残起草地上的小野花。本置身事外的时序被自己的口水呛了呛，连忙跑到下楼阻止时冬冬打扰他。

时冬冬跑过来的时候蒋魏承就放下了手里的书，他不说话，环着手有些随性地靠坐着，目光始终在观察时冬冬的行为举止。

"星星的孩子"很多行为是没有缘由的，他们的有些行为和正常人的举动并无区别，甚至在蒋魏承刚刚看的书籍中还记载了有一个自闭症小女孩有许多人都有的强迫症，一定要把24色彩色笔按照颜色规律排列的例子。

时冬冬埋头拔花，满是泥的手往脸上一抹，小嫩脸变成花猫脸。蒋魏承不怎么接触孩子，看到这一幕没忍住笑了，他抽了张纸，俯下身想帮他擦脸，不料时冬冬手下的花茎很韧，拔出来时带出了一坨泥，直接溅在了蒋魏承的镜片上。

刚走到门口的时序及时刹车，掉转步子回头了。想不到时冬冬还有当熊孩子的天赋，时序觉得身为监护人这个时候出去不妥，赶忙去搬救兵阿茹。蒋魏承早就看见了时序，自然也没错过她脚底抹油开溜的背影。

蒋魏承无语地摇了摇头，把时冬冬从地上拉了起来，带他去洗了手。如果时序在场应该会惊掉下巴，时冬冬居然不抗拒蒋魏承，任由蒋魏承帮他抹了脸洗了手，还玩起了水又甩了蒋魏承一脸。

不知后情的时序而后看到蒋魏承就有些心虚，早在她挖他老底的时候就记得，蒋魏承仿佛是有点什么洁癖的，住蒋家这么久从他的行为举止也感觉得出，他对脏基本零容忍。

这边时序还躲着蒋魏承呢，那边时冬冬就仿佛是被勾起了什么闯祸属性，又惹事了。时序赶到的时候时冬冬在大声地叫唤，原来是看到有人在小山坡上架设了天文望远镜打算晚上观星。

小山坡离时序他们住的独栋很近，时冬冬应该是趁着阿茹不注意跑了过去。架设天文望远镜的是一对年轻小情侣，周身名牌还有几件定制饰品，十足的富二代做派。

他们似乎很反感小孩，看着时冬冬的时候整张脸都是厌恶。时冬冬几乎从不会与人对视，他全部的注意力都在那架天文望远镜身上，跑过去了就要上手，被年轻的男生一巴掌拍开了手。

"小屁孩，走开。"男生语气很冲。

时冬冬根本听不懂，此刻的目标很明确，就是要用天文望远镜。眼看他又要走上来，男生脾气也起来了，直接伸手将时冬冬往后推搡。时冬冬没有被满足，大声叫了起来，才惊动了时序。

虽然时冬冬没有概念，但是这件事确实是他有错。时序好脾气地表达歉意，谁料这对小情侣根本就不领情，他们也看出来了时冬冬不正常，拽着声音道："你家小孩是不是有病？有病别放出来啊，好好度个假遇到神经病，真晦气。"

时序当即就没给好脸色了，尤其看到时冬冬手背上还有红色指痕。她冷着声音，看向两个人："道歉。"

一听，男生瞬间就嗤笑了一声，很轻蔑地看了时序一眼："阿姨，你搞错了吧，是你家的小神经病向我道歉才对，不过他恐怕也不懂什么是道歉吧。我劝你有这种小孩就好好锁在家里，我这台天文望远镜很贵的，他碰得起吗！"

时序被侮辱了倒是不生气，生气的是他们这么说时冬冬。时序冷笑，正打算反驳，可正在生气的时冬冬趁大人不注意，一脚就踢向了天文望远镜的脚架，失去平衡的天文望远镜顺着坡度滚了下去，最后磕到了石块，听声音是碎了镜片。

小情侣当即就怒了，男生扬起手就要甩向时冬冬，恶狠狠道："小爷今天就教教你这个小神经病什么是社会的毒打！"

一只有力的手钳制住男生的手臂，蒋魏承冷冷地看了男生一眼，竟让他被这过于有震慑力的目光看得有些迟疑。

男生顾及蒋魏承在场，没敢动手了，但还是狂的，语气不饶人："呵，一家三口啊。赔钱吧,没个百八十万,这件事别想过去。"

蒋魏承拿出皮夹中的支票,轻飘飘地丢到了地上,看着小情侣,语气肃冷:"向我太太道歉。"

男生还因蒋魏承的举动心里冒火呢,他的女朋友却是捡起了地上的支票,看清上面的签名扯了扯男朋友的袖子。男生一看,脸色微变,却不想丢了面子,丢下一句"有病要治",带着女朋友迅速走了。

时序对着时冬冬发不出脾气,但一张脸已经气得涨红。她在生自己的气,气自己为什么要让时冬冬被人这样对待。时序连谢谢都忘了说,抱着时冬冬回了别墅。

社会异样的目光,诸如此类的语气,往后可能依旧会出现在时冬冬的世界里,只要想到这样的画面,时序就觉得心被扎了个洞。唯一庆幸的是现在的时冬冬还什么都听不懂,可他生病却并不代表着就可以被随意折辱。

时冬冬一无所知地沉浸在自己的世界里,玩得很开心。时序抹了一把脸上的泪痕,吸吸鼻子,拍拍他的小屁股,故作坚强:"走,我们去吃饭。"

热腾腾的饭菜早就上了桌,蒋魏承坐在桌边没动,看起来是在等时序。时序在他对面坐下,时冬冬扭着屁股坐不安分,想吃桌面上的食物。可时序这会儿没顾上他,而是先对蒋魏承说了一声"对不起"。

蒋魏承夹了一个虾卷放到时冬冬手边,闻言只是说了句:"没人能欺负到蒋家头上。"

不管怎么样,时序此刻确实很感激他。刚才如果不是他在,事情不会那么容易收场,其实他就算不插手,时序也不会怪他,毕竟她和他只是合作关系,时冬冬不应该也变成他的麻烦。可他还是帮忙了,时序很久没有体会过有人撑腰的感觉了,原来还挺让人心生踏实的。

随后的日子平平静静的,时序再没在度假村见到过那对小情侣,蒋魏承有自己的一套起居时间,每天固定的运动、看书、疗养,时序更多的时间都在陪时冬冬,七天的蜜月假期,也很快结束。

回到西城还是林邰来接的人，蒋魏承一坐上车林邰就把平板电脑递到了他手上："蒋总，这是这段时间发生的您可能想要了解事情。"

蒋魏承随意看了几眼，把平板电脑递给了一旁的时序。时序一眼就锁定了上面最关键的信息，季许和时玥订婚了，并且季家和时家宣布合作开发智能医疗。

时序看了一眼蒋魏承，问："你早就知道了？"

蒋魏承轻笑："意料之中。"

而后，时序又听他说："你可以准备去研发部入职了。"

时序的入职手续办得很利索，回来的第二天她就掐着点到了办公室。休息了几个月，再次步入职场，时序有片刻茫然，可看到熟悉的人和器材她又迅速地进入了状态。

一在办公桌前坐下，时序就开始和团队同事核对进度，蒋魏承肯定不会把所有的宝都压在时序的智能医疗舱上，整整占据三层楼面积的研发中心，时序的研发组只占其中半层，她也是现在才知道，原来自己和这个团队还需要面临内部竞争。

这在很大程度上激发了时序的斗志，除此之外她也不免佩服蒋魏承的管理手段，不管在什么时候，竞争环境都是一个极为有效的激励手段，起码这三个月来，曾与她共事的这个团队如今已经被激发了很大的活力。

在一群专业的人面前，时序从不自诩专业，看着团队就目前的二代智能舱各抒己见，时序大多时候都在认真聆听。整体达成共识后，时序的助手将一沓表格放在了时序面前。

"Doctor.Xu，这是目前申请参与人体试验的申请表格。"

时序接过并没有着急打开，而是问道："之前的问题解决了吗？"

助手没想到那样一个小问题时序还特地询问，忙道："已经解决了。"

时序点点头，这才翻看起手中的申请表。其实在正式召集志愿者对智能医疗舱进行人体试验之前，整个研发团队已经在内部进行了第一轮试验,研发者亲身试验,主要针对的是产品的硬件,查缺补漏,更深层的用意是为了确保产品的安全性,尽量规避志愿者在试验阶段因为产品问题受到伤害。

所谓问题,就是研发团队成员躺进智能医疗舱的时候,出现了短暂的电流速断保护,虽然不到十秒之后就恢复了正常,之后的上百次实验中也再没有出现,被判断是偶发现象,但团队还是熬了好几个晚上找出了原因,这才敢进行志愿者实验。

时序很认真地筛选志愿者表格,产品既然已经走到这个进程,可以说对于许多有自闭症患儿的家庭来说是一个难得的机会,时序盼着这个东西能发挥最大的效用,也希望尽可能地去帮助一些存在困难的家庭。

她把表格分作三份,采用的、淘汰的和待定的,正当她拿着一张表格犹豫着要放到三份中的哪一份时,有人敲了敲门,随后杜忧笑着走了进来。

蒋魏承推他出来当这个公司的总负责人,时序会在这里遇到他并不意外。

杜忧咧开了嘴,相邀道:"和你家那位约了午饭,等等一起啊。"

时序本来想拒绝,话到嘴边看了看手上的表格,犹豫了一下还是答应了。

午餐地点离公司不远,时序没有特地告诉蒋魏承她也去,她到的时候蒋魏承略感意外地挑了挑眉,没多说什么。时序肯定不会单纯到以为他们说的约午饭就是纯粹吃个午饭,毕竟都不是什么时间很闲的人。果不其然,菜刚上齐,两个男人就说起了正事。

"还好你有远见,一早先布下了局,季许那小子也留着后手呢,这几天季家和时家大刀阔斧的,已经摆明了要和咱们打擂台了。"

蒋魏承呷了一口茶,反应很淡:"早晚有这一天的,他们越仓促,也就越容易露怯。"

两个人谈这种事情丝毫不避讳时序,可见也没把她当外人。她静静听着他们讨论现在的局势,一边暗自思忖。

季家的实力虽然同蒋家相比稍逊色些,但毕竟在医疗领域树大根深,蒋魏承打定的是独占鳌头的主意,以季许的行事作风来说自然也不会想把利益拱手相让。有钱大家赚,但是有本事的那个肯定是希望自己赚得最多的,真正论起来季家和时家合作好处并不明显,季许愿意带着时仲明玩,多少有些出乎时序的意料。

不过这样一来单枪匹马的蒋魏承就不见得很有优势了,以一对二,他看起来倒是一点紧张感都没有。

正胡乱想着,盘子里不知道什么时候多了一片松茸,时序抬眼时蒋魏承刚好收回手,一旁坐着的杜忱看着两人笑得暧昧。

食用菌历来是时序的死穴,能忍受菌子和自己在同一个餐桌已经是她极大的退让了,吃是绝对不可能吃的,蒋魏承这种人前做戏的关照她实在无福消受,赶忙拿出了放在包里的东西转移他们的注意力。

"二代舱的志愿者申请表,这份令我有些为难,想让你们拿个主意。"说罢,时序把东西递到了蒋魏承手上。

等他们两个都看完以后,时序轻咬着唇等他们说话。

蒋魏承看了眼时序,问:"你怎么想的?"

这份申请表本身没有问题,但申请的家庭身份却有一点特殊,不巧正是他们都认识的,是个有一定地位的明星家庭。正常来说,都是打过交道的关系,如果他们真的想把家中的孩子送来参与这个实验,招呼一声就好了,但他们这么正经地递了申请表,反而让人不得不谨慎对待。

时序支着下巴道:"有利也有弊。他们家愿意参与,有效果的话就是最好的广告,不过同等的,也会让整个实验阶段从开始就备受瞩目,任何缺陷都会被无限放大,对我们来说压力不小。"

她说得很精准,蒋魏承眼中掠过赞许,接着她的话说:"既然是送上门的免费宣传,那就接受,你的抗压能力应付这个应该足够。"

杜忱本来还跃跃欲试想发言呢,可一听蒋魏承的话,又看他那一副笃信时序的样子,杜忱只觉得自己猝不及防被喂了一口"狗粮",顿时不想开口了。

时序心里其实也是想通过的，但不是从蒋魏承那个角度去想的，而是那个孩子的情况和时冬冬差不多，但性征又完全不同，很有参考价值。

　　既然蒋魏承发了话，她也不纠结了，草草吃完饭，她就想尽快回去将名单落定，早点进入下个阶段。

　　看着时序匆匆返回工作岗位，被她落在后面的两个男人表情各异，随后杜忱拍了拍蒋魏承的肩膀，很替他感慨："你老婆看起来比你更工作狂啊。"

　　蒋魏承嫌弃地摔开杜忱的手，看了看时序阔步离去的背影，说了句："不好养。"

　　他在谈公事之余可没略过时序对他夹的那片松茸的反应，是碰都不碰的。除了松茸，桌子上五道菜她只吃了两道，挑食程度可见一斑。

　　时序回了办公室在午休的时间把择定的志愿者全部整理了出来，下午一上班就把名单交给了助理。

　　助理翻了翻名单，意外地在上面看到了一个并没有出现在申请表内的名字，她错愕地看了看时序。时序似乎知道她在意外什么，笑着说了句："时冬冬的详细资料晚点我发给你，这个实验他也参与。"

　　助理愣愣地应好，忙着去跟进后续的事项。

　　时序下班前将团队的办公区域都走了一遍，实验区十台崭新的二代舱静静待命，似乎准备召唤一个奇迹。

　　等时序回到蒋氏庄园的时候，已经是晚上九点多了。蒋氏庄园一如往常的清净，但时序此时却发现了它的缺点，那就是离她现在上班的地方太远了，一个多小时的车程，有这么多时间做点什么不好，真不理解为什么蒋魏承每天那么忙碌却还要住在这里，白白把宝贵的时间浪费在通勤上。

　　时序进门的时候蒋魏承已经在家里了，坐在沙发上拿着一大幅图纸在看。时序没精力好奇他在看什么，倒是目光牢牢锁定唐婶，语气带着点自己都没发现的委屈："唐婶，我饿。"

　　唐婶听完时序的话就看了一眼蒋魏承，心想先生还真是料事如神，事先就交代了她准备一些宵夜。唐婶赶忙去了厨房,给时序热起先前备下点心。

蒋魏承端坐在沙发上,看着手里的设计图一动不动,心里却在想,就她中午吃的那点东西,到现在不饿才怪。

或许是动了一天脑子的缘故,到现在还没吃晚饭的时序是真的饿得难受,也不管蒋魏承就在沙发坐着,她走过去拿自己放在茶几上的曲奇饼干垫肚子。

时序叼着曲奇路过蒋魏承的时候挪眼看了看他手里的设计图,随口就问:"你打算装修庄园?"

蒋魏承眉毛都没抬一下:"要把一个圆顶改成玻璃顶。"

时序又看了一眼蒋魏承手上的图纸,咂咂嘴。蒋氏庄园的主建筑有两个圆顶,穹苍式结构,难盖也难拆,他这么费劲儿要改屋顶,时序只能说,蒋魏承的爱好她理解不来。

不过家里装修倒是一个很好的借口,时序擦擦手上的曲奇屑,道:"家里要装修,几天肯定完不了工,时冬冬怕喧闹,正好实验马上要开始了,我打算这阵子带时冬冬去我市中心的公寓住。"

前几天就在盘算怎么和时序合理分居以保证睡眠质量的蒋魏承对她的提议毫无异议,当即表示同意。

等他迈着步子往楼上走的时候,他在楼梯的拐角处停了停,方才时序说的是……家里?

家,真是陌生的词语。

蒋魏承收起脸上的哂笑,缓步走向了卧室。

一个小时后,吃饱喝足并把自己洗刷干净的时序带着一股暖意走进房间,蒋魏承还没睡,靠坐在床头看书。时序掀开被角坐了进去,伴着蒋魏承书页翻动的声音刷着自己的社交软件。

说起来,和他近距离接触这么多天,时序还真的从没看过他在休闲时间碰过手机,大部分时间就是捧着本书,也不知道是在找哪个颜如玉。

时序余光偷看他一眼,蒋总的生活这么朴实无华?是霸总中的另类没错了。

时序收回自己的目光，不料他已经看了过来。她表面从容地放下手机，客套地和他道了句"晚安"，随后将自己藏于大床一角，努力当个鹌鹑。

一动不动之余她还不忘教育自己：十次偷看他九次被抓包，时序你怎么不长记性！

就在时序迷迷蒙蒙即将陷入梦乡的时候，身边的人放下了书关了阅读灯，房间霎时陷入黑暗，所有的感官也被悄悄放大。时序明显感觉到身边人躺了下去，然后在一片黑暗中，时序听见一道低沉却轻的声音。

"晚安。"

全新的一个工作日，杜忧正优哉游哉地在公司地库停好车，就看见隔着三个车位的时序匆匆忙忙地下了车，踩着高跟鞋跑出了百米冲刺的架势。

杜忧觉得很有意思，快速掏出手机录了个短视频发给蒋魏承，末了还不忘发了一段语音揶揄："你老婆这么爱岗敬业的人居然迟到，你耽误的吧？"

这么无聊的问题蒋魏承一般都懒得回复，倒是把时序踩着高跟鞋狂奔的视频看了两遍，有些好笑她开始在他面前解锁的这些全新的面貌。

在今天以前，蒋魏承从来都不觉得时序是那种急性子的人，大概是她的行事作风一直给他一种沉稳从容的感觉。

直到今天早晨不到六点她就起床开始收拾行李，打定主意今天就要搬到市中心。她雷厉风行的样子一度让唐婶和阿茹误会他们昨晚发生矛盾，蒋魏承没有解释的习惯，却被迫承受了唐婶和阿茹的目光审视。

现在她因为自己的行为迟到，还要连累他被杜忧误会。

时序本来也是没打算那么急的，但不知道昨天晚上究竟是哪根筋不对，感觉躺在自己身边的蒋魏承存在感格外强，天知道她别扭了多久，思前想后还是觉得赶紧分开住比较好。

时序到办公室以后已经心无杂念,她的助理工作效率极强,或许是也感知到了她的急迫,以最快的速度通知了参与实验的九个志愿家庭,并约定了在今天进行面谈与相关文件的签署。

时冬冬的那份志愿书是最早送到时序手边的,时序之前就在线上参与过志愿书的拟订,志愿书到手之后几乎是毫不犹豫就签署了。

她自己没有很大的感觉,团队成员知道以后却备受鼓舞。如今整个团队都是摸石过河,在时序这三个月都不在他们身边的前提下,她如今的行为很大程度上是对这个团队信任的一种表现。

同样心情激动的还有收到实验室通知的志愿家庭,除却那个明星家庭以外,剩下的八个家庭中,有六个都属于低收入家庭。对于低收入家庭来说,家中有一个这样的患儿,其实是非常大的压力,他们没有足够的资金去治愈孩子,唯一能做的就是尽可能地多打几份工多赚一点钱,在糊口的同时尽可能让患儿过得好一些。

在接收到通知以后,大部分患儿家庭早早到了,坐在会客室按捺着紧张的心情等待。时序路过会客室时侧头看了一眼,那些家长的面孔或年轻或年老,却都有一个"饱经沧桑"的共同点。

时序准备走进会客室的时候,最后一个明星家庭也姗姗来迟。时序不关注娱乐圈,倒是从赵恬恬那里听过,这个三十出头的著名演员在事业巅峰期宣布结婚生子,两年以后公布离婚和孩子生病的消息,后来她一边工作一边照顾孩子,苦尽甘来收获粉丝无数。

"蒋太太,你好。"夏莹率先伸出手。

时序礼节性地握了握她的手:"你好夏小姐。实话说看到你的申请我很意外。"

夏莹的表情分寸把握得极好,是一贯面向镜头时的笑容:"因为这个项目是你和蒋总发起的我才敢参与。"

时序点点头,并未继续同她客套:"希望不会辜负大家的期待。"

整个沟通过程比时序想的要顺利,几乎没有任何人提出异议。在夏莹走出会客室的时候,夏莹的工作室发布了消息,给时序来了一招措手不及。等时序知情的时候，大楼外已经围了不少媒体。

夏莹习以为常，甚至在下楼时还向时序问道："蒋太太，要不要一同露个面？"

时序并不想这么高调，还在犹豫的时候助理却跑了过来，小声告诉时序："蒋总来了。"

蒋魏承出现在这里，无疑让到场的媒体都兴奋了一把，纷纷觉得此行不亏。

他来了，时序也就不得不出现了，她朝夏莹笑笑："一起下去吧。"

来拍夏莹的大多是娱乐记者，对时序也不算陌生，不过他们还是第一次在时序的工作场地拍时序，早有人在时序出现的时候就笑着说："第一次不是在机场之类的地方拍时小姐，还怪不习惯的。"

时序耳朵尖，听完当即就笑了起来，破天荒地回应了一句："我很荣幸能被你们看到我'务正业'的样子。"

时序一语，让全场的气氛陡然轻松起来。蒋魏承不知什么时候已经走到了她身边，这还是他们婚后第一次在外界同框，看起来高度般配的两个人站在一起一时间抓住了全场所有的关注。

记者们狂按快门拍到了想要拍的照片，这才想起自己来这边要挖掘的料，连忙提问："夏小姐，想请问您这次是出于什么原因让您的宝贝申请成为这个项目的志愿者呢？"

夏莹知道自己为了热度没有通知时序贸然把媒体都吸引过来有些不妥，此时便尽可能地送她人情："出于对蒋太太和这个项目的信任，我相信这会让我们这样的家庭看到希望的曙光。"

蒋魏承听到身边的时序轻笑了一声，侧头看她又已然是以往出现在各大场合时端着的表情，他觉得很有意思，微微勾起嘴角。

如时序所预料的那般，下一个问题就抛向了时序。

"蒋太太，对于夏小姐的信任您会不会感到压力很大？"

时序嘴角轻抿，语气波澜不惊："我们比较注重结果导向。"

略作回应算是给了媒体面子，而后蒋魏承就不再给他们提问的机会了，他同夏莹点头算是打过招呼，俯身在时序耳边低语了一句什么，而后两人相携走入室内，留下林郃收尾。

时序被蒋魏承牵着走的时候，不知道身后哪家媒体的女记者兴奋地叫了一句："蒋总好宠夫人。"

时序耳朵本来还因为蒋魏承低音说的那个"走"微微发麻，听到这句话登时不太好，走回大楼确认没人看到后忙放开了蒋魏承的手。

蒋魏承手心一空，手指轻捻了捻，而她已经走向了自动售卖机买了两罐冰咖啡。

"喝吗？"

时序没直接给蒋魏承，以她的观察，这么久以来只看他喝茶和白水。

果然，蒋魏承接过却没有打开。

时序兀自拉开拉环豪饮两口，随后才道："谢谢你。"说完又小声嘟囔，"感觉最近尽对你说谢谢了。"

蒋魏承很意外，似乎是不相信时序能这么快理解他出现在这里的用意，反问她："谢我什么？"

时序扬唇一笑，笑容明媚又撩人："谢谢蒋先生帮我们团队转移注意力，虽然在这其中我也贡献了一半力量，但毕竟夫妻一体嘛，没你我独木难支。"

她确实聪明，这是蒋魏承心中的第一概念。

他心情很好地看了时序一眼，轻笑道："蒋太太，我是商人。"

时序应得干脆："请您吃饭。"

蒋魏承看了看表，问时序："下班吗？"

"今天没什么事了，可以下班。"

蒋魏承往时序办公室走："拿上东西走吧，行李已经送到你的公寓了。"

时序没想到蒋魏承今天就打算让她兑现这顿饭，但他都一路把她送到家门口了，她也没有把人往外赶的道理。

结果等时序一开门，家里比她想象的热闹很多。唐婶也在，正帮她归置着从蒋氏庄园搬过来的行李。

时序放下包以后先抱着时冬冬亲昵了会儿，随后很自觉地往厨房走，唐婶见状想来拦她，她一边用木簪子盘头发一边将眼神朝端坐在沙发上的蒋魏承飘。

"欠您家蒋总一个恩情，亲自下厨报答他。"

时序语气俏皮，听起来心情不差。

唐婶这才把提了一天的心放回肚子里，暗叹自己越来越不懂现在小夫妻的情趣，同时又觉得自己擅自装了一箱先生的换洗衣物过来果然是正确的。

时序的厨艺和唐婶比是天差地别，但尚算是能入口的水平，蒋魏承吃习惯了精心烹饪的菜肴偶尔尝尝时序这种入门级的家常菜倒也觉得新鲜。

"手艺不错。"八分饱的蒋魏承喝了口温水才悠悠夸道。

时序在自己最熟悉的环境中放松很多，自然流露出真实状态，想也没想就回道："蒋先生难得夸人，这种时候不用吝啬，可以多夸几句。"

时序清晰地听到对面传来一声闷笑。好吧，她差点忘了这是外人口中冷心冷肺的蒋魏承。

时序正叹说出去的话不能像语音消息一样可以撤回的时候，她听到他问："你很喜欢听我夸你？"

时序觉得自己被他打败，她看着蒋魏承很无奈地呼出一口气："准确地说，我很喜欢听大家夸我。"

蒋魏承极有修养地擦了擦嘴，开口："时序，虚荣是一种病。"

时序攥了攥拳头，礼貌性地微笑："嘴毒也是一种病。"

时序觉得自己总算知道这个男人为什么被退婚以后始终单身了，不解风情是找不到女朋友的，这个道理，希望蒋先生会懂。

相比时序被蒋魏承的毒舌破坏了心情，回到蒋氏庄园的蒋魏承情绪非常愉悦。

林邰通过后视镜看着自家老板仿佛在今晚做了半永久弧度的嘴角，

没压抑住心头好奇，问道："蒋总今晚心情不错，是遇到什么开心的事情了吗？"

林邰一开口后座的男人就变回板正严肃的样子了，反问他："你觉得我心情很好？"

林邰不觉有异，很认真道："您最近的心情似乎都很好，经常见到您笑。"

说完，林邰自己都心里一跳，这么想想是的了，他从大学毕业就跟在蒋魏承身边，这么多年就数这几个月看蒋魏承笑的次数最多，虽然蒋魏承的笑都是浅浅的，微扬嘴角而已，但熟知蒋魏承的他知道，这就是蒋魏承心情愉悦的表现。

蒋魏承根据林邰的话想了想，并不认可林邰的结论，只是他的生活中最近增添了许多陌生的元素而已，并不是他有所改变。

然而到了晚上，蒋魏承有幸独自见证了自己人生中的第一次被打脸。尽管唐姗回了蒋氏庄园，但还是让蒋魏承觉得庄园寂静了很多。

他下意识地朝大门口看了一眼，连续在一百多个夜晚亮着的灯今天没有被打开。他下楼喝水的时候，客厅里也没有抱着笔记本电脑坐在地板上的身影。

蒋魏承没了继续办公的心思，早早进了卧室，准备好好休息。但意外的是，没有了时序的打扰，他竟然更加难以入睡。

蒋魏承觉得，习惯是一种病，哪怕这个习惯只养了不到半个月。

趁着时序进实验室之前，赵恬恬和她约了一顿下午茶。

一见面，赵恬恬就轻佻地朝时序吹了一个口哨，调侃她："我们蒋太太最近生活滋润，脸色这么好。"

时序瞥了赵恬恬一眼："给你一个鲜明对比，一个月以后再来看看我，你就会知道什么叫'忙毁美色'。"

赵恬恬笑出了声："脸是一个好东西，我希望你有。"

时序举手求饶："一个蒋魏承嘴就够毒了，请你不要逐渐'蒋化'，对我温柔一点好吗？"

赵恬恬抿了一口咖啡："看来你的婚后生活多姿多彩，来来来，说说当蒋魏承老婆是一种什么感觉？"

时序觉得自己脸上的表情一定是大写的"生无可恋"，她笑得苦涩："就大概，是一种心灵修行，抗打击能力直线提升。"说完，她又客观地补了一句，"不过他帮了我很多。"

赵恬恬面露嫌弃："谁要听这个啊，你说点我不花钱就听不着的那种行不行？"

要不是顾及这是在外面，时序很想抛下形象翻白眼："赵女士，请问您的会员是要包月还是包季呢？"

赵恬恬已经乐不可支了，握着手机一边转账一边道："我要包年！"

时序眼疾手快接收了转账，然后一本正经地说："花了钱能听到的是一句忠告，漂亮的女人会骗钱，特指我。"

好友间互闹，大概是时序成年之后难得轻松的时刻了。两个人笑够了，赵恬恬才道："说真的，你们两个天天低头不见抬头见，一点桃色花絮都没有吗？"

"打住吧，你见过有人进房间以后就不碰手机，睡觉可以一个晚上不翻身吗？蒋魏承，就是'自律'本人。"时序吐槽。

赵恬恬陡然拔高声调："所以你们每天晚上同床共唔……"

时序及时捂住了赵恬恬的嘴，赵恬恬消化了半天，愣愣问道："盖着棉被纯聊天啊？睬着你这个美貌的合法妻子，蒋总是不是不行？"

好心累，时序认输，咬着牙道："这位女士，我劝你纯洁。"

逗够了时序，赵恬恬及时止住："让我给你念念昨天娱乐标题啊——'新婚夫妻首合体，蒋总宠妻实锤'。"

"毁灭吧，标题党。"时序摇头感叹，"不过他昨天出现得很及时，确实帮了我大忙。夏莹这个时候要给我的产品吸引这么多关注度，我觉得有些超过范围，未必是好事。昨天他过来，把很多注意力转移到了我们身上，好一点。"

"这个夏莹也真有意思，一时竟让我不知道该不该揣测她此举是否别有用心。哦，对了，时氏最近有一个高层跳槽了，很突然，我觉得有必要和你说一声。"

"跳去哪儿了？"

"季许那儿，意外吧？"

时序面上露出恰当的愕然："我需要一个人解释一下这是什么情况，时仲明和季许不是靠联姻紧密相连吗？"

赵恬恬摊手："很抱歉这个情况我也解读不出来，如果你老公有什么高见你记得和我分享一下。"

时序对她张口闭口的"你老公"已经开始感到麻木，一时竟也忘了反驳她，应道："等我实验结束了以后问问。"

第七章
吃醋
CHIWEN

如时序自己预料的那样,正式进入人体实验阶段后,她就单方面失联了。这种忙碌同以前在实验室还不一样,简直是虐身又虐心。

智能舱的运行概念是在患者进入睡眠阶段时进行潜意识干预,这就意味着所有的实验都必须在志愿者入睡之后进行。

先进入实验的是大龄志愿者,时序打着哈欠盯着监视器上不断变化的数据以及测绘出的各类折线图,拧了一把自己的大腿才把困意驱散些许。

同组研究人员递了杯超浓咖啡过来,看着时序挂着的两个硕大的黑眼圈,笑道:"去后头躺一会儿吧,这一个星期加起来你睡了不到二十五小时,这里有我们盯着。"

时序接过咖啡也顾不上烫,一口接着一口地往嘴里灌:"你们不也熬着吗?好在大龄组的数据还不错,今天结束后我们可以迎来一个短暂的周末,我等到回家再痛痛快快睡一觉。"

同事笑了笑,道:"肉体虽困,但精神亢奋。"

这句话简直精准概括了整个实验室所有人的状态,大龄组的实验数据比模型推算出的最优解还要理想,简直给所有人打了一针强心剂,令大家都亢奋不已。

这时又有人问时序:"时冬冬下周进实验室吧?"

时序点点头:"夏莹的儿子也是下周。比起现在,下周大家的压力要更大一些了,隔着实验室的墙,外面就是聚光灯。"

时序的实验助理叹了口气:"刚才休息的时候我刷了刷软件,夏莹的粉丝已经在为她儿子祈福了。"

几人相视一笑,俱是摇头。时序把已经空了的咖啡杯搁在桌子上,起身走到监视器前做数据登记。

一波数据全部记录好后已经是凌晨四点,可以暂时功成身退的时序觉得此刻头重脚轻。实验室外适时传来声响,她看着同样精神恹恹的几人,开口:"换班,数据组接管实验室,大家回家以后都好好休息,后天晚上八点进行低龄组实验。"

时序的话仿如天籁,在实验室泡了一周的研发组成员简直想撒花欢呼。时序揉着发疼的太阳穴,恨不能脚下突生风火轮,一瞬间飞进被窝里。

凌晨的大街上看不见行人,只有零星几辆车开过,时序一路畅通地回到家里不过用了二十分钟,她轻手轻脚地进了家门,在一片昏暗中摸到了沙发,当下所有的意志都被困意击碎,她将自己砸向沙发,几乎是瞬间进入睡眠。

蒋魏承听见动静出来,打开灯就看到随意蹬掉鞋子躺在沙发上的时序。她被骤然亮起的灯光激了激,嘟囔了一句用手肘挡住灯光,继续蒙头大睡。

蒋魏承虽然整整一周没有和时序联系,但是杜忱却主动告诉了蒋魏承不少关于他们实验的消息,尤其和时序有关的他还特地多说了几句,不用想蒋魏承都知道她此刻该有多疲惫。

本打算任她睡的蒋魏承在看到她下意识蜷缩的动作后,还是走到了沙发边上。

他轻轻拍了拍时序的肩膀:"时序,去房间睡。"

时序随手挥了挥:"阿茹,让我再睡会儿。"此时她没什么概念,虽然应了一句,但是脑子里已经开始做梦了。

恰逢准备早餐的阿茹早起,出门看见的就是蒋魏承站在沙发边上有些茫然的样子。

他以往总是不亲不疏,甚少有笑容,饶是阿茹年纪大了,也觉得蒋先生并不亲和。他现在这样子更少见,阿茹不敢多看,只道:"她就是这样,很困的时候是叫不醒的,让她缓缓就好了。"

蒋魏承点了点头,反身回了卧室。

时序缓了半个多小时才缓过来,起身的第一件事就是冲进浴室迅速洗了个澡,路过厨房时,她从阿茹手上打劫了一片做三明治的吐司,囫囵塞进嘴里鼓着腮帮子说:"阿茹我去睡了,中午不要叫我吃饭了。"

说罢她也没看清阿茹是不是欲言又止,目标明确地走向了卧室。

时序连灯都没开,摸黑走到床边坐下,扯过被子将自己卷成一团。

这会儿刚六点过半,一大早被吵醒两次的蒋魏承眼看着时序走进房间,一把将盖在他身上的被子扯了过去,他的第一个反应居然是觉得好笑。

他也确然笑出了声,幸而这会儿时序还算清醒,听到这声笑立刻坐了起来,她扭开床头灯一看,蒋魏承靠在床后靠上,以手支颐。他和她的中间还躺了一个呈"大"字形的时冬冬,两个人的被子都被时序卷了过来,一大一小看似可怜兮兮的。

时序下意识说了一句:"什么情况啊?"问完才手忙脚乱地帮时冬冬盖被子,然后略显心虚地扯着被角盖到了蒋魏承腹部。

做完这一切她才回过神来,看着蒋魏承,满脸疑惑道:"你怎么在这里?"

蒋魏承看着她困得眼睛都虚焦的样子,不答反问:"你不困?"

时序打着哈欠道:"困啊。"

蒋魏承视线看了看枕头:"困就睡觉。"

说完,他把睡得正香的时冬冬抱到了次卧。

这种奇奇怪怪的感觉是怎么回事？度蜜月时遇到的那个富二代说的那句"一家三口"莫名其妙出现在时序大脑里。时序甩甩头，翻了个身强迫自己赶紧入睡。

这一觉昏昏沉沉，时序也不知道究竟睡了多久，但起来时已经华灯初上。

她走出房间门，阿茹仍旧在厨房忙碌，时冬冬坐在客厅地板上兀自玩着，没看见蒋魏承的身影，如果不是下一秒西装革履的他非常熟练地打开家门进来，她几乎要以为清早那一幕是她困出了幻觉。

瞥见时序不解的表情，蒋魏承松了松领带问她："睡醒了？"

时序摇摇头，她觉得自己没有，不然为什么会觉得蒋魏承松领带的样子过分诱人。

时序被自己可怕的想法唤回理智，这才问出早晨的问题："你怎么在这里？"

阿茹端着菜出来，听到时序的话忙替蒋魏承说明："蒋先生前几天过来碰上冬冬找不到你发脾气，这几天一直在照顾他，幸亏有蒋先生，冬冬这几天可乖了。"

时序惊愕地看了看蒋魏承，又看向时冬冬，震惊于自己听到的。她走到时冬冬身边掐了掐他肉嘟嘟的脸颊，开口却是："难道姐姐不是你的独一无二了吗？"

阿茹失笑："蒋先生是冬冬的姐夫啊。"

时序发誓，她并没有和蒋魏承争宠的意思，可此刻蒋魏承大大咧咧地坐在沙发上，虽然坐得笔直，但表情却很放松。

他看了时序一眼，罕见地解释："施工队施工，庄园不清静，我最近住这边。"

时序好想拒绝，但是她不敢。最后时序沉默地点了点头，觉得自己不太懂蒋魏承。

不怕大佬冷漠，就怕大佬反常，时序皱着眉，但又想起蒋魏承早晨那副样子，霎时打消了他不对劲的想法，他还是他，是那个不解风情的蒋先生。

怀着好奇的心态，时序观察了一下蒋魏承和时冬冬的相处模式，发现大部分时间里两个人是各不相扰的，但偶尔时冬冬会跑到蒋魏承面前求抱抱，可见他是发自内心地信任蒋魏承。

这简直离奇，算起来到目前为止，时冬冬信任的人也就只有她和阿茹，赵恬恬那种经常投喂他的人也鲜能让他求抱抱，蒋魏承这种冰山系男人，居然能让时冬冬依赖，这个认知有些超出时序的理解范畴。

时序坐在地板上咬手苦思，时不时打量蒋魏承一眼。一旁还在加班批文件的蒋魏承被她频频投来的目光干扰，抬眸看她："怎么了？"

既然他问了，时序也就痛快地说出疑惑："你怎么办到的啊？"

蒋魏承复看向自己的文件，语气无端自信："人格魅力。"

再见吧，这天聊不下去。

休息的时光溜得飞快，转眼就到了时序带时冬冬进实验室的日子，蒋魏承出乎时序意料地亲自开车将两人送到公司，末了还在时序下车的时候多说了一句："注意身体。"

时序正在思考自己这种时候是不是该觉得受宠若惊，不承想他紧跟着又来了一句："如果救护车出现在这里会引起负面舆情。"

时序一手抱着时冬冬，另一只手挥得起劲，心想：您赶紧走吧，不然还没过劳死可能就先被您气死了。

透过右侧倒车镜，蒋魏承依稀还能看见时序一脸愤愤的表情，他又看看左边的倒车镜，哦，原来林邰说得不假，镜子中的他嘴角弧度正在上扬。

时序走进办公室的时候，参与实验的低龄志愿者都已经到了。时序还是第一次见到夏莹的儿子，不得不说小朋友完美遗传了母亲的美貌，虽然是男孩，但是看起来白净好看，有点像个小贵族。

夏莹提着新款限定包走向时序，巧笑倩兮："蒋太太，我儿子就拜托你了。因为工作原因，我没法全程陪同，不过我的助理会在。"

时序朝她笑笑："分批次实验，这是第一期，为期一周，实验情况会向所有监护人进行说明。"

比起时序的公事公办，夏莹显然更热络一些，她像是突然想起来，问道："对了，因为有很多粉丝关心我儿子的情况，方便的时候能不能让助理拍一些照片和视频对外发布呢？"

时序犹豫了片刻，最终同意。

夏莹笑得灿烂，抱了抱她儿子才离开。夏莹的儿子夏言咧着嘴站在夏莹助理身边，摇头晃脑。

时序之前就看过夏言的诊断报告，之所以她说夏言的性征和时冬冬反差很大，是因为他们两个年龄相近程度相似，对外表现却截然不同。时冬冬安静，抗拒陌生环境，但夏言相反，他虽然也还不会说话，但对外界热烈又好奇。

虽然同样不会和人对视，但此刻夏言已经小碎步跑了过来，抓着时序单肩包上的小挂饰不肯撒手。时序见他喜欢，将小挂饰摘了下来要送给他，但没想到在夏言伸手接的时候，时冬冬居然上手去抢。

夏莹的助理非常紧张地看着夏言，仿佛不是碍于时序在场就要立刻冲上来。好在小挂饰有两个配件，拆分也是各自完整的个体。时序拿过两个小朋友争抢的东西，给他们一人一半，瞬间化解了一场争执。

正式开始实验之前，时序带着整个实验组开了个短会。低龄组可以说是所有实验组中最有难度的，也最容易出岔子，是以全员都高度紧张，可有时候很多事就像是闹着玩似的，明明这次整个实验组都拿出了百分百的专注，偏偏就出了事。

医疗舱响警报的时候时序正带着夏莹的助理在内部拍短视频，报警灯是红色，闪烁在医疗舱的内部和外侧，乍一看非常像是科幻片中宇航员睡眠舱的事故警报，有些吓人。夏莹的助理明显吓住了，保持着拍摄姿势不知所措。

先响起警报的是时冬冬的医疗舱，时序显然也有些紧张，刚往前跑了两步，夏言的医疗舱也不知为何跟着响起了警报。时序看着时冬冬的医疗舱迟疑了片刻，还是转身跑向了夏言的医疗舱。

因为突然的声响，低龄组一共七个实验者全都被吵醒，时序余光看向时冬冬那边时已经有同事过去处置了，时冬冬满脸惊恐，一直在敲医疗舱未能正常开启的玻璃舱门。而这边的夏言也是一样，两台医疗舱不知因何缘故，忽然断电触发安全机制，但舱门却未能正常开启。

被困在医疗舱的夏言哭得很凶，一双大眼睛写满了无助和害怕，时序急出一脑门的汗，重启好几次才将舱门打开。少了舱门的阻挡，夏言的哭声更加直接，是任谁听了都会很心疼的那种。

实验室乱作一团，本在休息室休息的监护人们也纷纷跑了过来，发现自家孩子安然无恙才收起几分担心。

时序将夏言交给自己的实验助理之后才跑去看时冬冬那台还未能正常开启的医疗舱。时冬冬哭红了脸，看见时序过来更加不镇定，直到舱门打开，他几乎是扑进时序怀中，紧紧揽着她的脖子不撒手。

事情发展成这样，实验是没法进行下去了，时序重重呼出一口气："通知监护人，实验暂停……两台发生故障的医疗舱，不，所有的医疗舱重新检查。"

夏莹的助理正在安抚夏言，实验助理走上来问时序："夏莹小姐那边……"

时序看了哭得可怜巴巴的夏言，自责又歉疚："我会打电话和她联系。你致电杜总，我们可能需要紧急公关了。"

时序说完，抱着时冬冬走近夏言，夏莹的助理却好似有所防备般的，往后退了两步。时序一脸抱歉地看着她："非常抱歉，我会联系夏莹。"说罢她腾出一只手摸了摸夏言的头，朝他鞠了一个躬，很正式地说了句"对不起"。

蒋魏承和杜忱听到消息赶来已经是大半夜，时序抱着时冬冬同整个实验组一起对出事的医疗舱进行检查，不知道是不是吓坏了，时冬冬今晚格外黏人，明明睡着了，时序将他放下他就醒。

蒋魏承来时，就看到她本来白皙的手腕因为长时间抱着时冬冬勒得通红。

时序看到他们，走了过去："夏莹我已经联系过了，她搭乘明天最早的航班回来。"

杜忱点了点头："我刚刚也和她打了通电话，具体得等她本人到进行协商。你们不用有太大压力，尽快找出问题。"

面对杜忱的安慰时序只是点点头，面容仍旧愁苦，哪怕她很想乐观，却也不得不面对现实，医疗舱有问题，出现在了被外界关注最多的实验志愿者身上。

蒋魏承沉默地看着这一切，没人知道他正在思考些什么。时序不懂他会不会后悔，自己这个合作对象忙还没帮上呢，先给他闯了祸。

正当她思索间，蒋魏承伸出了手："交给我，你去忙。"

怔了片刻，她才反应过来蒋魏承指的是时冬冬。

时冬冬被转移到蒋魏承怀里时睁了睁眼，看见是熟悉的面孔才自觉地趴在他肩膀上安然睡去。

若非此时气氛实在不适合玩笑，杜忱定会想出声调侃，蒋魏承抱孩子，多稀罕的画面。

时序将头发胡乱一抓，掏出兜里的木簪盘了起来，去和组员继续逐项检查。

一夜过去，没有丝毫结果。

所有人熬得眼睛布满红血丝，短暂休息的间隙，时序刚走出实验室就看到蒋魏承和杜忱两个人同款的紧锁眉头。

时序心中有一丝不好的预感，这时时序的实验助理紧张地走过来："Doctor.Xu，昨天的事故视频，被发布在网络上了……"

时序接过助理递来的手机，视频下的讨论已经过万，短短两分多钟的视频，将医疗舱地故障拍得明明白白，可等时序点开讨论区的时候才发现，大部分人的发言都是在指责她。

时序面色平静，倒回去又看了一眼视频，几乎可以肯定，拍摄者是夏莹的助理，而且视频经过恶意剪辑，明明昨晚她第一时间冲向了夏言，却被拼凑成她跑去了时冬冬那里，顺序对调以后，呈现出的事实就完全扭曲。

时序看了一眼休息室的窗户，夏莹的助理和夏言早就不知去向。

"视频是两个小时前发布的，原本要过来的夏莹小姐也借故不来了，舆论对您很不利，我发了解释上去，立刻就被吞没了……"

时序把手机还给助理，牵了牵嘴角："先找出事故原因吧。"

说完，她又一头钻进了实验室里。

蒋魏承看着她的背影紧皱眉头，打完电话走回来的杜忧骂了句脏话："夏莹不过来了，直接不出面，让经纪人发言了。这个视频明显有人在背后炒热度，已经开始全网心疼夏莹母子了。"

从蒋氏宣布涉足智能医疗开始，多的是人巴不得出纰漏，这会儿机会来了，会被有心之人利用也不稀奇。

时序又在实验室里泡了一整天，反复检查了几十遍，所有的数据都显示医疗舱没有问题。不知道是不是她这几年顺风顺水太久了，现在居然有一种极深的挫败感。

她出来时正好和抬头的蒋魏承对上视线，他居然在这里待了一整天。

看见她，蒋魏承起身，牵着时冬冬走了过来："去吃饭。"

他的语气不容置喙，时序点点头，跟在他身后。

蒋魏承就近找了个餐厅，在他带着时冬冬去洗手的间隙，赵恬恬的电话打了进来。

"没事吧你？"电话一接通就是她紧张的声音。

时序轻轻笑了笑："还好。"

比起时序的淡然，赵恬恬显得有些义愤填膺："杜忧把事情都告诉我了，夏莹怎么好意思发那种声明？这是踩着你营造完美受害者人设呢！你最近小心一点啊，真怕有人疯狂。"

忙了一夜又一天，时序没什么精神，轻声应了几句挂断电话，这才打开社交软件去看夏莹的声明。

夏莹的声明其实针对性不强，措辞很妙，大有一股欲说还休的味道，不做任何指责，却高明地勾起了大众的愤怒与心疼。

时序摇了摇头，觉得自己确实是草率了。

正这般想着，不知哪里来的一杯饮品兜头浇下，随后蒋魏承的声音从不远处传了过来，肃冷又严峻："你在干什么？"

"正义使者"丢了手中的杯子，指着时序的鼻子骂："言宝被你害得吃了那么多苦，你还有脸出来吃饭？你是不是人啊？"

时序抹了抹脸上的液体，一手黏腻，足以让她明白自己此时声名狼藉，身边有好事者拿出手机拍照，将她所有的狼狈都记录下来。

一直等在外面车里的林邵和司机察觉有异急忙跑了进来，蒋魏承此刻已经挡在时序姐弟身前，黑着的脸从气势上就让方才还指着时序的"正义使者"降低了分贝。

时序扯了扯蒋魏承的衣角，语气与平常无异，就是听上去有些疲惫："我想回家洗澡。"

蒋魏承扫了一眼"正义使者"，交代林邵："报警，你留下处理。"

时序坐在车内，黏糊糊的液体顺着头发滴答滴答落在车座上，她安静地盯着副驾驶的位置，看起来就像是受了伤的温顺动物。

只有时冬冬想伸手摸她的时候她才有点反应，她看着时冬冬，佯作无事地和煦一笑："姐姐脏脏，等下抱你。"

时序在浴缸里泡了整整四十分钟，这四十分钟里，她被泼了一头一身奶茶的照片已经在社交平台传遍了。

正是全网看笑话的时候，另一则监控视频却悄悄发布，足足十分钟，还原了完整的事故全程，更令外界哗然的是，发布视频的账号是自打注册后就没有过任何内容的蒋魏承的私人账号。

蒋氏的公关部是第一个傻眼的，总裁这是搞啥，这和他们白天商量好的公关方案不一样啊,说好的等查清夏莹助理被谁收买以后再发布真相玩个惊天反转呢?这么重要的资料就这么时机不对地发出去了?

还在警察局处理事情的林郃的电话被打爆了,了解完前因后果的他只想说:蒋总这座冰山回暖了啊。

这段监控到底是发挥了作用的,估计夏莹的助理也没想到,实验室里四个角四个监控,却因为当天是低龄组实验,怕孩子们对监控抵触,被提前用布偶遮挡修饰,轻易看不出来。

舆论有了些许反转,但医疗舱存在缺陷却是不争的事实。时序擦干头发又换了衣服,在阿茹担忧的目光下出了门。

时冬冬看见时序要出门,飞快地跑了过来,往她口袋里塞了一个东西之后又飞快地跑到了蒋魏承身边。

蒋魏承站在玄关口看着时序出门,全程没有阻止,也没有安慰。这很大程度上合了时序的心意,这种时候她其实不太想要被人安慰,因为很怕自己撑着的这份坚强因为谁的温柔垮塌。

等时序重新回到公司楼下时,一个意想不到的人正站在大门口等她。时序流畅的步伐因为季年的突然出现顿了一步,开车送时序的司机也多看了几眼。

"师兄,你怎么过来了?"

"不请自来,想看看能不能帮上忙。"季年笑意谦和,是时序熟悉的无私形象。

季年历来是很懂得进退有度的人,虽然他这样跑过来的行为全凭情感主导,但在时序面前隐藏得滴水不漏。

他关注了一天事态的发展,哪怕在蒋魏承出面替她撑腰之后,他还是觉得自己做不到袖手旁观。虽然站在季家的角度上讲,时序这边越是一团乱麻越好。

时序语气温柔地拒绝:"谢谢师兄,你的好意我心领了,这种情况我还是应付得过来的。"

是意料之中的回答,季年心中涩然,到底没有强求。他略略垂头,还是没忍住提醒道:"时序,短短一天之内舆论发展成这样,并不正常。"

时序很承季年的情,笑着点了点头,随后大步向前,在季年看来格外孤勇。

季年发现,他认识她这么多年,好像从来没有看到她开口求援,不管是什么困难她都选择独自破除。

时序仍旧是没有任何思绪,靠在桌子前看着静置的数台医疗舱沉默不语。她身边同样茫然的组员却悄悄叹气,情况挺不乐观的,虽然针对时序本人的负面舆论消减许多,但是本被重点关注的医疗舱发生不明原因故障,原本板上钉钉的政府扶持变成了待定。

杜忱心中也急,出事之后他除了必要的走动,基本也算驻扎在实验楼里。高层领导亲自坐镇,实验组所有人都觉得压力很大。

相比时序这边的毫无进展,蒋氏的总裁办却收获良多。

蒋魏承一到办公室,满满三页纸的调查报告就送到了他的面前。他不过把第一页看了个大概,就"嗤"地笑出了声。

"居然是时仲明推波助澜。"他淡淡道。

林邰早在拿到报告的时候就先吃了一惊了,虽然他一直知道时序和时家关系不好,但时仲明能做到这份上是他怎么也猜不到的,时仲明竟然是一点情分都不讲,看起来都像是时序的仇家了。

"蒋总,您发布视频之后,我们也查到后续有人依旧在引导舆论,并且把时冬冬的身份和病情暴露了出来,现在已经出现了指责太太不顾自己弟弟安危的声音,存在上升趋势。"

蒋魏承凝思了一会儿:"这些先瞒着时序,时仲明的做法不像是在针对医疗舱,更像在针对时序,找找背后有什么隐情。"

同一时间,时家。

自订婚之后就没怎么上门的季许正坐在时仲明的会客室和他泡茶。

季家和时家因为这场订婚关联密切起来,在商业上的合作也越发紧密。除却季许挖了时氏一个高层让时仲明有些不满以外,他对这个自己选中的女婿还是十分欣赏的。而且季许也算懂事，虽然挖走了时仲明的人，转手却把时仲明眼红许久的一个大项目送了过来。

"医疗舱的事故，够让蒋魏承他们头疼一阵子了，季许啊，这是个机会。"

一副长辈说教的口吻令季许暗暗皱了皱眉，但他却将准女婿的角色扮演得很好，开口便道："您提醒得很对，不过时序这次运气似乎不太好，任谁都看得出来，夏莹儿子这件事情，是有人在针对她，她还挺能结仇。"

时仲明的表情有一瞬不自然，随即他哈哈一笑，似乎也很无奈："我这个侄女啊，性格从小尖锐，这么多年时家供她出席了那么多场合，到头来和她交好的也就只有赵家那个姑娘。或许是她父母去得太早了吧，我们有心教导她，但她对我们又很排斥。"

季许噙着一抹惯常挂在嘴边的笑，说不上其中有没有别的意味在。他顺着时仲明的话往下说："难怪看她独来独往的。"

随后在时仲明泡茶的时间里，季许余光好几次扫过腕上的表盘，在他耐心快要丧失之际，精心打扮过的时玥才姗姗来迟。

周曼心细，捕捉到了季许身上那一丝不耐烦，忙嗔怪地对时玥道："真是一点时间观念都没有，小许都等你多久了。"

季许愿意等自己这么久，只让时玥觉得甜蜜，她笑着走到季许身边，不带丝毫歉意地开口："我下次快一点。"

季许看着时玥，目光宠溺，对周曼说："您别怪阿玥，我等她是应该的。"

一句话哄得时家两个女人都眉开眼笑，时玥更是觉得一颗心都要融化在季许的温柔里了，满心雀跃地和他出了门。

人都走远了，周曼还是掩饰不住对季许这个准女婿的喜欢，在时仲明面前夸了好几句。但难得的是历来非常满意季许的时家老太太却少见地没怎么说话。时序父母出事之后，杜云英就渐渐不掺和公司事务，可时仲明将时氏经营得差强人意，如今她背地里也多上了点心。

季家和时家合作，让杜云英看到了季许的能力，在季家的带动下，时仲明手上的这潭死水似乎终于有了起色，高兴之余她却不免心存隐忧，她太懂得他们这些人的野心了。

在薅掉了自己十几根头发之后，时序倏地站了起来，对同样萎靡的组员道："咱们再试一遍。"

从出事到现在，每个环节都排查了不下二十遍，全都是正常。一遍遍的排查消耗的不仅仅是所有人的精力，还有整个团队的士气。

一片寂静时，忽然有人开口道："我们要不要换个角度想，七台医疗舱，两台发生相同事故，这两台医疗舱和其他五台医疗舱的异性是什么，两台医疗舱之间的共性又是什么？"

这句话似乎给所有人提供了一个全新的思路，就像一粒小火星突然丢了过来，让集体沮丧的团队又活了过来。

一进实验室表情就严肃紧绷的时序也开始顺着这个思路往下想，她下意识地伸手插兜，在口袋里摸到一个硬硬的小玩意儿，是出门前时冬冬塞进去的。

时序掏出一看，眸子亮了亮。

她随机找了一台医疗舱，将手中的东西放了进去，启动医疗舱之后静静等待。许久之后，时序等了很久的故障终于出现了，与之前一模一样的反应。

所有人都围了过来，时序如释重负，看着他们："各位，问题似乎找到了。"

在经过整个团队更严谨的排查后，事故原因很明白地出现在众人面前。时序交代助手："联系杜总，我们可以召开临时发布会了。"

时序解决完问题之后，身体的疲倦感才找到机会出现。她坐在办公桌前，趁着等待发布会的时间，趴在桌子上休息，这一趴就睡熟了，直到有人进来，才把她吵醒。

时序看了看表，居然趴着睡了一个多小时。

来人是蒋魏承，他看了时序一眼，轻描淡写地说了一句："发布会可以明天再开。"

时序摇头："越早开越好吧。"

他又看她一眼："你不累？"

时序惊讶地看着蒋魏承，反应了一分钟才摆手："还能坚持。"

蒋魏承点点头，说："那走吧，受邀媒体已经到了。"

时序不解，媒体都到了那还说什么明天再开，嫌被骂得还不够吗？

时序动了动腿准备起身，突然所有的动作都在蒋魏承面前定格。

蒋魏承不解地看着她脸上表情变化万千，时序仰头苦着一张脸道："蒋魏承，我腿麻了……"

时序非常明显地看到蒋魏承的脸黑了一黑，可腿就是麻得动不了，她也很焦灼。

正当她以为蒋魏承要不耐烦的时候，他走了过来，语不惊人死不休地蹦出一句："我背你。"

时序的表情简直惊恐，连忙拒绝："不了不了，背着出场的画面也太不好看了点。"

蒋魏承俯视着她，仿佛认真思考后才正经道："抱你的话，这么远的距离可能有点吃力。"

如果不是腿麻，时序很想跳起来反驳：谁要你抱啊！我完全没有这个想法和需求！而且姑奶奶一点都不重！抱不动是你不行！

可惜，她腿麻。

……

面子就是这么丢没的。

被蒋魏承搀着走出办公室的时序这般想道。

最终走进会场时，时序还在忍耐着腿麻的后遗症，表情痛苦。她连轴转了这么久，脸色并不好看，和以往那个高贵冷艳的时家大小姐形象完全不同，近乎算是颠覆。

快门声接连响起，时序坐定在话筒前，启唇："感谢各位到场，接下来，我将就此次智能医疗舱实验事故，进行官方回应与说明。经过我们排查，发现此次实验中导致两台医疗舱出现事故的原因，是这个。"

时序展示手上捏着的五金配件，正是她在实验之前从包包上卸下来送给时冬冬和夏言的挂饰。

时序接着道："四个月前，人体实验筹备阶段的医疗舱出现过一次断电情况，后续调查是电子手环干扰。当时我们解决这个问题之后，对医疗舱进行了优化。经过这次事故，我们发现优化之后的医疗舱，对金属类物品非常敏感。两个小朋友遭遇的事故，是因为他们都带着这个进舱。这次事故，确实与医疗舱还存在缺陷有关，我们团队有责任并将继续优化，在这里我代表团队向夏莹女士和她的儿子表示歉意。"

她的回应坦坦荡荡，没有丝毫隐藏。解释情况，承认错误，解决问题。这么直白，反倒让下座憋着一肚子问题的媒体偃旗息鼓了。

但还是有人举手提问："时序小姐，针对网上夏莹助理诋毁您的视频，您有什么看法呢？"

时序笑笑："我相信这件事情夏莹小姐肯定也不知情，大家对夏言爱护有加，情绪激动我也能够理解，所有指责与批评，我会有则改之无则加勉。"

她场面话说得漂亮，比夏莹之前的回应更高明，既点明了自己无辜，又表现了自己大度，让有心之人自己吞下了那只恶心的苍蝇，懂的都懂。

但提问并没有结束，问题接着抛来："那针对网上说您不顾自己亲弟弟安危的评价，您怎么看呢？"

坐在时序边上的蒋魏承看向杜忧，示意他中断提问，然而杜忧还没来得及动作，因为这个问题短暂恍惚了一下的时序就开口道："我弟弟对于我来说，是这个世界最重要的存在，我不允许，也不会让他遇到任何危险。"

或许是现场突然陷入紧张，高情商的记者突然问道："时小姐说弟弟是最重要的，蒋总会吃醋的吧？"

气氛瞬间缓和下来，还有人笑出了声。时序笑着看了蒋魏承一眼，说："我想他会理解的，他也很爱我弟弟。"

时序有意营造甜蜜夫妻形象，蒋魏承也配合地将她放在桌面上的手握进手心。

气氛迎来高潮，但或许只有当事人知道，大手握着的那只柔荑有些发僵。

时序想哭，腿麻刚好，手又麻了。

毫不知情的蒋魏承下意识地将手心的手捏了一捏，时序暗自咬了咬牙，告诫自己家暴犯法。

一场风波虽然还留下余韵，但所幸是较为圆满地解决了。唯一令人遗憾的是进展顺利的医疗舱实验被迫滞后，时序复工一个月后又进入了停工期。也不是全无坏处，她终于有闲暇去思考这一环扣一环事件之下的内幕。

时序正坐在休息室等与杜忧谈话的蒋魏承，林邵敲了敲门，将一个大信封递了过来。

"蒋总交代给您的。"

时序将文件内的内容从头到尾看完，平静的脸上凝出一抹嘲讽笑意，躲在背后搞事的人其实并不难猜，但被这样白纸黑字地证实，实在令人不爽。

时仲明这样咄咄逼人，似乎并不是单纯出于对自己的厌恶，让他如此急切的原因是什么呢？

时序最先想到的就是婚礼之后收到的那份文件，随即她又否定了这个可能，那份文件的存在是个秘密，否则也不会这么顺利地交到自己手里。

时序撑着额头思考，长发垂在前面挡住了整张脸，她没急着拨开，显然现在并不适合再动脑子，她吸了吸鼻子，准备丢下蒋魏承回家睡觉。

她刚有动作，站在门口的蒋魏承没头没尾地来了一句："时序，想哭就哭吧。"

时序一把撩开头发看向蒋魏承，极为迅速地捕捉到了他脸上一闪而逝的不自在，忍住好笑。时序没拆他的台，颇为顽皮地回了一句："很累,哭不动了。"

她似乎是真的疲惫极了,坐上车就恍恍惚惚,直到车子停下,她看着熟悉的大门才反应过来:"怎么来这里了?"

蒋魏承被她问得僵了僵开车门的手,忽视心中莫名不适的感觉,淡淡道:"装修已经结束了。"

时序抬头看了看蒋氏庄园的屋顶,玻璃屋顶透着暖光,看起来很像个大灯球。

时冬冬和阿茹在时序不知道的时候早就搬了回来,进了门时序还在疑惑,什么时候开始她周遭的一切已经被安排得这么顺理成章了?

但明显可以看出,时冬冬对搬回蒋氏庄园的反应是愉快的,并且在她和蒋魏承一起进门之后,时冬冬最先跑向的人竟然是蒋魏承,他似乎很迫不及待,拉着蒋魏承的手就要往楼上去。

时序皱了皱眉,阿茹和唐婶却笑得灿烂。

唐婶笑着闲话:"我刚来的时候还以为先生性子就是那么冷呢,但对太太和太太的弟弟是真的好。"

阿茹点点头,看向时序面露欣慰。

时序云里雾里,跟着上楼,才发现时冬冬的目的地是刚装修好的玻璃屋。整个玻璃顶极为透亮,正中间摆着一架不菲的天文望远镜,四周挂着太阳系行星模型,角落还散落着拼图,全是时冬冬喜欢的东西,怪不得他着急往这里跑。

时冬冬着急让蒋魏承帮他调整天文望远镜,蒋魏承也格外好脾气,并不拒绝时冬冬的要求。时序看了一眼就下了楼,倒没想到蒋魏承能做到这份上,想到自己不久前还在事业上给他捅了娄子,时序忽然替蒋魏承不值,从两个人达成合作约定到现在,她好像一直在占蒋魏承的便宜。

时序叹了口气,决定以少吃蒋家一顿甜品来惩罚自己。唐婶刚把时序喜欢的甜品端出来,就见她一脸不舍地回了房间。

蒋魏承回房的时候,被窝里的人已经睡熟了,头发胡乱裹在脸上,她不舒服地扭了扭,换了个舒服的睡姿。

默默看了很久的蒋魏承有些莫名，什么时候看人睡觉这种没有意义的事情也值得他驻足？

夏莹发布道歉声明的时候，时序正被赵恬恬拉着去看秀。候场间隙两人匆匆扫了一眼夏莹的声明，果不其然，所有的责任都被推到了助理身上。

赵恬恬面露不屑："真是一点也不意外。"

时序笑笑，好像并不在乎："她好不容易赚到时仲明给的代言人的头衔，你还指望着她敢作敢当？"

"你这伯父属实有些不是人，你想到原因了没有？"

时序摊手："毫无头绪。"

赵恬恬"唉"了一声，随即语气又兴奋起来："不过你也不亏，我倒是第一次知道蒋魏承还会霸气护妻这一套。"

时序看着赵恬恬的眼睛都在发着八卦的光，无语地拍了拍她的脑门："清醒一点，我和他现在是利益共同体，他不帮我难道还要踩我一脚？赵氏和蒋氏的合作要是出了状况，他未必就不会帮你。"

赵恬恬很认真地摇了摇头："如果赵氏和蒋氏的项目出了问题，我觉得蒋总解约的可能性比较大。"

时序抛出一个很有说服力的答案："我和他解约成本过大。"

好像也没毛病，这个时候两人要是一拍两散，对蒋魏承个人形象确实是个打击。但赵恬恬并不死心，摇着时序的手问她："那你对蒋总，什么感情啊？"

时序白了她一眼，格外清醒："坚实的合作伙伴。"

赵恬恬深感失望，总觉得这辈子是看不到时序情窦初开的那一天了。外头说蒋总宠妻都说倦了，当事人居然一点点感觉都没有。

好在时装秀弥补了赵恬恬，不过刚开场，时序和赵恬恬的手就兴奋地握在了一起。要不是碍于隔着一个T台的斜对角坐着时玥两姐妹和季婷，时序很想赤裸裸地表现出对现场模特的喜爱。

太养眼了!

设计师是出名的小众派,风格前卫又时尚,对模特也是出了名的挑剔。时序看着不断从自己眼前走过的那些宽肩窄腰、酷脸长腿并时不时会秀出腹肌的男模,深感设计师的挑剔是有好处的,观众有眼福极了!

她目光快速地扫过四周,看到的大多是视觉被取悦了的愉快表情。她承认,赵恬恬今天做了件好事,还有比看帅弟弟更解压的事情吗?

不,没有了,此刻就是巅峰!

赵恬恬显然也很陶醉,直到发现一道视线牢牢锁定自己,看清是谁,她骤然收敛,仿佛老僧入定,过眼皆是云烟。

本来还很兴奋的时序转了转头,对异常的赵恬恬极为不解,当即用手肘轻轻捅了捅她的腰:"不装正经我们还是好朋友。"

赵恬恬不自然地咳了一声,问时序:"咱们出来看秀这件事,你和你的合作伙伴报备了吗?"

时序回得很快:"我为什么要报备?"

"那你觉得如果我不报备,我的下场会很凄凉吗?"

时序笑了:"你和谁报备,你爸吗?你成年以后,他就不管你了,别怕。"

说完,时序才觉得不对,她盯着赵恬恬,后者越发心虚:"那什么,忘了告诉你,九点钟方向,看着我们的那个,是我对象。"

时序循着赵恬恬所说的方向看过去,杜忱正笑着朝她们晃了晃手机。

帅弟弟带来的快乐"啪"的一声没了。

赵恬恬心虚地朝时序笑笑:"我坦白,我和他是在你婚礼上看对眼的,刚在一起半个月。"

时序打算等秀结束之后逮着赵恬恬好好揍一顿,他们都在一起半个月了,且显然要不是凑巧遇上,她还不打算告诉自己,忒不义气了!

赵恬恬明显感觉到身侧磁场变化,亡羊补牢地表态道:"就算他是我对象我也会死守秘密,什么都不告诉他!"

时序深深吸了口气。

等到时装秀结束,她还没来得及抓住赵恬恬,就被先下手的杜忱把人给劫走了。看着杜忱的表情,时序觉得赵恬恬的下场堪忧,用不着自己出手了。

她正准备自行离场,绕过秀场的走廊,却听见了争执的声音。她站在她们的视觉盲区,却能把她们看得一清二楚——是熟悉的人。

时序转念一想,站在原地没有走出去。

一道清脆的巴掌声传来,时宴被打得别过了头,站在她身边的时玥动了动,到底没有多说什么。

时宴有些不可置信地看着时玥,表情可怜地捂着脸。

季婷的小公主属性发挥得淋漓尽致,就差把"刁蛮"二字刻在脸上,语气霸道极了:"如果你不是时玥姐的妹妹,这件事我是不可能这么算了的。还有,你别再送他东西了,等我和他在一起之后,我会全部丢掉的!"

时玥看看时宴,又看看季婷,最终做出了选择,哄劝着季婷走了出去。

两个人走后,满眼不敢相信的时宴捂着脸,看着怪令人心疼的。时序不想多管闲事,奈何良心过意不去,缓步走向时宴。

时宴眼眶红红,看到时序之后咬着唇抹了一把眼泪,一张洁白的纸巾已经被递到了她面前。她带着哭腔,嘴硬道:"看见热闹了,你开心了?"

不知怎的,时序就想到了当初为了在季许面前维护时玥而对自己张牙舞爪的那个时宴。

忽然有些替她不值。时序笑了笑:"这算什么热闹啊,你打回去那才叫热闹。平常挺横一小姑娘,被打了躲着哭算什么本事,别人欺负你,你就该还手啊。"

肿着半张脸的时宴愣了愣,惊讶地看着时序,嘴硬不起来了,有些自嘲:"大家都向着她,还手有什么用。"

时序乐了，忽然觉得时宴也是只纸老虎："还手打回去，一巴掌对一巴掌，不亏啊。"

时宴不说话了，本来她觉得自己应该很反感被时序见到这种场面，但因为时序这几句话，她做不到对时序恶语相向。

时序看着沉默不语的时宴，开口："走吧，等下人都出来了。"

虽然不能断定季婷和时宴之间冲突的缘由，但凭刚刚几句话，似乎是情仇。时宴明显受了打击的模样，情绪十分低迷。时序也不指望这个在图书馆泡大的姑娘能有多大的抗打击能力，只是觉得自己此时不应该把她一个人丢在这里。

两人走出秀场，时序先看到了停在一边十分熟悉的车，她走上前敲了敲车窗，蒋魏承的脸出现在降下的玻璃之后。

他对于突兀地出现在这里只有一句解释："杜忧说你在这里。"

时序想，要不劝赵恬恬和杜忧分手吧，杜忧不太善良。好在她和蒋魏承并不是杜忧想当然的关系，是以她拉着时宴上车时格外理直气壮。

倒是蒋魏承意外于时序会带人上车，显然他并不认识时宴。时序指指时宴，介绍道："时宴，我……妹妹。"

蒋魏承露出一个了然的表情，让司机把车开回了蒋氏庄园。

时宴从没有如此和平地和时序相处过，她坐在蒋家的沙发上时还在问自己，怎么就跟着时序回来了呢？

时序把热腾腾的水煮蛋放在时宴面前，看着她迟迟不动，问："等着我帮你敷脸？我们倒也没有那么姐妹情深。"

时宴仿佛被蜇了一下，牙尖嘴利的样子又跑了回来，看着可算生动了点："谁和你姐妹情深了？用不着你假好心。"

时序"喊"了一声："现在倒是很大声，不留你吃饭，脸消肿了让司机送你回去。"

说完，时序也不管时宴，自己上了楼。

角落里探出来一个小人，他并不怕时宴，"咚咚咚"地跑了出来，在时宴面前抓了一把车厘子，坐在地板上吃得正欢。

为了避免不必要的麻烦，司机只把时宴送到时家附近。时宴走回家时，一直等着她的时玥就快速把她拉到了房间。

看见她的脸已经消肿，时玥明显松了口气。

时玥从首饰盒中拿出一条手链，抓着时宴的手就戴了上去。

时宴打破沉默："姐，你这是什么意思？"

时玥或许有一些内疚，不看时宴的脸，只是盯着她的手链道："没什么意思呀，这条手链送你，你上次不说很好看吗？"

时宴很想质问时玥，为什么她被季婷打的时候时玥不站在自己这边，可一开口却很没出息地先有了哭腔："姐你这是替季婷给我个甜枣？真好笑，我被别人打了一巴掌，我亲姐姐还上赶着替别人给我甜枣。"

时玥不认同地提高了分贝："时宴！"

姐妹二人的争执引起了周曼的注意，周曼推门进来，就见小女儿红着眼睛，表情倔强又受伤。

"这是怎么了？多大的人了，两姐妹还吵架呢？"

看见母亲，时宴心中的委屈才彻底崩盘，哭着把事情原委都告诉周曼。可讽刺的是，时宴臆想中的安慰没有到来，她的母亲语气甚至有些严肃："小宴，你不应该和季婷起冲突的。"

有亲妈撑腰，时玥多了点底气，因为她知道，在母亲看来，自己的做法没错。

时玥接着开腔："妹妹，季婷是季家的掌上明珠，我们家和季家关系紧密，不能因为你们两个喜欢同一个男孩就产生矛盾。"

周曼应和道："就算不想着两家的关系，你也应该为你姐姐想想。你姐姐迟早是要嫁过去的，如果你和季婷关系不好，你姐姐夹在你们中间得多为难。一个男孩子而已，你今后还会遇到很多优秀的男生，这个让给季婷又有什么关系呢？"

这些话居然是自己的亲妈和亲姐姐说出来的，时宴说不出心里的感觉算不算失望，她只知道自己不想说话了。

多好笑啊,今天还有人告诉她,被欺负了就该还手呢,可她的至亲却对她说,忍让吧。

回到房间的时宴将自己捂进被子里,痛痛快快地哭了一场。

坐在梳妆台前拍脸的时序还在想白天时宴的事情,她至今仍觉得时玥令她开了眼,时玥竟然为了讨好季许的妹妹,做到了这个份上。

时序唏嘘一声,刚洗完澡的蒋魏承就擦着头发从浴室走了出来。她扭头看去,平日里衬衫永远扣到顶的蒋总此时有些随意,发梢的水珠顺着脸颊流至下颌,最后没入浴袍的领口之中,明明该遮的都遮住了,但偏偏就让人觉得欲说还休。

她多看了几眼,蒋魏承突然开口:"好看?"

时序惊慌地收回目光,明知故问:"啊?"

蒋魏承语气愉悦:"今天的秀,好看?"

时序觉得刚刚仿佛是被蒋魏承戏弄了?

那以她时某人这种不服输的性格,可不得找回场子吗!

这般想着,时序转过头将蒋魏承从头到脚打量一遍,认真答道:"不及蒋总。"

时序心中大笑,很想问蒋魏承:就问你尴不尴尬?

孰料蒋魏承极为自然地看了时序一眼,道:"谢谢认可。"

这一晚,时序因为一个问题辗转反侧。当初是哪个不长眼的说蒋魏承高冷来着?

啧,造谣!

第八章
蒋舒窈的墓碑
CHIWEN

蒋魏承难得在家度过周末,等他从健身房出来的时候,客厅里只有唐婶和阿茹在准备时冬冬去上课的东西。四周观望了一圈,蒋魏承问道:"太太呢?"

唐婶答道:"刚刚接了个电话就匆匆出去了,说是不用给她准备午饭。"

蒋魏承蹙眉看了一眼大门,没有说话,转身上了楼。

时序一路把车开到了海边,海岸之上早有人在那里等她。不同于上次见到时的那副落拓样子,这一回来人衣着讲究,看起来颇有几分上层人士的感觉。唯一不变的是对周遭环境的变化依旧敏锐,时序刚一靠近,对方就转过身来。

"我差点以为自己认错了人。"时序道。

对方微笑:"毕竟工作性质特殊,多些伪装,少些麻烦。"

时序不再说题外话,开门见山:"你在电话里和我说有事情要面谈,是查到什么重要线索了?"

"时小姐,您有没有另外找人调查这件事?"

私家侦探的一句话让时序露出不小的惊讶表情:"你的意思是,还有人在查这件事?"

"不是您找了别的人一起查?"侦探的表情带着深思。

时序摇头:"不是我。"

侦探从长风衣下拿出一个牛皮纸袋,交给时序:"目前所有能获得的线索,都在这里了。要向您拼凑出一个事件的真相并不难,不过对方做得很利落,实质性的证据早就被处理了。我能为您做的只有这些,不过需要提醒您的是,也许您暗中调查这件事,已经不算是秘密了。"

侦探走后,时序没急着开车回家,反倒坐在车里,把牛皮纸袋中的内容细细地看了一遍。

车窗半开着,横风直直灌入车中,吹得时序耳畔的碎发肆意飞舞,她腾不出手来拨开,因为此刻紧捏着纸张的手已经微微颤抖。

时间仿佛定格在那里,车内的人保持着一动不动的姿势,眼睛却再没有从那一行行黑色铅字上挪开。

不知过去多久,时序深深地吸了一口气。她把文件全部放回牛皮纸袋之中,脸上所有的情绪被悉数敛起,她利落地拉起手刹,踩着油门缓缓驶离。海边归于空旷,就仿佛今天这场海边会面从未发生过一样。

纵然脸上的表情一如往常,但时序心中却不平静。事情的真相,早在七拼八凑的猜测中就有了一个模糊的影子,今天这几张纸上的内容,只是让所有的猜测变得具象。

她早就预料到了,或者说,只是等着结论定下,然后她更好思考接下来要怎么办。

无数个想法从时序的脑海里萌生,最终都被她一笑而过。

时序将车停在了距离时家不远的小路上,隔着一段距离,正巧看见时玥站在大门前,一辆嵌着钻石的粉色跑车开了过去,身穿最新款高定小套装的季婷下了车。

时玥热情招呼着季婷进去,虽然时序听不清她们的对话,但仅凭时玥的表情与动作,俱能看出颇为讨好。时序一时之间心中复杂,想起了很多往事。

大概在十年前,三家之中,时家独占鳌头,从来只见别人低姿讨好,哪怕自己一家在时家过得憋屈,在外也从不需要去讨好任何人,时家的姓氏摆在那里,旁人便趋利而来。

时玥亲昵地挽着季婷进了门,没多久小门却走出来一个不情不愿的姑娘。时序看清了人,把车开到了时宴面前,摇下了车窗。

时宴正臭着脸,可看清车内是时序之后,想要伪装,可惜功力太浅,硬生生变成了极拧巴的样子。

时序上下打量了一下她这一身近乎极简的休闲风。时宴倒是不如时玥那般强行追求美丽,纯天然的脸蛋看起来也顺眼得多。

"你来干什么……能在这里看见你,真奇怪。"

时宴下意识地想要拿出一贯对时序的态度,却又想起之前的事情,软了些态度又加了后半句。

时序却和以前一样,语气半分未变:"本想上门找碴儿,但没想到有贵客来访。"

听到时序说季婷,时宴脸黑了黑:"只怕现在是没有人想见到你,都忙着切水果端奶昔,气氛正好。"

时序笑出了声:"原来不是我一个人不想看见时家有这么和谐的画面啊。"

时宴变了脸:"你别瞎说,我只是有事要出门,就冲着你之前对我爸妈的态度,我永远不可能和你和解。"

时序点点头:"正有此意。不过给你个白白占我便宜的机会,去哪里,我送你。"

时宴被时序堵得说不出话,在时序以为她会拒绝自己的时候,不承想她拉开车门上了车,报了一个时序极为熟悉的地址。

时序心中讶异,但也没问,一直把时宴送到目的地。等人走远之后,时序下了车,也跟着进去了。

特殊教育机构之中,似乎正在办小型的聚会,一群坐得一点也不规矩的孩子围成一个圈,圈中摆着各种零食甜点,有孩子忍不住爬过去,又被身后一对一的老师领了回来。

时序一眼就看到了坐在其中的时冬冬,他似乎对里面的东西一点兴趣都没有的样子,不耐烦地用手拍着地板。

没过多久,时冬冬皱着的一张脸舒展开来,他看着前门的方向,眨巴着眼睛。虽然他已经能够和人对视,但这样盯着一个地方的时候却不经常有。时序顺着方向看去,几个戴着卡通面具的人背着礼物袋子进来。几乎是一眼,时序就认出了里面的时宴。

时宴从袋子里拿出一个微缩月球模型递给时冬冬,摸了摸他的头之后又去给下一个孩子送礼物。

时序正在纠结是进去还是等等的时候,身后却有人叫她。

"时序小姐,怎么提前过来了?冬冬还有两个小时才下课呢。"

时序和机构的负责人问候了几句,指向屋内:"那些送礼物的是机构新来的老师吗?以前没见过。"

"不是,是最近新来的志愿者,其中有一个冬冬很喜欢呢,她似乎对冬冬也很了解,每次都会给他送他喜欢的小礼物。"

负责人指的正是时宴,时序脸上的笑意很淡,道:"我还是不太希望有太多非机构成员和时冬冬接触,得麻烦您多费些心。"

负责人似乎没想到时序会这么说,愣了愣,应好。

时序自然知道自己的这个要求有些无理,她虽不愿以恶意揣测别人,但如果是时家的人,她就不得不多存一个心眼。除了时冬冬,她没什么可以失去的,这件事她知道,时家的人也知道。

听完时序讲时宴去了时冬冬上课的机构当志愿者的事情,赵恬恬认真地想了想,问时序:"有没有可能是你想多了,时家小妹看起来和时家其他人还是有些不一样的。"

时序面露无奈:"我也不确定,但又不敢不怀疑。"

赵恬恬替她感慨:"这说出去也好笑,蒋魏承这么懂算计的人都能深得你的信任,和你有血缘关系的人反而被你小心提防着。"

时序被她的话逗笑了，打她的岔："怎么听上去你酸溜溜的，你放心，我最信任的人还是你。"

赵恬恬连忙摆手："可打住，我不敢介入你们夫妻之间，就上次带你去秀场，我觉得我已经在蒋魏承的黑名单上了。"

时序觑她一眼，口吻嫌弃："我们清清白白的合作关系，怎么就被你说成他对我情根深种呢？"

赵恬恬坐直身子，认真地问时序："这也是我想问你的，你不觉得吗？蒋魏承对你好像还挺好的，我总听说他是一个冰冷且没有感情的人，但看他对你的样子，不像啊。"

时序全然不以为意，她看着赵恬恬："你知道反常的举动通常意味着什么吗？"

"什么？"

"别有所图。"

赵恬恬一脸不认同的样子，反问时序："就你所看，蒋总那副身家，对你图什么呢？"

时序耸肩："图什么都有可能，反正不是基于你以为的某种情感。"

赵恬恬不打算说服她，只是感慨："怪不得这么多年，你一个男朋友都没谈上。"

时序把手边的抱枕丢向赵恬恬："强调一下，是我不想。"

抱枕没砸到赵恬恬，倒是把唐婶整理在一旁的这几天家里收到的信件和邀请函砸乱在地。

时序起身去收拾，却在拿到一封印着烫金芭蕾标志和白天鹅的邀请函时顿住了。邀请函的收件人是时序从未在家中听到过的——蒋舒窈。

说起来时序对蒋舒窈还是有点好奇的，蒋家真正的孙女，但似乎早就和家中脱离关系了一般，虽然据传她是结婚了，但按理说，时序和蒋魏承婚礼的时候，于情于理，蒋舒窈都应该出席，毕竟她和蒋魏承有一层兄妹关系。

除非，是两个人都对之前的那次订婚心存忌讳？时序吸了吸鼻子，感觉自己闻到了一股内幕的味道。

赵恬恬不顾形象的大呼小叫声打乱了时序的思路,她晃着一张邀请函,兴奋道:"坎特的私人画展,居然给你寄了邀请函?"

时序挑了挑眉:"我不知道啊,我对艺术实在没什么天分。"

"但这不妨碍我们去看,你会陪我去的对吧?那可是坎特啊,我的艺术情郎。"

时序倒吸一口冷气,深觉赵恬恬自从恋爱之后,仿佛掌握了让人随时起一身鸡皮疙瘩的特殊能力,简称"肉麻"。

架不住她高涨的热情,时序最终妥协。目的达成,赵恬恬也不演了,变脸比变天还快,立马就端坐在沙发上继续她女老板的形象。

"说起来,坎特这两年突然火起来,和他身后那个神秘的策展人脱不开干系,那个策展人一共替他策划了三次展览,第一次就直接打响了坎特的知名度,我真好奇是谁。"赵恬恬道。

时序奇了:"还有你打听不出来的事情?"

"坎特似乎在保护这个人,到现在我也就知道策展人是个华裔女性,姓'楚'。"

高层餐厅可将四周景致一览无余,玻璃幕墙毫无杂质,将餐桌前对坐着的两个人的身影清晰地映在上面。

楚桐晃了晃杯中的红酒,举起杯遥遥朝着蒋魏承示意,随后也不管蒋魏承的反应,红唇微张,抿了一口。

"你以她为由要见我,说吧,什么事?"蒋魏承语带疏离。

楚桐笑笑:"只是借口罢了,不然还真没把握你会愿意见我。你放心,不管我以前做了什么,关于蒋家的秘密,我不会向任何人泄露半分,算是我对她的补偿。"

楚桐的话没能激起蒋魏承的太多波澜,他端起一边的温水润了润喉,道:"楚叔和楚婶年纪大了,也一直在等你回去。"

比起几年前,如今的楚桐早已历练出独属于自己的一番风情,昔年的自卑早似乎已经消失在她的身上，取而代之的是一种令蒋魏承也颇为意外的游刃有余。

"我父母为蒋家服务多年，他们的养老问题，相信老先生早就有所安排，不需要我来担心。"

"令人意外的回答。"

楚桐只是笑："连你都意外，看来我的变化确实不小。不过你的变化也很大，居然有耐心劝我回家，到底是有家室了。"

蒋魏承抬头，洞察般的目光射向楚桐，意简言赅："直说你的目的。"

楚桐自嘲般："我能有什么目的，只不过是终于鼓起勇气回来了，想看看结婚之后的你是什么样子的。"

最后一丝耐心丧失，蒋魏承站起了身："单已经买了，让林郃送你。"

说罢，蒋魏承接过候在不远处的应侍打包好的甜点，不再看楚桐，径自离开。

林郃随即过来，楚桐以一种极为复杂的目光一直看到蒋魏承消失在视线之中这才看向林郃，扬唇道："好久不见。"

林郃此时还在对楚桐变化巨大的震惊中，心里想的就这么说了出来："你变了很多。"

楚桐指指蒋魏承消失的方向："没他变得多。"

终于有一个能同林郃谈及蒋魏承变化的人，他微笑附和："是啊，不过我觉得对蒋总来说，是件好事。"

"蒋太太是个什么样的人呢？"

林郃略带提防地看着楚桐，楚桐失笑："别这么紧张，我只是有些好奇，什么人能忍受蒋魏承的冷漠，还可以将他这座冰山日渐消融。"

林郃歉意一笑，不多解释，只道："夫人性格坚强，内心颇为强韧，遇事泰然，还有一股不服输的闯劲，大概就是蒋总欣赏的那一类吧。"

楚桐点燃一根细长的女士香烟，漫不经心地把玩在指尖："听你这么说，我倒是想起来了一个人，她们应该有些相似吧。"

林郃几乎是瞬间就明白楚桐所说的人是谁，但此时他不再多言，只是说:"走吧,你去哪儿?送你过去。"

楚桐将香烟戳进了一口未动的布丁之中,拎包起身。林郐看着她心头复杂,明明眼前的人张扬艳丽,比以前好看许多,但他却不由得想起当初和他一起刚成为蒋氏两个继承人助理的女孩。

规矩本分,恰到好处地善解人意。

现在的楚桐就像是抛弃乖乖女模样故意学坏的叛逆少女,好像随时都可以爆发出惊人的破坏力。

蒋魏承到家的时候时序和时冬冬正趴在地上拼图,三千片的"创生之柱"星河拼图是不久前时序给时冬冬定制的,三天前刚刚收到。"创生之柱"是哈勃太空望远镜拍摄的在老鹰星云内圆柱形的星际气体和尘埃的一张影像,处理后的图片色彩复杂,成年人尚且要耗费巨大心力,但在时冬冬手下已经拼出了一个角。

蒋魏承把打包回来的甜点放在时冬冬面前,随后状似无意地问向时序:"上午去海边了?"

时序看他一眼,稍显防备,但她很快藏匿起来,随口诌道:"医疗舱项目因为内部审查暂时停滞,心里着急,所以去海边吹了吹风。"

她悄悄打量了一下蒋魏承的表情,试探问道:"你怎么知道我去了海边?"

蒋魏承指了指玄关:"你的鞋子沾了很多海沙。"

时序轻"啊"一声,心里松了口气。随后她拿出茶几上的芭蕾公演邀请函递给蒋魏承:"寄往家里的邀请函中夹了张这个。"

时序确信,蒋魏承在看清邀请函的时候,脸上不自然地流露出了些许温情。他没说什么,却早已拿出手机从客厅的玻璃门走向花园,看起来是在给邀请函的主人打电话。

这是时序第二次看到蒋魏承和人通话时露出这样的表情,温和又耐心,上一次是婚前晚宴后,她归还他钻石耳环时无心撞见的。

时序看了很久才收回目光,心里不禁好笑自己居然会有窥探蒋魏承私事的想法，她甩了甩头，解开蒋魏承带回来的甜品盒子，里面是一块天鹅绒车厘子慕斯和一盒芒果酸奶乳酪，是她和时冬冬喜欢吃的。

心里莫名其妙地被撞了撞，她想起先前赵恬恬说蒋魏承对自己好，这样看来，在生活的一些细枝末节之上，他做得确实出人意料地到位。

时序笑着将慕斯抿化在口中，心道这个合作带来的一些附加福利倒也容易俘获人心。

许久之后，蒋魏承挂断电话走回室内，路过时序时停了下来，像是同她交代般地道："下周我妹妹回来。你和唐姊说一声，把二楼左边上锁的房间打扫好，不要破坏原有的摆设。"

时序问："是……蒋舒窈？"

蒋魏承在听到这个名字时眉头微蹙，眨眼间就不见了，他点了点头，随后走上了楼。

唐姊做事是个急性子，得了时序的交代当天就开始动手收拾蒋舒窈的房间，时序也沾了光，第一次涉足了这个她好奇多时的屋子。

房间内的陈设并不华丽，却很有品位，依稀可以推测它的主人干练利落。极为华丽的芭蕾舞裙悬挂在衣柜正中，长久藏于柜中却丝毫不减风采，一看便知主人格外注意保护。

时序草草看了一圈，没打算久留，正当她要走时，擦着书柜灰尘的唐姊没注意，拿起角落里的书本时不小心掉了一本在地上，厚重的书摊开在地，唐姊和时序看清之后面面相觑。

唐姊是替时序尴尬，时序是被迫尴尬。掉在地上的并不是什么书本，而是一本婚纱照相册，蒋魏承和蒋舒窈的。

唐姊欲言又止，时序却没给她说话的机会，捡起相册一眼都不曾多看就重新放回了原位。

"唐姊，你仔细些，慢慢打扫吧。我去补个午觉，困死了。"

不知道是哪里误导了唐姊，她总以为时序这么急着要离开是因为看到了先生和别人的婚纱照而不痛快，晚上想了又想，还是把这件事告诉了蒋魏承。

乍一听说时序看到自己以前那场荒诞订婚照片以后失魂落魄，蒋魏承心中腾起丝莫名的情绪，竟还分了些神去思考自己要不要同时序解释一下。

可等他晚上洗漱完回到卧室，还在精致护肤的时序突然扭头格外真诚地问了他一句："虽然我也只是名义上的嫂嫂，但我是不是也得给你妹妹准备一份见面礼？"

失魂落魄？蒋魏承一点也没看出来，反倒从时序晶亮的眼中看到了些她对"蒋舒窈"即将到来的期待。

蒋魏承的表情忽然就有些冷，语气好似还有些不满："由你安排。"

时序未能察觉男人掀被子的动作幅度比以前都大，仿佛带了点情绪。她兀自涂着眼霜，自语道："送什么好呢，得好好想想。"

还打算看看书再睡的男人将刚拿到手里的书放了回去，一把关了自己这边的阅读灯。室内光线骤然变暗，时序扭头一看，蒋魏承卷了大半被子右卧而眠，第一次只给她留了一片被角。

蒋氏总部大楼，蒋魏承刚走进总裁专属电梯，林郤就已经抱着文件等候在高层电梯口，同样的，明明离上班时间还有近十分钟，总裁办全员就位，早已进入了工作状态。总裁办新来的实习生不禁咋舌，一个多月了，这一层楼的所有人，包括总裁，简直自律得可怕。

林郤一路陪着蒋魏承走进办公室，随后将手上用不同标识标注的文件夹放到蒋魏承面前。

随后，他单独拿出压在最底下的一个文件夹，道："蒋总，这是您交代查到的东西，汶岛那边昨天半夜才把内容发过来。对方说这件事也有人在查，应该是太太。不过……在调查是谁也在查的时候闹出了点动静……暂时不确定是不是打草惊蛇了……"

林郤本以为这件事办得不够利落会让蒋魏承不满，可他的关注点似乎不在这件事情上，反而问林郤："时序那里已经拿到调查结果了？"

林郤点了点头："应该比我们更早一点拿到，太太请的侦探前天晚上的飞机，两人昨天应该见过了。"

怪不得昨天在他问及时序去向的时候时序表现得警惕又敏感，蒋魏承粗粗翻看几页，看向林邰："内容你看过没有？有什么看法？"

林邰皱着眉头，分析道："主观推断可以形成闭环，不过缺少法律层面的实质性证据，定罪的可能性微乎其微。"

蒋魏承没再说话，让林邰去忙自己的工作。

办公室安静下来后，蒋魏承又把手上的文件仔细看了一遍，他在看完整个调查结果之后都不免惊讶，不知身为当事人之一的时序看到这样的结果，心中会有多么大的震荡。

不过昨天看她表面似乎足够平静，蒋魏承有些好奇她接下来的反应。他从不做没有把握的事情，当初时序拒婚之后又贸然找了上来，他便断定她有比她所说的更重要的事情。

联想起之前在汶岛遇到她，蒋魏承让人顺着查了查，便知道时序的目的是什么了。只不过和他所想有些出入的是，他本以为时序要借他的力量去达成目的，她却没有。从始至终，时序似乎都不想让他知道她在调查这件事。

私人电话贸然响起，蒋魏承蹙眉一看，是家里的号码。待他接通，电话那头传来的却是园丁的声音。

"先生，不好意思打扰您，后花园的花闹了虫害，得全部挖了重新种植，不过花卉供应商说暂时没有原本的品种了，您看应该定什么别的品种呢？"

蒋魏承地眉头蹙得更深："太太不在家吗？"

园丁的声音卡了卡，顿道："太太说，征求您的意见比较好。"

蒋魏承扶额，语气已然辨不出喜怒："你自己决定吧。"

挂了电话，蒋魏承突然意识到了一直以来自己感觉到的那股不对劲究竟来自什么地方。他后知后觉地发现，和时序结婚的这几个月中，时序从未参加过家中任何大事小事的决策。

就连她要给时冬冬定制三千片拼图的时候，还因为拼图面积过大占用空间来征求过他的同意。

她从未把自己当成蒋氏庄园的女主人,所以就连花园要种什么花这样微乎其微的小事,她都不做任何参与。这样想来,蒋魏承一时竟不知道如何评价时序的行为,她一直把他们两个人之间的界限划分分明并且严格遵守,从不越线,倒真的是十足令人省心的合约伙伴。可意外的是,蒋魏承发现自己并不觉得有多开心。

另一边,园丁得到了蒋魏承的指示,心里也松了一口气。唐婶问了问园丁蒋魏承是怎么交代的,待园丁重回花园作业后,她玩笑般地对时序道:"不过也就是花园种什么花这样的小事,您还让人给先生打电话,方才他给先生打电话,紧张得气都不敢大声喘。"

时序自然听懂了唐婶玩笑话下的潜台词,她弯起嘴角:"我对园艺哪有什么审美啊,毕竟是天天都会看到的东西,要是我选得不好看,不是很没面子?"

唐婶还想说"那之前我问您先生新定的摆件要放哪里,您不也是让我等先生回来直接问先生吗",可话到嘴边,她还是咽了回去。她也大致看出来了这小两口的相处模式,尽管晚上一个屋子住着,可平常在家中从不见亲昵,她还从来没见过哪对夫妻如他们这般客气的。

前院传来车声,沙发上的时序起了身走到玄关,利落地穿上了她的休闲鞋。

"唐婶,我中午不在家吃饭,晚上也不在,不用做我的份。"

唐婶追到门口还想告诉时序,蒋魏承明天要出差,今晚难得在家吃饭,可时序已经坐上了赵恬恬的车走了。

赵恬恬等红灯的间隙自己打量了一下时序的打扮,"啧"了一声:"要不先去一下商场?"

时序轻轻往她手臂上捶了一下:"只是去看个展呢,难道我还得穿一身高定才可以进去吗?"

赵恬恬语气无奈:"在美丽这一块,你现在真是越发没什么追求了。"

等走进了画展,时序看了看自己的休闲鞋,忽然明白了为什么赵恬恬下车之后还特意换上了高跟鞋。确实和她想象的有些偏差,与其说这是一次画展,还不如说是一半秀场一半宴会。

大抵这便是那位策展人别出心裁的地方吧。不同于时序以往去过的画展,坎特先生的画作没有呆板地框在墙上,而是用玻璃画框保护在内,随后固定在会场四处,或高或低,错落有致。

而会场之中还有自助餐台,各色酒水小点也和此次画展的主题完美匹配,甜品的颜色和形状,几乎就是坎特画作的同款周边。

也怪不得场内不论男女都精心打扮了一番,如若不是时序这张脸还有些辨识度,不然放在其中,确实稍显违和。

时序看见了季婷和时玥正在不远处,为了避免不必要的社交,时序和赵恬恬没往那处走。

赵恬恬不愧是坎特的狂热粉,一眼就相中了他好几幅作品,生怕被抢走似的,早早就要出手。

赵恬恬去办理买画手续,时序自己在场内闲逛,她看得有些投入,也没注意身后有人,险些将人撞到。

"实在不好意思,没注意到你。"时序忙向身后的女人道歉。

女人抿唇笑笑,颇具风情:"没关系,看你在这幅画前停留许久,很喜欢这幅画吗?"

突如其来的搭讪让时序不太想回答,女人似乎也意识到了自己问得突兀,解释道:"抱歉,这是我的职业病,自我介绍一下,我是本次画展的策展人,楚桐。"

"啊,你好。"既然是策展人,时序也就不吝啬和她反馈用户体验,"我没有别的什么意思,只是觉得这幅画似乎和这次展出的其他画作风格有些不太一样。"

楚桐笑:"这位小姐很敏锐。的确,这幅《反差》并不是坎特先生的作品,而是我的。西城是我的故乡,这也是我在西城策划的第一场画展,也可能是最后一场,所以特地和他商量放到了这场展中。"

时序又看了看这幅命名《反差》的画作,是一幅镜像作品,画作之中的女子有些眼熟,她身着华丽礼服,妆容精致,举手投足间气质斐然,可水中倒影里,同样的脸却身着这朴素的连衣裙,素面朝天,仿佛邻家女孩。同一个人,倒影和本身,所有的东西都形成了鲜明的反差。

时序夸道:"很特别的一幅画。"

楚桐说:"其实我画的是一起长大的一位朋友,她因为命运的捉弄,明明喜欢小白鞋,却不得不穿了好多年的高跟鞋;明明不爱觥筹交错,却又不得不穿着礼服,在各种场合寒暄客套。"

有那么一瞬间,时序险些以为楚桐在影射自己。她看向楚桐,发现楚桐其实一直都在看着自己。

楚桐没头没尾地来了一句:"看到您,我就不觉得意外了。"

时序一头雾水:"抱歉,我不太听得懂你的意思。"

而后楚桐笑开了:"是我该说抱歉才是,其实我一开始就认出您是谁了,只不过没告诉您。前两天和蒋总吃饭的时候,我还说想见见您,没想打在这里见到了。"

时序下意识想,不是吧,难道又是蒋魏承的陈年桃花?

楚桐似乎看穿了她的想法,接着道:"别误会,我和蒋总只是旧识,我的父亲曾是蒋老先生的管家,我是在蒋家长大的,老爷子去世后我们家才搬了出来。"

时序也没想到居然是这层关系,她突然顿悟:"那画中的主角,是蒋舒窈?"

楚桐眨了眨眼睛:"是啊,不过我习惯叫她'苏意',蒋总以前听到我们叫她'蒋舒窈'可是会黑脸的。"

会吗?时序想,自己在他面前叫了好几次了,未见他神色有异啊。

楚桐也只当是时序知道所有旧事,话匣子打开也就顺势同她说了起来:"那会儿苏意刚到蒋家的时候,蒋总可排斥她了,虽然那个时候我和蒋总认识的时间也不长,但还从来没见过他对什么表现出那么明显的喜恶。不过后来想想,毕竟窈窈是蒋总的亲妹妹,也许蒋总只是不希望任何人顶替她吧。"

时序听得一头雾水，直觉告诉她，楚桐所说的对她来说有些超纲。楚桐也像是根本看不见时序脸上显而易见的疑惑一般，兀自又道："那时候苏意和蒋总闹得可凶了，为了不和蒋总结婚，还和蒋老先生打赌。最后还是蒋总放了手，她也如愿过上了自己想过的生活，从豪门名媛变成了平凡少女，可洒脱了。"

终于，她似乎意识到自己说多了一般，只是问时序："您是不是也觉得苏意的经历很像这幅画？"

时序早已经整理好自己的表情，噙着抹探究的笑容看向楚桐："看来楚小姐对舒窈感情甚深，正好她过几天回来，你们有机会可以好好叙旧。"

楚桐没想到时序这么快就反应了过来，但也不露怯，反而笑道："恕我冒昧，这个时候看时小姐，真觉得和苏意相像啊。"

时序笑得恰到好处："倒是让楚小姐失望了，我很难免俗，还是更爱珠宝华服。"

时序游刃有余地应付着楚桐，几个回合下来，楚桐自觉没趣，恰好坎特过来，似乎找她有事。坎特和时序略点了点头，便揽着楚桐的腰走了。

时序又看了看那张名为《反差》的画作，倒是越发对即将到来的蒋舒窈好奇起来。只不过如果她没有听错的话，方才楚桐那话里的意思，蒋舒窈和苏意，是两个人？

还有另一个人此刻也若有所思，不过她没能听到时序和楚桐的完整对话，仅凭听到的最后几句判断，那话表达的，是说蒋魏承娶时序是把她当替身的意思吧？

买完画的赵恬恬终于想起了时序，回来时一脸谄媚："原谅我，买得上头了，花的时间比较久，让你无聊了半天。"

时序另有所指："不哦，相反，我这段时间，过得有意思极了。"

"什么情况？"

时序耸肩摊手："遇到了蒋总的桃花债。"

赵恬恬憋着笑："蒋总真是招蜂引蝶的男人啊，不像我们杜忧，身边干净得我连吵架都找不到借口。"

时序斜她一眼："杜忧这样的，其实有个更通俗的说法，魅力不够。"

赵恬恬护男朋友的短，作势就要掐她："拐着弯子夸你老公呢？啧啧，看不出来啊，这么维护他。那你这回去不得好好在你老公面前喝碗醋，欸，跟你回家有戏看吗？"

时序说不过赵恬恬，只好投降："我认输，赵总放过我。"

收起玩闹，赵恬恬偷偷问她："说真的，不吃醋啊？"

"不吃，我为什么要？"

时序答得飞快，越是不假思索越显得有些心虚。

虽然知道楚桐在画展上和自己说那一番话别有用意，但时序还是或多或少地对蒋舒窈产生了更大的好奇。站在蒋家二楼，时序看向唐婶已经打扫好的那个房间，犹豫着要不要再进去看看。

她刚迈了迈步子，唐婶就在楼下叫她，时序心虚地收回脚，唐婶已经一脸急色地走到了面前。

"太太，陵园管理人打了电话来，说昨晚雷电劈倒了树，磕坏了一块墓碑。先生出差不在家，您看您是不是得去看看？"

蒋家和时家都有自己的私人陵园，离得挺近，墓碑被磕坏不算小事，蒋魏承不在家，论身份，时序确实得去一趟。

等她驱车到了蒋家陵园的入口，管理人已经在那边等她，似乎生怕她责备他们办事不周，交谈中不免多了几分小心。

"是谁的墓碑磕坏了？"

管理人一脸歉色道："是舒窈小姐的。我们也没预料到昨晚雷电会把树劈倒，刚好砸到了舒窈小姐的墓碑上，砸裂了一道，碎了一角。我和蒋先生也报告了，林先生一会儿也会来处理。"

"蒋舒窈？"时序惊讶非常。

说话间，管理人已经把她带到了整齐排列的墓碑前，倒下的大树已经被清理干净，但周边散落着一些碎枝叶。

管理人把被砸坏的墓碑指给时序看，时序反复确认了几眼，反应过来，没有错，她看见了蒋舒窈的墓碑。

聪慧的她很快联想到了楚桐说过的话，之前想了半天也没想通的点在此刻得到了解答。的确有两个蒋舒窈，一个被埋在这里，另一个，大概就是楚桐口中的苏意了。

时序恍然大悟，也理解了楚桐找自己说那番话的意思，原来是告诉她，蒋魏承对苏意的感情并不一般。

不久后，林邰也赶了过来，蒋魏承这趟去颍川出差没带他，倒是给时序省了不少事。

"太太，蒋总已经交代了给舒窈小姐重新做碑，这边您交给我处理就好。"

时序点点头，走出两步后问林邰："林总助，有件事我不好问蒋魏承，不过问你应该也一样。过两天舒窈就要来家里，你觉得我是称呼'苏意'好些还是……"

林邰略思索后答："您叫'苏意'或许好些。您也知道，蒋总和苏意其实也都觉得，不要再用舒窈小姐的名字会比较好。"

时序颔首，套话："刚知道的时候我还有些震惊，之前也是因为这个缘故，两个人才解除婚约的吗？"

"那倒不是，苏意小姐另有意中人。"

意识到自己话说得太快，林邰连忙闭嘴，他怎么就忘了，身边站着的这个虽然有资格知道蒋家的秘密，可她是正牌夫人啊，他怎么能同她议论蒋总过去的婚约。

时序不知道林邰复杂的心理活动，她知道了自己好奇的就足够了。果然她的推测是合理的，蒋魏承被退婚后这么多年守身如玉，原来是还对苏意念念不忘。

无形之中吃到了瓜，但时序竟然没有想象中的那么开心，她抬头看了看天空，阴沉沉的，令人有些发闷，她心里也是闷闷的，不大快活。

时序深吸一口气，转身去了隔壁的时家陵园。她最近踌躇许久要不要来，今天既然到了门口，索性还是进去了。

合葬的墓碑上，父母的照片紧紧相依，时序一句话也没有说，只是静静看着两个人的墓碑。许久之后，时序伸出手轻轻拂了拂墓碑上的照片，随后走到隔着一端距离的另一个墓碑前，跪下磕了个头。

看着碑上慈祥的人，时序轻声道："谢谢您的礼物，但也许，我要让您失望了。"

时序前脚离开时家陵园，后脚就有人把时序到过的消息告诉了时仲明。听到消息，时仲明烦躁地点了一根烟，像是自语："这个时候，她去老二两口子坟前干什么？"

时序也不知道自己在别扭什么，晚上回房间的时候，看到早已经被唐婶收拾得整整齐齐的被褥，她就觉得心中烦躁非常。蚕丝四件套还是结婚时的红色，一直没换回蒋魏承偏好的冷淡色，不大喜欢这个颜色的时序明明也早看习惯了，现在却觉得无端有些碍眼。

时序心烦意乱地拨了拨头发，打开房门往时冬冬的房间走去。

她以前什么都不知道，为了扮演真夫妻守着三八线同床共枕也就罢了，但既然已经知道蒋魏承一直心有所爱，再睡一起似乎不怎么合适。苏意就要回来了，也许蒋魏承一直在等她呢，再让她误会，坏了两人姻缘，多不好。

时序自觉找到了最合理的解释，决定从今天开始和蒋魏承"分居"。

时冬冬早已经被阿茹哄睡了，小小的一团缩在被子里。时序轻手轻脚地掀开被子躺了进去，一揽就能把时冬冬抱进怀里，他的身上还有一点点小时候的味道，香软可爱。

已经开始习惯一个人睡的时冬冬骤然进入一个温暖的怀抱，迷离着眼睛看了看来人，看见是时序，他的小手在时序脸上摸了摸，时序觉得心中烦闷瞬间被抚平许多，轻声道："乖乖睡吧，姐姐陪你。"

因为陵园的变故，蒋魏承压缩了行程，改乘夜间航班，半夜才回到庄园。临时决定提前回来，蒋魏承没和家里说，等他走到别墅门口，没看见那盏亮着的小灯时，顿感不适，恍惚回到了时序带时冬冬住到市区公寓的时候。

等他走到玄关，看见时序的鞋子和时冬冬的鞋子都整齐地摆在一旁，他不经意间勾了勾嘴角，有一种瞬间被什么填满的感觉。

然而这种开心的心情没能持续很久，待蒋魏承轻轻推开房门，借着走廊的灯光，简约却不失格调的大床上红色被褥平平整整，想象中应该侧卧熟睡的人，并不在这里。

蒋魏承不动声色地打开了卧室的大灯，按照往常的习惯，洗澡，换衣服。只不过这次用时极短，等他掀开被子准备躺进去的时候，他停顿片刻，走了出去。

手掌搭在另一扇门的把手上，四周一片寂静，门把锁发出的细小动静被成倍放大在蒋魏承耳中。他好笑明明在自己家却像做贼一样，直到门终于被打开，门内时序抱着时冬冬睡得正酣。

蒋魏承喉结上下滚动一番，最后准备原样把门合上。

"先生？"身后突然传来一声轻喊。

蒋魏承心头一跳，手中的力道险些失了准头，好在他还是稳住了心神，轻轻把门关上之后才去看身后每晚都要例行来看看时冬冬的阿茹。

蒋魏承小声道："他睡得很好，你去休息吧。"

阿茹应了声好，随即笑道："小姐今晚陪他睡，我走到这里才想起来，您是来找小姐的吗？"

无意中被拆穿的蒋魏承面不改色，语气颇为不容置疑："我来看时冬冬。"

看着大步走回自己卧室的蒋魏承，阿茹失笑。怎么说她都是年纪大得足够当时序母亲的过来人，又怎么看不出蒋魏承刚刚的口是心非。之前阿茹一直觉得，时序和他不像夫妻，心中颇多担心却又苦于没有立场去问时序，如今却是放下了心来。

人前的行为都可以伪装，但人后的表现大都出于本心。

抱着时冬冬睡了一个香甜觉的时序一大早就被蒋魏承堵在了楼梯口，她站得高，比站在台阶上的蒋魏承高出了小半个头。

地势优势让时序居高临下地看了蒋魏承一眼，望进他深邃的眼眸时，时序很没出息地心虚了一下。随即她反应过来，她有什么好心虚的，又不是她对别人念念不忘。

蒋魏承看着眼前的人突然挺了挺身姿，笑了，随后道："我给你和时冬冬带了礼物，在客厅。"

说罢，他错身让了让。

时序想：合约妻子还有这种待遇？

蒋魏承带给时序的礼物没什么新意，是规规矩矩的钻石首饰，设计不算出挑的经典款，但胜在价格昂贵。反观蒋魏承买给时冬冬的礼物就走心很多，是微缩的天文望远镜摆件，一看就是投其所好。

不过时序并没有要白拿蒋魏承这么贵重的礼物的意思，她暂且收下，预备等功成身退的时候和之前那对钻石耳环一起还给蒋魏承。

蒋魏承路过客厅的时候，看了看正在端详礼物的时序的表情，她脸上挂着笑，似乎对礼物满意的样子。

随即，他默默收回了视线。

可当晚上蒋魏承已经看了两页书也没等到时序推门进来的时候，蒋魏承还是敏锐地发觉了不对。

时序刚给时冬冬讲完故事准备继续抱着弟弟睡觉，房门不期然被敲响。困意分明的时序走到门口对上蒋魏承，对方却迟迟不准备开口。

还是时序打破僵局："怎么了？"

蒋魏承动动嘴唇："我要休息了。"

所以呢？您也要听故事吗？

时序压下对他莫名发言的疑惑，笑意盈盈："蒋总晚安。"

蒋魏承抵住门框，问她："你不休息？"

时序打了个哈欠："要睡了，所以……"

蒋魏承锐利的目光已经打在了时序身上，表情冷淡中透着股不自然:"不回房睡?"

本想同他打太极的时序知道现在避无可避,便道:"这几天想多陪陪时冬冬。"

那就是不准备回去的意思,蒋魏承的眉头皱了起来:"我妹妹明晚就到,你准备让她看到我们分居?"

有一瞬间时序几乎要怀疑蒋魏承精通读心术,居然一语道破她的小心思。但她是必不可能承认的,她反问蒋魏承:"你妹妹不知道咱们其实是合约结婚吗?"

蒋魏承看她一眼,摇头:"她不知道。"

时序简直不知道该不该夸蒋魏承保密工作做得好,林邰是心腹,杜忱是好友,但毕竟都隔着一层,瞒着也就罢了,那为什么他对自己喜欢的人都要保密?这样下去他还想有爱情?只有寂寞才会对他不离不弃吧!

蒋魏承尚且不知时序正在替他的情路着急,只看着她脸上表情好似一言难尽。随后,他听到时序说:"那你可以和你妹妹说,是我们最近吵架了,我不想理你。"

善于分析的蒋魏承很快捕捉到了时序话中的重点:"所以你确实对我有情绪,所以要搬去别的房间?"

他一语中的,时序脸色变了变。为了逃避问题,她只得使出撒手锏,语调妖娆地调戏道:"蒋总不会是没有我'陪睡',失眠吧?"

果然,蒋魏承脸上错愕一闪而过,时序都已经做好了接受他嫌弃的目光然后目送他离去的准备,不料蒋魏承低笑了一声,嗓音微沉:"你觉得盖着棉被纯聊天能称为'陪睡'?"

低音嗓在寂静夜晚总是格外撩人,时序觉得自己耳朵发麻,不自在地咽了咽口水,抬头不期然对上蒋魏承噙着抹疑似坏笑的脸,时序毫不犹豫地关上了房门。

门外蒋魏承轻轻笑出了声,心中却已经在思考,他不在的这几天,是什么事情让时序突然对他有了意见。

季家难得有三个孩子都在家的时候，季婷喜欢的水果摆满了茶几，但她人却坐在沙发上发着呆。

季许轻轻在季婷头上拍了一下，笑话她："想哪家男孩子呢，大哥和你说话你都不理？"

季婷"啊"了一声，忍了又忍，还是把自己正在想的事情说了出来。

"大哥二哥，你们说，蒋魏承连沈岚姐姐都看不上，为什么会喜欢时序那样的啊？"

一捧一踩的话术让季年下意识想要驳斥这个小妹，季许却先于他反驳道："时序倒也不必沈岚差，她可是大哥同门师妹，学历不输沈岚，至于外貌，远胜许多。"

季婷咬了咬唇，不满地嘟囔："那也就是时序长得跟蒋魏承喜欢的人有些像而已。"

季年口气严厉："小婷，不要胡说。"

最受不得兄长用这种语气说教，季婷撇撇嘴："本来就是，我亲耳听到的，那人告诉时序，她和蒋魏承喜欢的人很像。"

季许打量了一下自家大哥的表情，忙开口道："时序又不是什么好骗的，如果蒋魏承把她当替身，以她的性格早就骄傲地一脚把人踹开了，还能嫁给他？想什么呢小丫头。"

还真的有可能，季年心里道。

自从时序和时家断绝关系，时家对时序的处处打压所有人都看在眼里，她没有时家的股份，也不曾拥有时家的财富，所有的一切全凭她自己，可她还有个时冬冬需要保护，能阻止时家对她们姐弟一味打压的，放眼看去，除了季家，也就只有蒋魏承可以做到了。

原来在这场婚姻之中，时序受了这么大的委屈吗？

想当然的季年反应过来的时候，人已经到了蒋氏集团的总裁候客区。他知道自己这样过来极不理智，可心中的愤怒却让他控制不住自己。

时序明明是他那么想要保护的人，凭什么要在另一个男人这里受这种折辱？

长这么大从未动手打过架的季年在看到蒋魏承的时候就挥了拳头，蒋魏承尽量躲开，但嘴角还是挨了一下，裂了一道口子。

好在此处没有什么闲杂人，只有屡屡撞破总裁私事的小可怜林邰。林邰急忙上前拦住季年，莫名其妙被揍一拳的蒋魏承有些动怒，声音冷得吓人："季大少是来砸场子的？"

季年被有些身手的林邰架得动弹不得，明明他才是要打人的那个，反而是被打的蒋魏承显得比他从容得多。

季年盯着蒋魏承，字字句句皆是愤怒："时序那样骄傲的女孩，值得所有全心全意的疼爱，可你，把她当替身？"

蒋魏承轻轻揩去嘴角的血丝，单手松了松领带，嗤笑道："季少哪里听来的不实传言，又是以什么立场来为时序鸣不平？"

季年咬着牙简直愤恨，提及立场更是不甘："如果不是因为时家，我早会把她护在身后，根本没有你的机会。你既然娶了时序，不管出于什么目的，你都不应该让人告诉时序，她是你蒋魏承娶的替身！"

蒋魏承不屑地笑了笑，回得一点也不客气："我和时序的婚姻不畏惧任何阻碍，季少要怪就怪自己没有对抗家族压力的能力和决心吧。念在你是我太太同门的份上，这一拳我不和你计较，不过还是要给季少一个忠告，我和时序夫妻之间的事情，外人没有插手的资格。"

一口一个"我太太""夫妻"，无一不在宣示着主权，季年的拳头捏了又松，第一次后悔为什么在时序最需要自己的时候，他没有站到她的身边去。

季年被礼貌地"请"出蒋氏之后，蒋魏承带着泛紫的嘴角，交代林邰："去查查是谁和时序说了什么，替身又是怎么一回事……还有，有没有什么快速祛淤青的法子？"

林邰觉得自家老板此刻又威严又无辜，前一句还霸气侧漏，后半句反倒极不符合人设地有些委屈。但关于替身的说法，林邰却不由得想起来一个人，顿时觉得有些头疼。

蒋魏承热敷着伤口，思路却在大脑中快速成形。结合季年的话，这两天时序的反常都有了合理解释。

　　她是误会了什么，所以对自己避而不及？但既然她心里有怀疑，为什么不来和自己求证，反倒是季年来替她鸣不平。

　　蒋魏承摸了摸嘴角，心中越发不爽，他季年什么身份，有什么资格替别人的妻子鸣不平！

第九章
过去
CHIWEN

　　傍晚时序见到的就是一个嘴角受伤脸色很臭的蒋魏承。季年找蒋魏承动手这件事，还是刚刚林邵偷偷告诉她的，他只告诉她总裁为她挨了打，也没说个具体缘由。

　　时序想破脑袋也没想出个门道，就算是季年对自己还有点别的心思，也不至于这么久以后泄愤吧？但不管怎样，到底是因为她挨了打，是以，对上蒋魏承的臭脸时，她多少赔了点小心。

　　蒋魏承只看了时序一眼，就上楼去换衣服，时序在门口磨磨蹭蹭很久，才隔着门问道："还……疼吗？"

　　半掩着的门被骤然打开，蒋魏承和时序离得极近，他衬衫的扣子还没完全扣上，从上往下三颗扣子敞着，时序一眼匆匆扫过，不敢多看。

　　蒋魏承看着时序，似是轻声叹了口气："你有什么好奇的，其实可以直接问我。"

　　时序诧异地看着蒋魏承，她怎么问？直接问他为什么被季年打未免太伤人自尊。最后，时序还是很善解人意地替他着想："如果待会儿你妹妹问你伤口怎么回事的话，不然你就说被我揍的？"

　　蒋魏承轻呵一声，别扭极了："她不会问。"

有那么一瞬间，时序都在想，要不自己放过蒋魏承，终止合约吧？他这可怜兮兮的样子，实在让她觉得坏人姻缘罪过重大。

时序把放在口袋里捂了半天的水煮蛋递给蒋魏承："喏，还烫着，放在脸上滚一滚，可以消肿祛瘀。"

蒋魏承扬了扬下巴，示意时序可以动手。本打算给了鸡蛋就溜的时序默默吐槽了一下他的总裁做派，但还是捏着鸡蛋在蒋魏承的伤口附近轻轻滚了起来。

时序动作仔细，为了不碰到他的伤口，仰头盯着手上的动作，也没注意到自己已经离他足够近。

温温的呼吸拂在脸上，从未有过的感觉让历来要求自己时刻保持大脑清醒的蒋魏承有些走神。暧昧在两人之间流窜，随后因蒋魏承的手机铃声戛然而止。

蒋魏承去接电话后时序长舒了一口气，她自诩见过美男无数，方才却差点看蒋魏承看走了神，好危险。

蒋魏承拿着电话出来开了免提，一边听林邵汇报已经接到了苏意，一边指着自己的腮帮子示意时序继续滚滚。

时序没来由觉得心头不豫，把鸡蛋放到蒋魏承手上就撂了挑子。

走到没人看得见的转角，时序轻轻敲了敲自己的脑门，真是入戏太深，差点忘记了自己是谁。人家心心念念的人马上就要来了，她跑他面前献什么殷勤。

庄园内终于响起了车声，早半个小时前就已经坐在客厅沙发边看书边等的蒋魏承听到动静拉着时序一起走到了大门前。

商务车上除了林邵外，下来了一个很是英俊的男人，他从车内提溜下一个穿着公主裙的小丫头，随后男人一手领着婴儿篮，另一只手牵出了一个十分好看大气的女子。

穿着公主裙的小丫头看见蒋魏承眼睛一亮，不等身后的大人就急匆匆朝蒋魏承跑来，边跑边叫着"舅舅"。等小姑娘被蒋魏承抱了起来，可爱的笑脸转向时序，甜甜地喊了声："舅母好！"

等人都走到面前，蒋魏承才给错愕中的时序介绍："苏意，她的先生赵禹缙还有她的两个孩子。"

苏意落落大方，同时序握了握手："你好，本来你们婚礼的时候我就要过来，不过那会儿正待产，现在才见到。"

赵禹缙不多话，浅笑着冲时序点了点头。

时序看着眼前笑靥如花的女子，又看了看她身边时刻对她专注的男人，在恍然想起当初依稀听说蒋魏承被退婚后前未婚妻没多久就结了婚的同时也替蒋魏承惋惜，苏意夫妇甜蜜恩爱还有二胎，确实没有蒋魏承什么事儿。纵然如此蒋魏承还对她念念不忘，倒是令人意外地长情。

时冬冬不知道从哪个角落跑了出来，看到蒋魏承手上抱着的小姑娘，好奇地看了许久。

苏意半蹲下身试探性地摸了摸时冬冬的碎发，拿出一早准备好的礼物给他。

是他喜欢的拼图。

时冬冬拿到拼图很是喜欢，苏意也笑，对时序道："蒋魏承说你弟弟喜欢，果然是，真意外他还会记得小朋友的喜好。"

时序被苏意说得有些赧然，笑道："大概是时冬冬的拼图丢得家里到处都是，他想不看见都难。"

两个人本也都不是什么含蓄的，没多久的工夫早已经把话说到了一块。先前对苏意还有诸多好奇的时序早把那些好奇抛到了脑后，实话说她还真挺欣赏苏意的性格，真诚且不做作，没有刻意的寒暄，交流起来总是自然又轻松。

反倒是蒋魏承和赵禹缙两个男人相顾无言，不过很快他们又找到了各自的去处。赵禹缙照顾着二宝，蒋魏承就带着时冬冬和苏意的女儿玩。

看着早已悄悄发生了许多变化的房子，苏意感慨一声："这应该是这么多年来，这里第一次这么热闹。"

时序没有错过苏意话里的伤感，不知怎么安慰只好道："也是你们来了才热闹起来，以后常回来呗。"

苏意笑了笑,看着不远处的蒋魏承,对时序道:"真难想象他一个人是怎么做到守着这个大宅子守了六年的。你不知道,他告诉我你们要结婚的时候我都吓了一跳,不过现在我倒是觉得他运气挺好,有你和你弟弟陪在他身边。"

看着苏意如此真诚,时序越发觉得心虚,除了同住一个屋檐下之外,她没有做过任何陪伴蒋魏承的事情。

晚餐启用了庄园里的大餐厅,时隔许多年重新坐在这里,蒋魏承和苏意相视一笑,都从对方的脸上看到几分唏嘘。

上座的主人位空着,但是摆好了餐具。苏意的女儿小名叫优优,此刻正和时冬冬一左一右围着蒋魏承落座。

平日里谁都不敢轻易招惹的人孩子缘意外地好,不仅看愣了苏意,也看呆了时序。

四个大人轻轻碰了碰酒杯。不知是否是已为人母更添感性,苏意凝视了片刻空着的主座,轻声道:"真好奇爷爷要是看到如今我们的样子,会是什么表情。"

赵禹缙安慰般地抚了抚妻子的肩膀,蒋魏承脸上也难得见到一丝怀念:"最后那段时间,他总说对不起你们,现在应该欣慰颇多。"

苏意端起酒杯,道:"我们敬老爷子一杯吧,当初如果没有他,今天我们也不可能会聚在一起,如家人一样。"

作为全场唯一不知内情的人,时序听他们的对话就像在玩猜谜游戏,半天没听出个因果,但看得出来蒋魏承似乎是有些伤怀,时序把他掺回房间的时候,他的脚步都有些虚浮。

从没见过这样的他,不会是看见苏意一家那么美满,心中不是滋味吧?

照顾醉鬼的时序忙上忙下,调了糖水上楼就看见斜躺在床铺上的人不安分地扯着领口嘟囔着要洗漱,看得时序是真想录下来高价出售。

可家里毕竟还有客人,秉承着契约精神,时序还是去拧了热毛巾过来,认命地给蒋总服务。

毛巾刚碰到蒋魏承的脸,时序的手腕就被他一把捏住。本来睡着觉的人突然深深看着自己,时序几乎要以为他醒了酒,可他却莫名其妙地问了一句:"你为什么不问我呢?"

哦,原来还醉着。

时序起了玩心,想看看蒋魏承平日那副油盐不进的样子,是不是喝醉酒之后就变了,于是接他的话:"问了你就说吗?"

蒋魏承仍旧攥着时序的手:"你问,我就说。"

时序眨了眨眼睛,在蒋魏承略带期待的目光中开口:"你……保险柜的密码,是多少啊?"

室内小小的安静了一下,蒋魏承放开时序的手,撑着坐起来一点。霎时时序也分不清他到底是醉是醒,却只听他说:"不管什么时候,苏意都只是我没有血缘关系的亲妹妹,我们因爷爷成为家人,今后也会一直是不经常联系的家人。你和她,你们完全不像。"

时序在蒋魏承这样深邃的目光之下有些避无可避,甚至觉得他很反常,越是这样她反倒越不知道怎么接他的话,索性不说了,只把床头柜上的糖水给他。

"喝了。"

和以前客客气气的口吻不同,甚至有些凶,蒋魏承却仿佛很受用,端起水杯一饮而尽,甜意顺着口腔滑入腹中,在全身蔓延开来。

次日林邰上门时,花园里苏意正陪着优优和时冬冬玩。不久前蒋魏承给花园里添置了一个秋千,一直是时冬冬喜欢去的地方。

看到这幅画面,林邰都觉得有些恍然。苏意对林邰过来并不意外,毕竟蒋魏承是出了名的工作狂,哪怕今天在家,也不妨碍他工作。但让苏意没想到的是,蒋魏承却没让林邰进门,而是在外和他说事,仿佛避着客厅里的时序一般。

"蒋总,查到是前两天夫人和赵总去了画展,在展会上和楚桐聊了几句,当天季家小姐也去了,季年应该是通过她听说了什么。"

苏意远远就看见蒋魏承的脸色变得不好起来,他绷着一张脸,隐有怒色。

说话间,蒋魏承已经朝苏意走来,苏意挑眉,问他:"怎么了?"

蒋魏承少见地有些为难,对苏意道:"老爷子一直挂念楚叔多年的付出,走之前也交代过我们要多关照,楚桐或许是有些有恃无恐了。"

苏意扫了房子一眼,猜问:"她招惹了时序?"

蒋魏承点了点头:"她对时序说,我把她当你的替身。"

苏意"扑哧"笑出了声,她倒真没看出来时序和她有什么相似的地方,时序的性格可比她温柔多了,就昨晚如果换成是赵禹缙醉成那个样子,别说给他擦脸了,房门都不让他进。

"看来楚桐对你还是放不下啊?那嫂子呢,生你气了吗?"

蒋魏承:"不确定,她不知道之前的事情。"

苏意讶然:"你没告诉她?这我得提醒你一句,夫妻之间,还是尽量不要存在隐瞒。"

换作以前,蒋魏承完全不敢想象有一天自己会和苏意说这些,不过这几年两人也许都有心去实现老爷子的遗愿,真正有了兄妹的样子。

蒋魏承想了想,还是把这段婚姻的由来与始末和苏意说了一遍。听完前因后果,苏意看向蒋魏承的目光复杂极了。

憋了半天,她才憋出来一句:"那你们如果是这样的关系,你倒也没有太过担心的必要。"

蒋魏承的神色并未得到缓和,苏意又道:"除非……你有了不一样的想法?"

也不知最终是不是碍于面子,蒋魏承没有说出心里的想法,但这不妨碍苏意拉着自家老公吃瓜。

"你说,蒋魏承那样的人,谈起恋爱来,得是多恐怖的画面啊?"

怀抱妻子的男人语气有些不满:"赵太太,你已经和我说另一个男人半小时了。"

苏意上手就掐住了赵禹缙半边脸:"那可是我哥哥!我好像得帮一

帮他。"

苏意两口子这趟过来并不打算待很久，赵禹缙要参加一个医学交流会，苏意过来参加芭蕾舞团的公益演出，顺便把两个孩子带到老人坟前给他看看。

比起丈夫，苏意清闲得多，这几天时序也就专心地履行身份职责，全程陪同。

算起来苏意还虚长时序几岁，但两个人之间毫无隔阂，仅相处了一天就再无生疏，和真正关系亲近的姑嫂也没什么差别。

毕竟当年苏意也是把蒋魏承当成对手的人，就昨天的表现，她又怎么会看不穿他的心思，于是私下里，苏意只当不知道时序和蒋魏承的那重契约，真心实意地把她当嫂子看。

自然地，一些蒋魏承没法直接和时序说的话，苏意权当给他助攻，朝时序吐露了出来。

故事也不算复杂，当年蒋魏承实为蒋父的私生子，却以蒋父养子的身份被老爷子接了进来，后来蒋魏承真正的身份被蒋母知道，无法接受丈夫有一个比自己女儿还大的私生子，好好的家庭就那样家破人亡，而蒋魏承同父异母的妹妹蒋舒窈接受不了打击，以消极的方式与世长辞。

适时恰逢蒋氏动荡，任何丑闻的爆出都会带来不可预料的后果，被逼无奈的蒋老爷子才把苏意带了回来，让她顶替蒋舒窈的身份生活多年。对于自己亲手培养长大的两个继承人，老爷子私心希望他们能在一起，携手让蒋氏走向辉煌，但苏意心中早有爱人，所以后来才有了退婚的故事。

老爷子去世后，苏意如愿回到故土，和心爱的人在一起，蒋魏承一个人单打独斗，也凭着自己的本事，实现了老爷子要让蒋氏继续辉煌的心愿。

而终于通过苏意的口才了解到蒋家这桩秘辛的时序倒是对蒋魏承和苏意两个人都有了全新的认识。

她发自内心地夸道："我本来也只是觉得你和赵医生格外恩爱，但没想到你们两个在一起之前也经历了这么多波折，你很勇敢。"

苏意笑："也算是我足够好运吧，不过现在多少也觉得有点对不起蒋魏承，我为了自己的爱情当了甩手掌柜，把蒋家那些事都丢给了他，这几年他过得苦哈哈。"

时序想起当初杜忱找自己说的那番话，这才算是真的懂了杜忱的意思。

她看苏意陷入情绪，有心缓解气氛，便半开玩笑道："蒋魏承那种工作狂，没准还很享受忙碌呢。"

苏意摇头，道："一开始我和蒋魏承其实都觉得以兄妹的方式相处很难，不过后来我生了优优之后他来看过一次，你很难想象吧，从小到大喜怒不形于色的蒋魏承对着我女儿笑得那样开心，后来我先生悄悄告诉我，蒋魏承离开的时候满脸落寞。我说我比蒋魏承幸运，是因为失去爱我的爷爷之后，我还有先生，还有家人，但蒋魏承不是，他从小失去亲生母亲，身份特殊，从不得父亲青睐，爷爷对我们的教育一贯严厉，只有临终前那阵子才给了我们少有的温情，蒋魏承这个人啊，年过三十，从没尝过什么是家的温暖。"

时序想：所以他才总是那么矜贵自持，冷漠自律吗？因为一旦内心不够强大，就会被孤独压垮？

苏意不好意思地笑笑："我这么说完会不会把我哥在你面前树立的形象都摧毁啦？不过就当是我替他卖惨，如果有可能，你对他好一点啊。"

时序尚未听出苏意话中的深意，但也笑着点了点头。

没想到自己还有给蒋魏承牵红线的一天，苏意看着墓碑上不苟言笑的老人，默道：我还算给力吧，不然就我哥那水平，这嫂子早晚要走。

和时序熟了之后，苏意也完全不客气起来，美其名曰要和赵禹缙重温当年的约会之路，大手一挥把两个娃丢给了蒋魏承和时序。

怪不得蒋魏承能和时冬冬处得那么好，也许他是真的喜欢孩子。时序带着时冬冬和优优午睡后下来，蒋魏承还抱着苏意家五个月大的小奶娃哄着。

不过小奶娃似乎不太给这个舅舅面子,哭声一句高过一句,时序于心不忍走过去一看,小奶娃的尿布重得都下垂了。

"得换尿布了,我来吧。"

时序动作极其娴熟地给小奶娃洗干净小屁屁换好尿不湿,蒋魏承全程看着她的动作,突然出声:"你会的比我想象的多。"

时序就当他是夸奖,道:"你也不看看时冬冬是被谁拉扯大的。"

她说这话时眉眼弯弯,不见怨怼反而是柔和的模样,蒋魏承只觉得心头被软软地撞了一下,有些涩,有些疼。

他记得那份报告上的内容,时序父母出车祸时,时序刚满十八周岁,时冬冬也刚过百天。本该一生衣食无忧的少女被迫承担起抚育幼弟的职责,她是姐姐,也像妈妈。

蒋魏承从没有过这样的感觉,他看着眼前这个算得上瘦弱的姑娘,心中动容,竟萌生出了想抱一抱她的冲动。

蒋魏承专注的目光看得时序脸上一烫,逃避似的把小奶娃重新塞回蒋魏承怀里,顾左右而言他:"也不知道把你抱小朋友的照片拍下来放网上,那些说你高不可攀的人会不会瞬间觉得你走下神坛。"

她这句玩笑话没有逗笑蒋魏承,却引得他问了一句:"那个时候你带着时冬冬,这些都要从头学?"

时序淡淡笑了,颇有种我与旧事归于尽的洒脱:"过去太遥远了,我记不清了。现在就希望时冬冬小朋友早日恢复健康,成为姐姐的依靠。"

在时序身后的蒋魏承动了动唇,可直到她走远,话也依旧没有说出。

但他内心知道,他想告诉时序的那句话是,其实他也可以。

楚桐在递交第二场画展申请书遭拒之后,她就知道是蒋魏承出了手,大概是不希望今后她出现在他和时序的视线之中,蒋魏承直接将她在这座城市的所有退路都堵住。

换作以前,蒋魏承从来不会因为这些事情去做这种安排,哪怕当年苏意被绑架是因为她,蒋魏承也不过是让她离开了蒋氏。

到底是她失了算,以为蒋魏承早就没了心。

一个楚桐从没想过的人打通了她的电话,没有过多的寒暄,更不打算叙旧,只一句话,仿佛劝说。

苏意在电话那头道:"楚桐,我们都已经开始新的生活了,你呢?"她?

楚桐饮尽杯中酒,她想知道的都有了答案,还有什么放不下的。

苏意一家回去之后,蒋氏庄园骤然安静许多,时序回归了空闲的生活,也终于腾出手来,准备去做自己该做的事。

私家侦探交给她的那个牛皮纸袋她隔三岔五都会打开一次,然后问自己,可以那么做吗?如今她终于下定了决心,就算代价是整个时氏又怎么样呢?真心守护这片江山的人,如今早已深埋地底。

谁又知道,他们是受害者。

在时氏集团正热火朝天地筹备不久之后的集团周年庆时,时氏的公关部门监测到,网络之上多了很多复盘时氏集团发展史的通稿。

通稿开篇就极具噱头,从时氏的创始人开始,极其中肯又精准地将时氏一直到现在的每一个发展历程都写了出来。祖辈发家,父辈发扬,子承父业再创辉煌,只不过后文的主角不是时氏如今的掌家人时仲明,而是他早年前因意外去世的弟弟。

但通稿之上有理有据,叙述的的确也是事实,加上写得极有深度,足以满足外界多年来对这样的豪门大家的窥探欲,一时间通稿的热度也在持续升温。

时仲明气急败坏,原因无他,通稿上虽然也提及了他,但所费笔墨与他的祖父、父亲及弟弟相比完全不是一个量级,几乎算得上是一笔带过。

但上面没写到的现状,在信息高度发达的现在,对大众而言也并不神秘，反之，与通稿上的还形成了鲜明的对比，这份通稿最终的作用就差没有直接点破时家如今大不如前。

这不是打时仲明的脸是什么？

时仲明命人处理通稿，可惜事与愿违，就像背后有人在推动一般，通稿的传播度早就到了人力难以清除的地步。

时仲明在家里发着火，眼见着他近年来脾气越发暴躁的杜云英终于开了口："一篇通稿而已，再打时氏的脸，也撼动不了你的地位，总会有热度下去的那一天。你真正要重视的，反倒是时氏如今的现状，时家确实不比从前了，虽然现在和季家合作，但你未免也太信任季许了。"

时仲明现在哪里听得了这些话，当即面色一臭，反问杜云英："母亲是觉得，我本事不如老二吗？"

杜云英被这一呛，心中顿时涌上一股无力感。她也不愿意承认，但事实其实一直都是这样。可那又如何呢，她照样把时仲明的位置守得牢牢的。

杜云英疲惫道："先去查查散布这篇通稿的人是谁吧。"

时仲明早就有了怀疑对象，这大概是所有心虚的人共通的敏感，他让人顺着他的怀疑对象往下摸了摸，果然如他所想。

这一晚时仲明一个人在茶室思考了很久，心想自己当年果然留下了祸害。

发布通稿的人正是时序，她也没刻意隐藏，反正她一旦有了动作，时仲明早晚查得到她。只不过通稿能有这么大的热度是她所想不到的，她推测背后应该还有神秘推手。

但是对于时序来说没什么不好，她这么做的目的只是为了让更多人知道时家曾经还有一个时总——一个真正让时家的产业得到提升与发展的人。

人们知道之后便会好奇，好奇以后就会讨论，讨论产生舆论，而舆论可以让心虚的人露出马脚，她要等的，就是那个时候。

时序在时冬冬上课的培训机构附近被季年堵了个正着，上次他和蒋魏承的冲突被时序知道后，时序曾给季年发了一封邮件，大意就是承蒙厚爱，但到此为止就好。

时序让时冬冬在不远处的儿童乐园玩，自己就和季年站在一旁说话。

"师兄，谢谢你替我出头，不过你误会他了，蒋魏承做生意确实很有手段，但他品行很好。"

季年垂着眼睑，颇为失意："是吗？那……就好。"

时序觉得有些话还是早些说清楚为好，接着道："读书的时候，老师让你带我，你就对我诸多关照。只把你当哥哥这种话听起来太渣了，我也不想和季婷抢哥哥，那就还是保持最纯粹的同门情分吧。"

她拒绝的话再清楚不过，季年不再自讨没趣，将所有情绪深埋心底，终于是微笑道："那就，希望你一切都好。"

季年走后，时序打算带时冬冬到附近买个小蛋糕顺便等说要顺路捎他们回家的蒋魏承，可等她把小小的儿童乐园找了一圈，也没有看到时冬冬的身影。

时序着急了，什么也没顾上就顺着路边跑边叫时冬冬的名字，就说了几句话的工夫，到处找不见人。正当她颤抖着手要打电话报警的时候，牵着时冬冬的时宴叫住了她。

"你怎么不看紧点啊，幸亏我从机构出来看到他，他一个人在马路边又哭又闹。"时宴埋怨道。

"马路边？"

时宴把时冬冬交到时序手里，没忍住多说了两句："虽然你是他亲姐姐，但还是尽量不要在外面让他一个人，他没有语言，迷路了都不知道求助。"

时序看得出来，时宴是真心为时冬冬好。自那次之后她其实偷偷观察过很多次，时宴来机构当志愿者，确实没有其他什么目的。

时序冲时宴一笑："谢谢你。听机构老师说，我弟弟很喜欢你，如果你愿意的话，也可以来我家陪他玩。"

时宴傲娇地别扭道:"我考虑考虑。"

坐进蒋魏承的车中,时序思考良久,还是道:"蒋魏承,最近这段时间,你能不能找人保护时冬冬?"

她在身边的时候,时冬冬不会轻易乱跑,可在她开始动手后不久的今天他却一个人跑到了马路边……时序不相信巧合,只觉得后怕,如果他没被时宴看到呢?

蒋魏承答应得很干脆,却对时序说:"在你决定散布通稿之前,就应该先和我提出保护时冬冬。"

"你知道是我?"

蒋魏承勾了勾嘴角:"不然你哪儿来的热度?这件事季许也插了手,时仲明大概想不到,他的准女婿会对他下黑手。"

"季许?他这么做肯定不是帮我,他……他想要时氏!"时序肯定道。

蒋魏承承认自己十分欣赏时序的聪慧,居然立刻透过现象看到本质。

"季许和时玥订婚之后高薪挖走时氏高层,为了平息时仲明的怒气又把季氏到手的大项目交给时仲明,时仲明投入半副身家,资金不知不觉中已经被套牢。"

时序了然:"放长线,钓大鱼。可季许这样做,不怕时玥知道了和他闹吗?"

蒋魏承笑问时序:"他们订婚这么久了,你听说过有关婚期的消息吗?"

时序轻呵一声:"季许还真是不枉'渣男'的名头。"说罢,她挑起眉眼看向蒋魏承,"那你呢?隔岸观火却又掌握了所有情况,你的目的是什么?"

蒋魏承被她问得顿了下,最终还是不打算隐瞒:"如果我说,我对时氏也有想法,你的态度是什么呢?"

时序当下沉默了。

她早就知道，如果时家不在时仲明手上，可能落到任何人手上，首当其冲的就是蒋氏或者季氏。三足鼎立太久了，有了机会，谁不想让形势变一变呢？

她对时家没有感情，但时氏毕竟曾是她父亲殚精竭虑奉献过的，这个企业凝聚了父亲和祖父的心血，随便落到旁人手里，她其实也很舍不得。

片刻后，时序道："你要时氏，我的态度没那么重要，首先你得争过季许。"

蒋魏承收回落在时序脸上的目光，淡声道："比起做学术研究，我倒觉得你在经商之上，更有天赋。"

时序笑得狡黠："真要那样的话，时氏应该已经在我手中，你就算有再多想法，可能也都是空想。"

"怎么会？我不是已经娶到你了吗？"蒋魏承话音含笑，无端撩人。

时序佯装失笑看向窗外，借此掩藏突然加速的心跳。

时序的那篇通稿像是投入湖面的石子，波澜的范围越来越大，时氏内部虽然被下了禁口令，不允许员工私下讨论，但禁口令却对股东无效，慢慢地，股东之间的议论也多了起来。

股东之间早有人对时氏如今的现状不满，对于他们而言，收入囊中的收益是最直观的对比，这几年时仲明让他们赚到的钱，和过去比，已然是差距分明了。

时仲明有心躲着股东，但也不知道是谁走漏了风声，几个股东知道了季许今日也在时氏，几个人一起堵了过来。

季许在场，时仲明多少有些避讳，平日里的强势收敛了几分，皮笑肉不笑地看着非要他给个说法的股东，心中已经不知道暗骂了多少句。

"季许，你的面子比我大啊，知道你来了，他们也跑过来凑热闹。"压着心里的不满，时仲明打起哈哈。

季许倒是略显谦逊地欠了欠身："时总说笑，想必几位股东前来也是有事要谈，不如我先等等，您先处理要紧事。"

季许把晚辈的态度摆了个十足，漂亮话说得一点毛病也挑不出来，时仲明哪里想得到季许这个时候这么不上道，他本意是把话头递给季许，想让季许帮忙搭个梯子解解围，谁承想季许倒好，直接把他的退路给堵死了。

时仲明心里发怄，但又没法怪季许，险些就要控制不住面部表情。

为首的股东说了话："小季总不用回避，也不是什么要紧的事情，我们几个也就是想来问问时总，今年时氏投资额是往年的数倍，但收益迟迟没有信息，大家心里都着急，想来问问，安安心。"

话说得倒是一点都不客气，这不就是给他时仲明施压吗？

提到收益，时仲明心中也急，之前股东们私底下对他的议论他也不是不知道，只不过那时候还没有通稿这一出，他们没借着机会摆到台面上来。

时仲明自己早就想搞一番大动静出来，让那些质疑他的股东闭嘴，所以当季许把预期收益可观的项目作为赔礼推过来的时候，时仲明完全不舍得拒绝。短期投资高又怎么了，时家根基深厚，就算一下子资金周转不过来，也不至于就这么倒了。

时仲明自以为当时把一切想得清楚，风险预估也到位，但到现在，百分之八十的灵活资金全部投入进去，资金的缺口不小，谈何收益。季许倒是慷慨相助，但能做的也只是答应帮忙做贷款担保。

时仲明有心暂时对股东隐瞒此事，怕的就是今天这种局面。想到这一切的事情都是时序搞出来的，他心中那叫一个恨。

可面前这些股东也都是在风口上滚过好几圈的人了，哪有那么轻易就放过时仲明。

"时总如果确实遇到难处，不妨说出来大家一起商量商量对策，时氏虽然在时家手中，但也不是完全属于时家，我们这些人虽然相信时总的能力，把半副身家押在里面，但陪时总玩那些风险游戏我们可玩不起。"

这话说得算是很不中听，就差没直接指着时仲明说他无能了，这不仅仅是拂他逆鳞了，而是直接上手拔了。

一直压着火气的时仲明这会儿是完全忍不住了，声音拔高了好几个度："你们这是什么意思？真当时氏缺了你们几个股东就不行吗？"

话音一落，气氛已经不能更糟糕，股东们本就不满，听到时仲明这么说更是生气，几句话间几乎就要吵起来。

季许赶在事情失控之前去劝，时仲明这才想起来，还有个季许在场，哪有岳父在准女婿面前丢面子的，好面子的时仲明忍不了这口气，最后被怒意主宰，竟然是让保安把几个股东赶了出去。

事情闹成这样，季许也不好再多待，起身告辞。走出时仲明办公室的时候，季许嘴角似笑非笑，没人看得懂他在想什么。

时仲明冷静下来之后也意识到自己冲动了，但是他肯定不会去向股东低头，只觉得不顺心极了。

但几个股东闹的这一出还是提醒了他，也确实需要尽快获得收益了。时仲明思虑良久，最终把电话打给了时玥。

等季许回到自己的高层公寓时，时玥已经在沙发上边吃着水果边等他。看到季许，时玥笑靥如花，上前就要帮他脱西装。

季许摆摆手，自己把西装脱下来挂在一边，随后问她："你怎么突然过来了？"

时玥一副小女人羞涩的样子，指了指沙发上躺着的几个奢侈品牌的购物袋："今天约了小婷去逛街，看到几件衣服很适合你，就给你买回来了，要试试吗？"

季许对生活品质极其挑剔，衣服大多私人定制，时玥买的这几个牌子都是高奢，最大的优点应该就是价格贵，但上身的感觉却不算好。以往时玥买的他笑着收了，但一次也没穿过。

时玥仿佛也看出来，当下便撒着娇要他试穿。季许无可奈何，在时玥满心期待的目光中试了一件又一件，纵使他很有耐性，此时也觉得身心俱疲。

可时玥的目的不止于此,等季许好不容易坐进了沙发里,她就挽着他的手臂往他肩膀上靠,小心翼翼地说道:"季许,祖母今天问我们准备什么时候结婚。"

季许嘴角勾起一抹嘲意,却是用一种诡异的揶揄口吻反问时玥:"着急想嫁给我了?"

时玥爱死了他这种痞痞的语调,同时又总被他这种语调弄得浑身羞赧,她红着半张脸道:"你不想早点把我娶进门吗?"

季许坏笑着捏住了时玥的下巴,像是在审视她的内心:"怎么今天突然问我这个?是不相信我会娶你?"

时玥面色微变,撒谎道:"想到就问了,怎么会不相信你。"

季许的笑透着一种看穿一切的了然,他食指轻轻抚了抚时玥的脸,说:"好女孩儿可不会说谎。"

说罢,也不管时玥是什么表情,季许径自走进了浴室。等他再出来,已经是一身居家休闲的装扮,半点没有要和时玥出门约会的意思。

时玥不解地看向他,他却道:"我让司机送你回家。"

时玥感觉心被掐了一下,语气急切,仿佛想得到点什么证明:"不然,我今晚留这里吧?"

而季许闻言只是勾了勾嘴角,拿起时玥的外套温柔地披在她肩头,口吻笑谑:"好女孩儿也不会夜不归宿。"

送走了时玥,季许才收起脸上所有的表情,不再是玩世不恭的模样,冷漠又疲累。

大抵是他早就深谙时玥的内心,一直以来他占据主动,时玥也足够听话,虽然性格骄纵些,但没什么城府,很好掌控。唯一有些令季许头疼的,大概就是她是时仲明的女儿。

他需要她是时仲明的女儿,但又排斥她是时仲明的女儿,矛盾极了。

兀自沉思许久,季许还是给下属打了通电话:"时机差不多了,开始慢慢收网吧,盯着点蒋魏承那边,他应该不会只是看着我们动作。"

蒋魏承得到季许已经开始动作的消息时，蒋家正来了客人。时宴这次上门还提了篮水果，倒是比时序想象中的更懂事一些。

最近时家气氛很差，父亲喜怒无常，已经和祖母小吵了好几次，自家姐姐又心绪不宁的，时不时就约季婷到家里喝下午茶。时宴越发不爱在家里待，实在没了去处，才想来时序家看看时冬冬。

时序和时宴没什么太多的共同话题，两姐妹处得尴尬，唐婶和阿茹便把两人拉到厨房一起烘焙。

实在是安静得久了，搅拌着马斯卡彭的时序开了话题："季婷后来还有找你麻烦吗？"

时宴手上的动作顿了下，下意识地别了别齐耳的短发："人都让给她了，她还有什么好找麻烦的。现在算是稳定地保持着尽量不碰面、碰面不说话的状态。"

时序点点头："那也还行。"

时宴犹豫片刻，问时序："你也觉得，我应该让给季婷吗？"

时序笑笑："你听说过感情可以用来让的吗？你喜欢的那个男孩子又不是玩具。一让就走的人，本来也不值得你投入什么真情实感。"

时宴听她极其理性的语言，轻笑了一声："怪不得蒋总会娶你，你有时候的处事风格和他还真挺像的。"

时序挑眉看她一眼："你这算是把我们都夸了还是一起损了？"

时宴挤着裱花袋，停顿片刻之后又说："其实，我也不是自己想让的，不过大家都希望我让，我也说不了不。"

"为什么说不了？你是替别人而活吗？"

时宴觉得时序想得太简单了："我总不能害得时玥嫁不进季家吧？"

时序笑出了声，觉得时宴这孩子真有点傻："难道时玥要嫁的人是季婷吗？这也就是个借口，季许娶时玥还需要季婷同意？说白了，时家只是不想得罪季婷罢了。"

时序的话字字见血，道理时宴都知道，但是在心里多少有些不愿意承认，自己是被家里人舍弃的那一方。

时序也不想和时宴把话说得太透，大抵是心里多少觉得她其实不应该参与到这些复杂的事情中来，就最后多嘴建议了一句："如果你觉得现阶段的生活和环境很影响你的心情，那不如就换个环境，学习，深造，这些东西收获到了都是自己的，谁都抢不走。"

　　时序没意识到自己的发言像极了一个一心为妹妹好的姐姐，时宴却意外地沉默了很久，趁时序不注意的时候，她偷偷看了时序好几眼，骤然觉得其实时序和她从旁人口中听到的又不尽然相同。

　　时序真的如他们所说的那么不堪吗？可明明她从没见过时序伤害任何人。

　　一个下午的时间，两人烤了曲奇做了蛋糕，纯粹图一乐，做了一堆又吃不完。时序给时宴装了一大包，让她自己带去消化。

　　时序把时宴送到大门口的时候，听到时宴"咦"了一声，指着刚走入拐角看不见身影的人道："那个人的背影好眼熟，好像我上次在马路边看到时冬冬的时候也遇到过。"

　　时序眉眼一凛，看着早已没有人影的路口，她叫住时宴："算了，我还是让司机送你吧。"

　　时宴走后，蒋魏承才把季许已经开始行动的消息告诉时序。

　　"这么快？"

　　蒋魏承颔首，同她解释："时氏股东内部已经在闹分裂了，时仲明没有把这件事情处理好，是逐个击破的好时候。"

　　时序看着他："那你不着急吗？"

　　不知道什么时候起，蒋魏承在时序面前早就收起了那种一切尽在掌握的气场，像是和她商量般道："你的打算是什么？"

　　时序语气平和，把话摊开了说："你一直都知道？"

　　蒋魏承没有否认："在汶岛遇到你的时候就让林邰查了查，后来你说要结婚，我也猜到了你的目的。"

　　时序舔了舔唇，点头："从那个时候开始，你就打算对时氏下手了吧？互相欺瞒，也算公平。"

蒋魏承紧了紧放在膝上的手:"你生气了?"

时序淡笑摇头:"如果早些时候知道也许会,但是现在不会。如果时氏注定会落在外人手中,那我倒情愿是落在你的手上。"

蒋魏承松了一口气,低声笑了起来:"这算不算是你对我的某种肯定?"

时序被他的目光烫到,下意识地回避:"蒋先生还需要我来肯定?多少让我有些受宠若惊。"

蒋魏承趋近她些许,重新对上她的目光:"时序,我不太会宠女孩子。"

心跳漏了一拍,时序心想,蒋魏承多少还是有些谦虚了。数不清他多少次应酬回来时都会记得按照她和时冬冬的喜好带回两份小甜品,也不想回忆多少次她遇事的时候他默默出现在一旁。

时序没有去深究这每一次背后的原因是基于契约还是别的,单纯对她而言,其实还是受用的。

时序忽然就觉得自己和蒋魏承的关系陷入了一个很诡异的阶段,她猜不准他的想法,更读不懂自己的。

蒋魏承坦然向时序承认:"我知道你查到的内容是什么,一样的结果,我也有一份。律师团分析过了,要定罪很难,但是时序,你想不想,把他送进监狱?"

时序当然想了,可……

"为什么?"时序问。

蒋魏承看着她,静待她的下文。

"如果你只是想得到时氏,那趁着季许动手的时候,你完全可以等着坐收渔翁之利,如果你要把时仲明送进监狱,那你就也得蹚进这浑水里,这不太像是你的作风。为什么?"

蒋魏承解开束缚了手腕一整天的袖扣,答道:"智能医疗舱的事情,是时仲明在背后下黑手,给蒋氏造成了损失,这是第一个原因。另一个原因,也许因为,你是我太太。"

"你……"

"你也可以觉得是我心眼小，一直记着医疗舱事件的仇。"

他善解人意地解了她不知道怎么接话的围，却又无形之中把她混混沌沌的心搅得更乱了几分。

这一晚时序久违地再一次感受到了躺在蒋魏承身边失眠的感觉，她转了个身，面向已经熟睡的蒋魏承。

黑暗把他平稳的呼吸声突出在室内，时序凝视着他朦胧的睡颜，极小声地问道："你究竟是……什么意思呢？"

时序睡熟之后，身边的人才睁开眼，他第一次替人挪了挪被角，注视着恬淡的睡颜，然后细细去品尝内心深处那种孤独被暂时打破的感觉。

自那次从季许那儿回家之后，时玥度过了格外心神不宁的一周。季许似乎格外忙碌，偶尔只言片语，带给她的不是安慰，更像是胡思乱想的理由。她只得从季许的助理那里掌握他出差的行程，却又在得知他见了沈岚之后更加患得患失。

时玥把所有的情绪都挂在了脸上，在周曼的追问下，她终于憋不住委屈，扑进母亲的怀里哭了起来。

杜云英午睡起来就听见压抑的哭声，得知自己的孙女竟然是为了季许哭成这个样子，她深深叹了口气，道："为了一个男孩子，委屈成这个样子，离了季许，你就丧失自我了吗？"

时玥骤然被历来疼爱自己的祖母批评，心中委屈更甚，也不抱着周曼哭了，红着眼睛把自己关进了房间。

周曼心疼女儿，没忍住回了杜云英一句："妈，小玥正伤心着呢，您不心疼她也就算了，怎么还这么说她。"

杜云英看着这个在自己面前低眉顺眼了多年最近却频频和自己呛声的儿媳妇，瞪了瞪眼："你女儿是时家的孙女，将来是要继承时家的家业的，这么经不起事，以后那么大个时氏，她扛得起吗？"

周曼听到这里,态度软了软:"哎呀,妈,小玥早晚是要嫁给季许的,季许这个年轻人有魄力也有本事,小玥有他撑腰,时氏的那些人还敢造反不成?"

杜云英拄着拐杖的手有些抖,最终她不再说话,步履蹒跚着走到了门廊下的躺椅前坐下。

短短的几步路,走完之后气有些喘,杜云英突然觉得自己有些苍老了。周曼的话让她突然理解了他们的打算,时家这份家业最终还是要落到旁人手上。

时宴走进院子的时候,就看见自家祖母精神不济地靠在躺椅之上,不似以往那样身板挺直,此时看起来少了许多威严。

"祖母,室外还冷着呢,您怎么在这里坐着?"

时宴小时候有些敬畏在家里如同定海神针一般的祖母,不像姐姐那么会撒娇,所以和杜云英不算太亲近。

或许是有了对比,时宴此刻的懂事让杜云英稍有安慰,她缓和了脸色,道:"小幺,提了什么东西回来?"

时宴看了看手里的袋子,正是从时序那儿带回来的烘焙点心。

"是曲奇饼干,您要尝尝吗?"

杜云英摆了摆手:"我已经不太咬得动了。你姐姐心情不好,你去劝劝她。"

时宴应了声好,杜云英突然又说:"小幺,你去改学商科吧。"

时宴错愕地看着她:"祖母,姐姐学的不就是商科吗?"

杜云英被问住了,不再想说话,她也觉得自己这话说得有些糊涂,时宴心性秉直,生意场上的弯弯绕,她哪里玩得明白。

时宴提着饼干去敲了时玥房间的门,门内时玥似乎是哭够了,开门的时候正在急救哭肿的眼睛。

时宴见她已经换好了裙子,问:"姐,你要出去?"

时玥声音还有点哑:"季婷约我去逛街,晚上在她家吃饭。"

怪不得呢,都这样了还得出门。时宴也有些心疼姐姐,低声道:"你怎么为了季许哭成这样？"

时玥转身就拍了一下时宴的头顶："那以后是你姐夫，直接叫他名字不礼貌。"

看见时玥略有些红肿的眼睛，季婷也问了几句，时玥顺势就同她说起自己心中的苦闷，可季婷也没有怎么安慰她，反倒是替季许多了几句话。

"二哥就是忙起来找不到的性格，毕竟现在爸爸有心退休，大哥又不插手企业，季氏大小事都得二哥扛着呢，沈岚姐姐家和我家多有合作，她现在又开始接手公司的一些事情，自然会和二哥有公事上的往来。"

没得到想要的安慰，时玥心底发涩，可在季婷面前又不敢过多埋怨，只好应着她的话："你的话也有道理，是我不够理解他。"

季婷无害一笑："时玥姐不妨也早些开始接手时氏的事务啊，这样工作的时候也能经常见到二哥了。"

时玥满脸抗拒："天天把自己关在公司里，还有什么时间享受生活啊。现在时氏有我爸，也用不着我，等他把时氏交给我，估计都是很久之后的事情了。"

这一点时玥倒是很有数，细算起来时仲明也是这几年才完全掌管时氏，瘾还没过够呢，怎么可能早早退位把时氏交给她。不过她倒对时氏没有什么欲望，反正时氏在她父亲手上，她的生活也足够衣食无忧，她专心享受就行了。

季婷对时玥的想法有些难以苟同，忽然觉得毫无上进心的她有些配不上自己的哥哥。

时玥照例带了很多名贵的美容品去季家，季母每次都喜笑颜开嗔怪时玥客气，可季家怎么又会缺这些呢，只不过是时玥有心讨好。而她次次如此，自己却不自知，过度讨好反倒让她显得有些掉价，凭白令人觉得小家子气。

不过，时玥总归是如愿见到了出差回来的季许。打季许进家门开始，时玥的心思就不在和季婷母女的对话上了，只不过碍于长辈在这里，她不好意思表现出极度想和季许说话的热切。

季许倒好像是早就不记得自己冷遇了她几天似的，脸上挂着那种能溺死人的表情，仿佛十分深情的样子。只不过不知道为什么，那种表情这一次却没有让时玥沦陷，因为她并未从中感受到那种切身的甜蜜。

一直到吃饭，时玥都没能找到和季许单独说话的机会，用餐时两人虽然相邻而坐，但多半都是季许和季父在聊公司的事情，时玥听得一知半解，自然也插不上话。

好不容易不说公事了，季母却想到了不久前跑去别国短期深造的季年，一时间餐桌上的气氛就冷了许多。

等时玥真正有时间和季许独处，已经是一个多小时之后了。季许从随意丢在地上的行李箱里拿出一个盒子，递给时玥。

"送给你的。"

时玥满心欢喜地接过，拆开之后却有些失落："是粉宝石啊……"

季许瞥她一眼，不满意都挂在了脸上："不喜欢？"

时玥撇了撇嘴，撒娇道："你是不是忘记我最讨厌粉色了？"

季许轻笑一声，随口哄她："抱歉，下次补一份别的给你。"

被哄的时玥心情稍霁，顺势道："你这几天也都不怎么找我，给你发消息你也不回，是不是很忙啊？"

她不问还好，问了之后，季许脸上的笑就变成了讽刺："我这几天在哪里做了什么，你不是都一清二楚吗？"

面对骤然变脸的季许，时玥心知是她收买季许助理的事情败露了，连忙否认："你……你离我这么远，我怎么会知道啊。"

季许笑笑："时玥，有时候装傻是可爱，有时候装傻会令人厌恶。你觉得，你是可爱，还是别的什么呢？"

季许此时的模样让时玥联想到之前她偷看他的信息，去酒吧见沈岚那次。一模一样的表情，不同的是这次似乎带着点嫌恶。

时玥有些慌乱，着急地解释："我、我只是太想知道你在干什么了，你不知道，这几天我想你想得吃不下饭，睡不好觉，我就是、就是太想听到你的消息了。"

季许勾唇，道："和我在一起，好像让你变得很痛苦啊。"

时玥不解其意，却狠狠摇了摇头："不，不是，和你在一起很开心，只是、只是我希望能每天睁开眼睛都看到你的消息，听着你的晚安入睡，每次给你发消息的时候，哪怕你在忙，也不是毫无回复。"

季许看着已经有些啜泣的时玥，语气格外平静："这些都不足以成为你收买我的助理，去掌握我所有行程的理由。"

时玥觉得自己终于被心中的委屈压垮，历来在季许面前温顺的她此刻也有了想爆发的冲动，她突然提高分贝："那是因为你从不愿意把多余的时间给我，你不陪我逛街，不陪我旅行，不陪我看展，我们百分之八十的约会只是一起吃饭。"

季许听着她控诉的种种，忽然觉得这一切无趣极了，他没有了想要再假装下去的兴致，心里已经做出了决定。

他的笑意越发凉薄："时玥，我也是听你说完才突然意识到，我们不合适。"

时玥像是突然被人浇了一盆冷水，愣在原地，好半天才找回自己的声音："你……你说什么？"

季许如同谈公事般平静："我们分手吧。"

在客厅和母亲聊天的季婷突然听到楼上哥哥的房间传来时玥崩溃的尖叫，她想起身去看，却被季母摁住了手："你哥哥自己会处理。"

时玥从未这么崩溃过，她几近哀求，但季许仿佛早已下定决心，不管她说什么，都无法撼动他的态度。

"是因为沈岚吧？蒋魏承娶了时序，她就把目标又转向了你。许助说你们还单独相处了一个小时，怎么，她勾引你了吗？"

时玥已经无暇顾及自己此刻有多失态，更不记得要在季许面前压抑自己的脾性，他轻飘飘的一句"分手"早就令她丧失所有理智。

季许看着时玥的目光有些一言难尽，但还是耐着性子道："时玥，别说些自毁身份的话。你需要冷静一下，我让司机送你回家。"

季许就像一块油盐不进的石头，时玥卸力地跪坐在地上，仰视着他。她后知后觉地惊慌于自己让他看到了这样不完美的一面，他的一句"自毁身份"戳中了她在这段感情中的所有自卑。

这里是季家，季许的父母、妹妹都在这里，绝望让时玥只想逃离。

好在季家人似乎要给她最后的体面，一直到她走出季家，她没见到季家的任何人。

站在季家门口，时玥突然扭头跑了回去，直直冲到季母的面前，哭着说："伯母，季许要和我分手。"

季母看着时玥，叹了口气："好孩子，先回家吧。"

时玥把最后一点体面也丢在了这里，她走之后季婷才现身："妈妈，你刚刚对时玥姐也太无情了些。"

季母表情带了几分认真，她说："小婷，我只是觉得时玥不太配得上你哥哥。"

时玥走后，季许觉得自己骤然轻松下来，他给季年打了个电话，开口便道："哥，我提出和时玥分手了。"

那端季年沉默了会儿，然后问他："她知道原因吗？"

季许暗笑自己的哥哥虽然专心学术，但其实一切都看得透彻。他道："客观原因是她一次又一次踏过我的底线，主观原因是，我没爱过她。"

季年说了句很直接的话："利用一个女生的爱情，这种做法很糟糕。"

季许笑笑："哥，不管你信不信，今天之前我是想过补偿她一个妻子的名分的。"

第十章
冰山融化
CHIWEN

季、时两家的联姻以极为仓促的方式宣告了取消，这件事不仅把外界炸得一头雾水，同样让时家上下也措手不及。这件事时序知道得早一些，因为季家单方面切断了和时家的联系，时宴找到时序，想通过季年联系上季许。

时序本没有掺和进这浑水的意思，但时宴嘴角都急起了泡，言辞恳切，竟让时序有点不知道如何拒绝。

"时序，你不想帮我姐姐也许有你自己的道理，我可以理解。或者你只要给我一个季年的联系方式呢？我姐姐的状态很不好，我想让季许去看看她。"时宴带着哭腔，似乎快要急哭了。

时序轻蹙眉头，微不可察地长呼了口气："时玥大概想不到，她还有些事情，是能够让我羡慕的。"

"什么？"时宴微微错愕。

时序弯了弯唇角："她有一个对她很好的妹妹。你先回去吧，我会联系师兄，拜托他联系季许看看，不过能不能成我不保证，你也不要抱有太大的期待。还有，最好是不要让你家里人知道，你在联系季许。"

时序没有把话和时宴点透，好在她领悟力不差，很快懂了时序的意思。

时家和季家此刻的关系,已经不能够单单用"糟糕"来形容了。

当日时玥失魂落魄地回到家,把自己关在房间两天,时仲明和周曼想当然地以为只是两个年轻人闹了别扭,毕竟已经订婚的关系摆在那里,时家和季家的合作又空前密切,谁都想不到几日后季家会上门退亲。

退亲这件事是季许一个人上的门,晚辈的态度摆得很正,找的理由却有些敷衍,一句"性格不合"就想打发时家所有人。

时仲明自然是没有那么轻易肯松口的,却还顾及着不想和季家的关系搞得那么恶化,坐在沙发上一言不发,脸色都臭得吓人。

只有杜云英实在咽不下这口气,在看到时玥当着时家所有人的面去求季许的时候,没忍住抄起手上的拐杖打了季许一下。

老太太用了狠力,这一下季许受了,也没有不满,却好像是感觉轻松了很多似的,带着矜贵公子般的气度,语气清冽:"这一棍既然是诸位表达作为家人的愤怒,我受着无可厚非。我和时玥的感情无法继续下去,我也表示遗憾,如果你们有需要我补偿的地方,尽管开口,我会尽我所能满足你们的要求。"

话说到位了,季许已经准备离开,杜云英怒火中烧,质问季许:"你这一番话说得轻描淡写,但总得有一个缘由,我家孩子莫名其妙被你提出了退婚,你一点都没有考虑过她的颜面吗?"

季许笑笑:"如果这也是您的要求之一,我同意你们对外界声明是时家提出退婚,季家绝不否认。"说罢,他又看了一眼满脸憔悴的时玥,"至于为什么我们不合适,原因我想时玥应该也很清楚了,她的话可信度当比我高很多。"

季许长腿阔步,走得毫不留恋。时家寂静一片,杜云英看着哭哭啼啼的孙女,又看了看打从刚才就没有拿出长辈气势的时仲明两口子,怒从中来。

"女儿都被欺负成这样了,你们两口子对季许倒是一句诘难也无。"

时仲明心里窝着火,当即横了起来,高声怒问时玥:"季许的话是什么意思，你们之间到底发生了什么？"

时玥后悔也心虚，总期望着家里人出面能让事情还有转圜的余地，她抽泣道："我收买季许的助理，去监视他的活动，被他知道了。"

杜云英一口气憋在胸腔里，上不去也下不来，她一句话也说不出来，此刻心中的疲惫是她这几十年里罕有的。还能说什么呢，仅从表象上看，他季许除了心硬之外，竟然挑不出错处。

时仲明指着时玥"你"了半天，最终砸碎了茶几上的琉璃摆件。周曼也语带责备："小玥，你怎么能这么做呢？即便要这么做，你也不该让季许发现。"

时玥早不知道在心里悔了几百遍，此时被家里人一致地责备，心里七荤八素的，哭着大喊："你们只怪我，也不帮我想想怎么办！妈妈，我是真的喜欢季许，我不想退婚。"

不想又有什么用呢，时仲明拉不下脸去求一个晚辈，而杜云英哪怕再疼爱时玥，一时半会儿也束手无策。

那日后时玥就把自己关在家中，每天给季许和季婷拨无数通电话，都只能收到冰冷的机械音提醒。

时仲明不愿意错过季许这个女婿，原打算冷处理让时玥和他缓一缓，看看还有没有转机，但外界却渐渐传出了季许和时玥分手的风声。

主动退婚和被退婚哪方更落面子一目了然，季家长辈始终缄默也侧面证明了他们的态度。时仲明最终还是不想让自己变得那么被动，哪怕时玥极力反对，但时家三个长辈还是达成了共识，对外宣布了退婚。

也正是退婚的消息尽人皆知之后，时玥的状态急剧恶化，时宴急在心里，才找了时序。

时序到底还是给季年打了个电话，婉转地拜托季年替她给季许带句话，却没想到她的面子意外地大，让时家吃了数次闭门羹的季许居然答应了见时玥一面。

时宴从时序那里得知消息，兴冲冲地去敲时玥的门。时玥仍旧没有打通季婷的电话，看到时宴就似乎找到了发泄的口子，语气格外恶劣：

"是不是你又去找季婷的男朋友了，所以她才生气不接我的电话，我和季婷关系那么要好，除了你我再想不到别的原因了，你为什么要去破坏她的感情啊，你见不得我好吗？"

时宴只觉得一颗心骤冷，不可置信地看着时玥莫名其妙给她扣上的帽子，只觉心底发凉。

所有的情绪在瞬间一扫而空，时宴也变得有些木然："我联系到了季许，今晚在澜湾的西餐厅，他会在那里见你。"

时玥不敢置信，又问了时宴一遍，得到肯定答复之后就一头扎进了衣帽间中，把时宴一个人晾在了原地。

时宴忽而觉得自己有些可笑，垂着眼帘走出了时玥的房间。

时玥拿出了比以往更用心十倍的劲头去打扮自己，心怀期待与忐忑，在脑子里组织了不下百次的语言，随后她早早坐到了澜湾的西餐厅内，等着季许的到来。

季许比约定的时间来得晚，习惯了被人等的时玥也终于体会到了等待的艰难。看到季许在自己对面落座，时玥明明满腹心事想说，一开口眼泪倒先流了下来。

季许的脸上看不出太多情愫，表情拿捏得很恰当，些许谦和些许风度，就是莫名令人觉得有些生疏。

他淡声开口："如果你只是想让我看你哭的话，那抱歉，我还有许多公务要处理。"

时玥生怕他走，连忙道："不要，你不要丢下我。"

季许抿着唇，声线微凉："时玥，你知道的，我不喜欢没有意义的纠缠。退婚声明是时家出的，我也十分配合了，你父亲项目的所需资金，我也按要求帮助了。"

时玥哭出了声，脸上是毫不掩饰的痛苦："为什么呢？那是他们的要求，不是我的，我可以什么都不要，但是你不要和我分手好不好？"

季许微微侧头，视线扫过偏僻一角，不打算继续这种令人烦躁的对话，站起了身。

"时玥,不要让自己显得太掉价。"

季许走得干脆,时玥上前追了两步,却也徒劳,她终于意识到,自己是真的被季许抛弃了。她迷茫地站在餐厅之中,神情悲切又颓靡。四周还有人往来,看到这样的她也不免驻足,平常格外在乎自己形象的时玥慢了半拍才匆匆逃离这里。

不过作为当前还在风口浪尖的人物,时玥和季许见面的照片还是被偷拍并公布,照片中的她状态看起来比当日还要差劲,角度也格外刁钻,任谁看了都能一眼断定,这是一个苦苦哀求复合的女人形象。

"我简直想为季许的操作鼓掌。"赵恬恬边刷着娱乐新闻,边和时序道。

时序十分认同地点头:"季许又要捞好处又要占名声,渣得明明白白。"

"要不是他的做法有点渣,其实我还挺想夸他的,人性的弱点属实是被他拿捏住了,一手好算计。"

时序笑意清冷:"时家发布退婚声明,季许还慷慨解囊帮时仲明缓了缓资金危机,大家都在猜是季许做了什么对不起时玥的事情之后,紧接着时玥上赶着求复合的照片又让大家扒出了隐情。转眼间时家这个'受害者'突然就变成了处处占季许便宜还狮子大开口的反派,一环扣一环的,他是吃准了时仲明和时玥两个人的品行啊。"

赵恬恬轻嗤一声:"也就是时玥傻,现在成了个笑话,指不定崩溃成什么样子。"

时序暗暗咬了咬牙,有点小愤怒:"可气的是我还在季许的连环套里打了个酱油。"

不管季许是有心还是无意,时序这次帮时宴联系上季许无形之中还是给他助攻了一次。吃了个闷亏让时序心情不太美丽,本想着过了就罢了,没想到季许还上赶着送了一份礼物到蒋家,说是谢礼。

时序心里那叫一个气,忍不住和蒋魏承吐槽:"世界上怎么会有季许这种得了便宜还卖乖的人啊。"

蒋魏承看着她生动的表情，愉悦地扬了扬嘴角，安慰道："就算不是你，他也会让时玥找到机会和他见上这一面，不用太放在心上。"

时序丝毫不知道自己语气已经带上了点撒娇的味道，兀自道："道理我都知道，就是这一口气有点咽不下去，气死了。"

她少见地流露出和年龄相匹配的活泼心性，蒋魏承觉得有趣，柔了几分声色道："下次帮你找回场子，让他一场空。"

被哄而不自知的时序下意识地点点头，随后道："虽然落井下石不太好，但现在时家风评变差我觉得也是个机会，所以后续的通稿我已经安排上了，你看着去布你的局吧。"

和时序一同坐在沙发上蒋魏承捻了捻指腹，问她："需要我做些什么吗？"

时序笑意斐然："暂时不用，出钱这种事，季许应该也不会错过。"

她倒也精明，立马就想着怎么去占别人的便宜。蒋魏承轻笑一声，随后道："我这里倒有一件需要你帮忙的事情，总裁办最近的审美不太到位，你不忙的话，帮我选购一些服饰吧。"

对于蒋魏承一贯冷淡的穿衣风格早已审美疲劳的时序觉得这是件举手之劳的小事，答应得很痛快："好啊，你有什么特定的喜好吗？"

蒋魏承朝她微微笑道："按照你的喜好来就行。"

时序挠了挠发痒的耳朵，暗骂自己心术不正，好好的一句话，怎么就能被她听出点暧昧的感觉来。

她偷偷地看了一眼蒋魏承，人家坐得笔直，表情如常，明明非常正经嘛！

蒋魏承的衣服大多是和设计师一对一的私人定制，以往都是总裁办负责的助理和设计师沟通，筛选出来后再送给蒋魏承拍板。

时序既然答应了他，少不得亲自去了一趟设计师的工作室。

看着偌大的工作室内一排又一排的手工西装，时序也觉得眼花，她可以精准地分辨出每一支口红的色号，但居然面对眼前这些西装，愣是看不出同为黑色怎么就都不是同一个款。

"蒋太太，蒋总以往多选择黑色和深灰色的西装，这次也和之前一样吗？"

时序朝设计师笑了笑，道："他衣柜里除了领带颜色丰富些，基本就是西装衬衫黑白灰了，我想看看别的色系。"

秉着敬业精神，时序认认真真给蒋魏承选了一下午，搭配出了五套正装，五套休闲装。自己买衣服都没这么累过的时序坐在贵宾区休息，设计师拿着确认单过来时看到时序不免笑道："您和蒋总感情真好。"

时序咧嘴，随口胡诌："也没有啦，只是看腻了他的黑白灰。"

设计师将她方才的用心看在眼里，说得真心实意："蒋总没结婚之前，不管是商务西装还是日常休闲的服饰都是助理包办，还是有了太太好，每个搭配都是用心的。"

时序觉得再这么聊下去不好意思的人可能就是自己，快速签完单子离开工作室，却在停车场被人叫住。

身穿蓝色西装的季许看起来就像个花花公子，挑着一抹笑就踱到了时序面前，欠揍道："时小姐，竟然在这里遇见了。"

时序觉得季许此刻的表情有些蔫儿坏，朝他身后看了看，问得直白："你不会又有什么套路吧？"

季许笑出声来，抱歉道："之前的事是我有错，但感谢是真心实意的。"

时序心情复杂，说得认真："季总的做法我很难苟同，所以也不想接受你的感谢。"

季许倒似不在意般："我以为以时玥对你的态度，你不会同情她。"

时序虚勾唇角："谈不上同情，只是单纯觉得季总利用了一颗真诚待你的心，多少替她不值。不过我没立场也没资格去评判你们的事情，但是我不希望这些事情和我有关系。"

时序转身欲走，季许在身后突然道："我突然觉得你离开时家的决定很正确，明珠确实不该沦陷于污泥之中。"

时序偏头看了看他:"谬赞。"

目送时序的车扬长而去,季许笑着舔了舔牙尖,怪不得自家大哥会为一个时序陷入深情,蒋魏承当真捡了便宜。

时氏总裁室所在的楼层近来都极度安静,时仲明办公室门口的人已经徘徊了许久,最后是硬着头皮走进去的。

"董事长,这是近期关于我们公司的舆论汇总。"

时仲明一把接过,越是翻看,脸色越是难看。看到最后,他直接骂出了声:"这是哪家媒体?我时氏偌大的企业,需要捡他季许手里漏下来的便宜?"

手下的人谨小慎微杵在时仲明面前,想到马上要汇报的事情,居然有一种即将上刑的感觉。

"董事长,还有一件事。最近关于时总夫妇的讨论也很多,涉及了两人的车祸,网友脑补出了阴谋论,您看是否需要公关?"

时仲明心头一跳,随即掩饰了自己的不自然,嗓门也大上一倍:"这种事情要来问我,你们整个部门是吃闲饭的吗?干不了的话,整个部门给我滚蛋!"

凭白承受了一番无妄之灾,走出时仲明办公室的人面如土色,暗骂最近这工作环境真不是人待的。

办公室内,时仲明一脸恨色,觉得自己近来流年不利。可笑居然还有舆论说时氏之所以能拿到人工智能的项目竟然是季许当初为了讨好未来岳父做人情送的,还有早就死了的老二两口子,这个时候旧事重提,多半又是时序搞的鬼。

时仲明下意识地觉得时序也许知道了什么,他知道时序去查过这件事,还是让蒋魏承出面帮她查的。本以为上次他利用夏莹给了时序一点教训她会收敛一些,却没想到她反而又掀起这么多事情来。

好在之前的事情他做得干净,所有的实质性证据都销毁得干干净净,哪怕时序有蒋魏承做靠山,照样不能证明什么。

不过也不能就由着时序这样放肆，时仲明阴恻恻地冷哼一声，拨出了电话："钱会立刻打到你的账户上，该怎么做，你自己知道。"

电话那端的人将老式手机塞回口袋，鹰隼般的目光牢牢锁定着不远处的豪宅大门。

他在这里蹲了一个多星期，早就掌握了那家人的活动规律。

男人手上的老式机械表分针走了三格后，豪宅大门敞开，车子随即开了出来。

男人发动引擎跟在后面，跟得不算紧。前头随车的保镖刚起疑心，便看见身后的车拐进了右转车道，他疑心自己杯弓蛇影，放松了些警惕。

随后车子如男人预料般地停在了固定的地点，车内年纪较大的女人牵着孩子下了车，一同走进街边的甜品店。

这一趟两人似乎去了格外久，等保镖意识到不对的时候，甜品店内早已没有了两人的身影。

保镖暗骂一声不好，急忙拨通了林邰的电话："总助，出事了。"

半旧的轿车内坐垫散发着许久未曾清理过的臭味，后座一老一幼被绑双手，嘴都用胶布封上，叫不出声。

男人似乎早就规划好了路线，七拐八绕驶离了市区，到达了远郊的海边。海崖之下是退潮后裸露出来的海底洞穴，男人粗暴地把一老一幼扯下了车子，随手丢绑在洞穴前的两根石柱上，而后掏出手机，拍下一段录像。

录像同时发往两部手机，其中一部手机在播放过视频之后就被销毁，以残破的样子被丢入下水道中。另外一部手机的主人只不过看了开头的几个画面，已经捂着心口觉得喘不上气来。

唐婶几乎以为时序会这样晕过去，可时序用手撑着角柜才勉强保持站立，嘴唇都咬得渗出了血丝，还在强迫自己保持冷静。

唐婶也只能无力地安慰时序："林总助说蒋先生马上就到家，有先生在，小公子和阿茹一定会没事的。"

时序不语，脑中乱成一团，却还是逼着自己去思考如何应对现在的状况。

客厅电话声急促响起,时序拿起听筒,那端已然传来了变声过的声音:"时小姐,视频已经看过了吗?"

时序指尖掐着手心,极力保持镇静:"你的要求是什么?钱?"

那头的人奸笑一声:"时小姐不必紧张,我也只是收人钱财替人办事,放心,不会伤人性命。不过我的老板有句话让我带给时小姐:过于自以为是,很容易害了身边的人哦。"

时序声音淬冷:"这些话,你的老板怎么不敢当面和我说呢?"

对面的人哼笑:"时小姐,无意义地挑衅也是会有后果的哦。"

说罢,那端猛地发出一声响,随即传来阿茹吃痛的呼声。

时序握着听筒的手已经用力到发白,大喊道:"你别伤害他们,一个老者一个孩子,如果你还有点人性。我们谈要求,一切好说。"

不过对方似乎并没有要和时序提条件的意思,"啪"的一声挂断了电话。

不久之后,一则短信发至时序手机上,上面是一个模糊的位置,还有一段话:离涨潮还有三个小时,时小姐,祝你好运。

时序一把抓起车钥匙连鞋子都顾不上穿就开车冲了出去,任凭唐婶在后面怎么叫都无济于事。唐婶忙打电话给蒋魏承,囵囵说清了情况。

蒋魏承的车才拐入回家的最后一个路口,就看见时序开着车呼啸而过,他紧皱着眉头,忙让司机开车跟上。

海边风声喽喽,阿茹刚刚挨了一脚,正吃痛着呻吟,刚刚施暴过的男人一把扯下封住她嘴的绷带,听着她的痛呼笑道:"这里没人,你想叫就尽情地叫。"

阿茹看着眼前这个蒙住了整张脸的青年男人,哀求:"求求你,放过那个孩子,他太小了。"

男人本以为阿茹有了求救的机会会为自己求饶,却不想她却替时冬冬说起了话。男人觉得好笑,一把抓住阿茹的头发:"你们的命运交给这片大海来决定吧,不过如果侥幸活下来,记得告诉时小姐,这次的程度,只是我老板的一个警告。"

阿茹被迫仰着头,挣扎间袖子上缩,露出了阿茹手臂上的图腾。

男人的视线在触及图腾的瞬间愣住,扭着阿茹的手臂看清楚了图腾的样子。

男人盯着阿茹的脸看了许久,突然逃似的后退几步。

按照原本的计划,男人现在已经要离开了,这里偏僻,少有人来,他越早离开,就越不容易暴露自己。

可是在看到阿茹手上的图腾之后,男人犹豫了,他藏身于不远处的高地,静静注视着逐渐因为涨潮而上升的海平面。

时序轰着油门在道路上飞驰,恨自己没有双翅无法飞行。导航上的目的地预计到达时间是两个半小时,智能语音一直在提醒她已超速,可她却恨不能开得再快一些。

她保护不了任何人,这种感觉糟糕透了,她自以为自己做好了完全的准备,放肆地去挑衅,去进行自己的计划,后果却是让阿茹和时冬冬受罪。

眼泪克制不住地从眼眶落下,时序眨着眼清理自己的视线,很想抛弃所有的理智与克制,和幕后的那个人同归于尽。

终于,赶在最后一点落日余晖沉入海底之前,时序到达了海边。随着涨潮奔来的浪花层层叠叠地击打着岸边的礁石,时序举目四望,昏暗的海边没有人的踪迹。

她沿着海岸线行走,海水很快漫过了她的小腿,裤脚泅湿,寒意从她光着的脚底蔓延上来。

"阿茹!冬冬!"时序的声音和浪声交织,没传多远便被风声吞尽。

山崖之上,看到时序现身后,本不该停留在这里的男人发动车子绕路离开。

潮水越涨越快,海边黢黑的洞穴终于出现在时序的视线之中,可以看见阿茹和时冬冬的轮廓。

时序跑向两人身边，吹了几个小时海风的阿茹和时冬冬脸色都有些发白，但万幸意识都还清醒。

后一步赶到的蒋魏承踏着海浪大步而来，在时序哆嗦着手去解绑着时冬冬的绳子时，温热的手有力地握住了她，似乎带了些安定的作用。

"我来。"蒋魏承的声音在时序耳边响起。

被束缚了几个小时的时冬冬重获自由之后"哇啦"哭出了声，时序紧紧抱着他，都不知道该不该庆幸这次还好只是一个警告。

蒋魏承带的人多，牢牢把几人护在中间。蒋魏承看着脸色都不是很好的几个人，对林邰道："潮水上涨得很快，先把人都带到岸上去。"

林邰伸手去抱时序怀里的时冬冬，时序摇头："我抱上去。"

蒋魏承轻轻拍了拍她的肩膀："林邰更有力气，也穿了鞋子。"

时序顺着他的视线看向自己踩在海水中的脚，被礁石划伤的地方淌出几缕血丝，很快又被海水稀释。

时序妥协，将人交给了林邰，跟来的保镖也背起阿茹，一并往前走。

一颗心终于回到了肚子里，随之而来的是后怕。时序咬着牙，克制着身体的战栗。

蒋魏承脱下自己的西装披在时序肩头，随后半俯身，将她打横抱起，似乎是在哄她："时序，没事了。"

时序没有拒绝这个怀抱，她觉得自己突然有些疲惫，很冷，也没有力气。脚上的伤口不深，但痛感却清晰地传来，海风远没有那么寒凉，可她还是觉得浑身冰冷。

而紧贴着蒋魏承的皮肤，感觉到了让人温暖的热度，让她有那么片刻想要沦陷其中。

和之前一样，一切都做得很干净，明明猜得到是谁，却无济于事，唯一的证据是时序收到的视频和短信，但对方将号码虚拟加密，根本查不出是谁发出的。

时序守了时冬冬一整晚，好在有了唐婶和阿茹这段时间的精心喂养,时冬冬睡一觉后便元气满满,阿茹也没什么大问题,就是被踹的地方有一大片淤青,还有些受惊。

到最后倒下的人变成了时序,衣衫单薄还光着脚蹚了冰冷的海水,又不听劝守了时冬冬一晚,天亮时就发起烧来。

昏睡一觉之后时序的嗓子哑得说不出话,咳嗽几声后就有一杯温水递到了眼前。

她接过蒋魏承递来的水,依稀记得烧得迷迷糊糊的时候他给自己喂了药和好几次水,还以为是梦,原来并不是。

等时序慢慢喝完一整杯水,蒋魏承在床边坐下,道:"查不到实质性证据,所以这件事暂时没有对外张扬,抱歉,我没有保护好你的弟弟。"

时序吸了吸不通的鼻子,瓮声道:"不怪你,就算今天没事,他总会找到机会。现在想想,上次时冬冬差点走丢,也许也不是意外。"

蒋魏承问她:"你打算怎么办?"

时序苦笑一声:"说实话,我现在不知道。"

她原本想利用舆论,哪怕法律无法定罪,也要让时仲明社会性死亡,可她还是低估了时仲明的疯狂。

或许他这次还有所忌惮,所以只是来了个这么恐怖的警告,可如果真的逼急了他,他会做什么,时序还真的难以想象。

蒋魏承把往下掉的被子提了提,盖住时序的肩膀,道:"那就交给我。"

杜忱听完蒋魏承的打算后沉默了片刻,还是理性地劝道:"现在拿出这些东西有些为时过早,这个时候如果时仲明倒台,时氏说不定还赚了一线生机。"

蒋魏承捻灭了刚点着的烟,对杜忱这个并肩作战的好友带了几分歉意:"时仲明不倒,就随时可能再伤害时序姐弟。季许给了时仲明资金补偿,但也变相逼得他在项目中陷越深,季许想把时氏拖破产之后再慢慢收购。这个时候时仲明倒了,换个有魄力的人断尾求生,时氏确实可能平稳地度过这场危机，你的付出也可能白费。"

杜忱含笑看着蒋魏承道："我倒是无所谓，但是你布了一盘这么大的局，说放手就放手了，不像是你这个商业巨子的行事风格，真舍得？"

蒋魏承抬起幽深的双眼，话也走心："我不希望时序姐弟受到伤害。"

杜忱笑出了声："有生之年得见你陷入爱情，倍感荣幸。"

爱情？

蒋魏承在嘴边品了品这个词。

他也不确定自己是不是对时序动了心，只是很多时候觉得，像这样和时序生活在一起，让人分外满足而已。

时氏突然被介入调查，谁都没有预料到变故来得这么突然，包括对时氏虎视眈眈多时的季许。然后一切都像是被安排好了似的，巨额亏空牵扯出一桩经济案件，整个时氏的高层都面临一场清查。

周曼惴惴不安，关起房门问时仲明："这件事都过去六七年了，怎么又被翻了出来，是不是当时老二把证据给了时序？"

时仲明这个时候倒是清醒："如果时序知道这件事，就不会绕那么大圈子来玩舆论游戏了。"

"那你快想想办法，那么大的数额，是会被判刑的。"周曼心神不定，满脸愁容。

时仲明斜她一眼，道："慌什么，我还不至于让我们两个沦落到监狱里去。小玥出国散心，你让她先别回来。你也先准备着，或许我们得去避避风头。"

周曼看着他："要跑吗？那小幺和妈呢？"

"小幺对家里这些事不知道，留在这里也不会出事。妈那边，我有我的安排。"

几日之后，周曼就知道了时仲明所谓的安排是什么。清查组查到的证据链十分完整，公诉之后便可判刑，从数额上看，至少十年起步。警察登门时家带走了嫌疑人，不过不是时仲明，而是年逾古稀的杜云英。

或许杜云英一辈子都想不通,自己最疼爱的儿子居然会把所有罪名推到她的头上,七年前时氏的董事长还是她,所有签字都过她的手,时仲明确实可以撇得干净。

但是迫于压力,时仲明还是在集团内部辞去了董事长的职务,并表示会积极配合调查,随后抛出了一堆证据,让杜云英手上的手铐铐得更紧了许多。

洗清了自己的嫌疑,时仲明带着周曼去往汶岛暂避风头,还美其名曰是去过渡一下心情。

朝夕变故让被留在家中的时宴不知所措,家门外都是媒体蹲守,她不敢回家,也不敢去学校,和学校请了个长假,四处躲着媒体。

周曼和时仲明去汶岛前简捆地和她说了几句,大意就是让时宴好好待在这里,不要和媒体多说什么,不管别人怎么说,都要咬死父母无罪。

时宴哪里经历过这些,几乎是瞬间被人从温室拉到了寒风里。她六神无主地给时玥打电话,想让时玥回来陪她,可时玥只是道:"妈妈让我不要回去,我现在回去也是和你一起过着躲媒体的生活。你还留在家里,别人就不会觉得我们家是逃亡,你好好待着吧,等风头过去,爸妈回来了,也就没事了。"

连着好多日,当地新闻都提到了时氏的这桩金融犯罪,杜云英被捕的视频配着主持人的台词解说,时序草草看完之后关掉了电视。

她敲响了蒋魏承书房的门,门内蒋魏承泡了两盏茶,似乎是预料到了时序会来一样。

"你都知道什么?"时序问他。

她知道这件事情是蒋魏承捅出来的,匿名提供给清查组的证据也来自蒋魏承,她也是现在才知道,其实蒋魏承一早就有了掌握时氏的王牌,只不过提前出了,威力折损大半。

"蜜月时,我去见了位时氏曾经的高层。他在你父母出事后辞职并售出时氏股权,你应该猜得到原因。"

时序想了想其中关键，问："那个时候，我爸妈也知道了这件事？"

蒋魏承颔首："时仲明自以为自己做得干净，但应该还是让你父亲找到了证据，恰逢时氏马上要换新的董事长，你父亲的呼声远胜时仲明。"

时序捏着手心发烫的茶杯，笑了："怀璧其罪。时仲明怎么这么可恶，居然还推他的亲生母亲顶罪，自己居然逃过一劫。"

蒋魏承沉吟片刻，道："昨天汶岛发生了一起有针对性的抢劫案，受害人是一对夫妻，重伤不治，凌晨身亡。"

时序瞪大了眼睛，有些不敢相信自己听到的。

随后蒋魏承点了点头："时仲明两年前为了汶岛的一块土地，造成了几个当地的原住民身亡，他这趟去汶岛仓促，行程被泄露，造成了有预谋的报复。"

"呵……"时序觉得有些可笑，"我很小的时候，我爷爷和我说过故乡的一句俗语，'恶人自有天收'，我以前觉得那不过是弱势者的自我安慰，现在看，好像也没那么不可信。"

蒋魏承为时序续了盏茶："杜云英在拘留所的状况不太好，通过律师说，想见你一面。"

时序抿了抿茶："时氏乱成一锅粥倒是想起我了，麻烦你替我回绝了吧，我不想见。"

"好。"蒋魏承轻声道。

时序将自己整个沉入浴缸之中，脑子里却还在回想蒋魏承的话。时仲明就这样死了吗？她发觉自己并不算开心，因为时仲明死得太轻易了。时仲明死了，时氏落败只是时间问题，那父母死亡的真相呢，要随着时仲明的死亡而永远埋藏吗？

还有蒋魏承，他确实是一个足够强大的合作伙伴，一出手便将她心心念念想要做到的事情都做到了，她欠了他很大一个人情。

在临近窒息之前时序从水中探出了头，她深吸一口气，拿过了一旁振动不停的手机。

"时序,我接到拘留所的电话,祖母突发肾脏错构瘤破裂,现在在医院。"

时宴的声音中带着慌乱,大概她才是这段时间里过得最煎熬的人,须臾之间,守护她的城堡变成断壁残垣,她失去了一切,被迫留在废墟之中承受所有风雨。

时序太懂这种感觉了,哪怕她依旧那么不愿意去见杜云英,但还是决定去一趟医院。

蒋魏承知道时序要去医院后径自先去启动了车子。时序看着一旁沉默开车的蒋魏承,低声道:"其实我自己去也可以。"

蒋魏承开口:"时序,现在接近凌晨,这条路上车很少。"

时序不解其意,疑惑地看着他。

他轻叹口气,道:"这么晚你独自出门,唐婶和阿茹都会担心……我也会。"

心又突然被人摇了摇,"咚咚咚"猛跳几下。以前时序从不敢想象这种话会从蒋魏承的嘴里说出来,但他最近说得尤其多。

时序迟钝地去反应着他话里的意思,但又怕自己自作多情,憋了半天,蹦出来几个字:"那……谢谢啊。"

医院附近蹲守了不少媒体,时序和蒋魏承一下车,眼尖的媒体看见便围了过来。

蒋魏承虚扶着时序的腰带她避开顶上来的长枪短炮,耳边已经有媒体争先恐后地提问:"时小姐,您深夜来医院是不是意味着要和时家和解呢?"

"时仲明先生和夫人不幸罹难,您是否会接管时氏,出任下一任董事长呢?"

"时小姐,网传您父母的事故和时仲明先生有关,是否属实呢?"

时序因为最后一个问题顿了下,她咬了咬唇,最后道:"抱歉,现在我不想回答任何问题。"

随后在蒋魏承的保护下,两人匆匆走进医院大楼。

时宴守在手术室门口,她把头埋在手掌中,双肩一颤一颤的。

看到时序走来,时宴仿佛像找到了点依靠一般,平生首次和这个自己从小就不喜欢的堂姐抱在了一起。

时序轻轻拍了拍她的后背,从她无助的身影上找到了点自己当年的影子。姐妹两人坐在手术室外的椅子上,没有说话,但手却握在一起。

手术刚进行了半小时,医生就出来和家属谈话。时序看了看时宴,对医生道:"和我说吧。"

家属谈话室中,蒋魏承陪在时序身边。时家的事情医生也有所耳闻,多少有些意外最后是时序和蒋魏承两个人坐在自己对面进行杜云英的术中谈话。

"肿瘤破裂处出血比片子上更加严重,老太太应该是早就觉得不舒服了,硬扛到受不了才倒下的。时间有点晚,右肾可能保不住。虽然这个手术的治愈率不低,但是患者年龄较大,基础性疾病不少,也有可能出现不好的情况。"

时序对杜云英早就没有了亲情,但到了这个时候,心中却还是有些不是滋味。撇开她以前对自己和时冬冬的刻薄不说,时序觉得现在躺在手术台上的杜云英有些可怜。

一把年纪被儿子送入监狱,到这个时候,身边除了一个小孙女,再没有任何人为她担心。

谈完话后,时宴提着心问时序:"医生怎么说?"

时序摇了摇头:"好的坏的结果都有可能,你联系时玥了吗?"

时宴呼出一口气:"她电话打不通,等祖母出了手术室我得去一趟汶岛,能不能麻烦你,帮忙照看一下这里?"

时序对着眼前这个强装坚强的女孩儿心软了,她没有拒绝,而是对时宴道:"汶岛治安不比这里,你需要的话,我请两个人陪你一起去,但是不帮你处理后事。"

时宴沉默片刻，问："传言说的是真的吗……小叔和婶婶的事情。"

时序盯着灯光的眼睛闪了闪，语气略带沉重："我手上没有实质性证据，全看你自己吧，你愿意相信，那就是真的，你不愿意相信，那就是假的。我会来这里不是因为手术室内的人是我血缘关系上的祖母，更不是因为我把自己当成时家的一分子，只是单纯因为你对时冬冬很好，且你正在经历的这个过程，我曾经经历过。"

时宴看着时序，光影在时序脸上投射下一层薄薄的阴影，但她脸上的表情不喜不悲，似乎在说着一件再普通不过的事情。

时宴觉得自己此刻和六年前的时序有了共情，不一样的是时序早就可以用平和的心态去正视那样戳心的过往。

时宴点了点头："谢谢你，时序……姐。"

时宴去汶岛的行程还不等时序出手，蒋魏承就先替她为时宴安排好了。时序坦然地接受了蒋魏承的帮助，反正她已经在这场合约中占尽了便宜，那索性积攒着一口气还了。

蒋魏承却似乎丁点也不在意时序占的这点便宜，拨了两个总裁办的助理过来，帮着时序打点医院的琐事和杜云英的取保候审。

杜云英的手术持续了七个多小时，术后转入ICU，期间下了好几张病危通知书。好笑的是时序成了当下唯一可以在她的病危通知书上签字的家属，在医院一待就是两三天。

这几天里，时序一次也没有去过杜云英的病房，大多时间都在医院提供的一小间休息室里整理自己的情绪。

她好笑自己竟也会在深夜看着医院灯光时心中漫起一股苍凉的感觉，好处是苍凉过后，感觉自己清空的大脑也卸下了包袱。

室内的灯骤然亮起，时序回过头撞进了蒋魏承的目光里。

手机上时间临近午夜，她问："你怎么这个时候过来了，林邵不是说今天你们加班开会到九点？"

蒋魏承把手里的保温饭盒递给她："听说你晚上没怎么吃东西，唐婶给你煲了点汤。"

"你回家了？"

时序本想问他为什么都回家了还要过来，孰料他却说："回去看了看，时冬冬已经睡了，这几天他状态很好。"

其实这些时序也都知道，时冬冬无法以常理看待世界，唯一的好处可能就是之前的绑架不会给他留下过多的心理阴影。

时序轻轻点了点头，捧着散着热气的汤碗长叹出一口气。

这几天她的状态一直算不得好，蒋魏承看在心里，他从没什么和人谈心的经验，只是尝试着开口："当年老爷子住院的时候，苏意在病房门前把我骂了一顿，她说我没有心，自己的亲爷爷重症难治，我却还在盘算着怎么保住蒋氏。"

时序顺着他的话说："上次听你们说起蒋老先生，听得出来，其实你们很尊敬也很思念他。"

蒋魏承给自己倒了一杯水，抿了两口后道："老爷子是整个蒋家唯一没有放弃过我的人。"

时序讶异于自己竟然在蒋魏承的脸上看到了些许晦涩，随后听他接着说："我自出生起就和我的母亲生活在西城贫民区，后来母亲积劳成疾去世，我被老爷子接回了家里。我的父亲不喜欢我，觉得我是随时会破坏他家庭的隐患，和老爷子提了好几次要把我送出去读书。老爷子对我也不疼爱，更多的是严厉，那个时候反倒是舒窈的母亲成了全家对我最好的人。不过顷刻之间，一切都散了。那之后老爷子对我更加严厉，我开始以为他是怪我，后来才知道他是希望我在他老去之后，能够保全自己也保全蒋氏。"

时序看着难得说了这么多话的蒋魏承，从他自己口中听到的关于他的旧事和从杜忱或是苏意那里听到的感觉完全不同，此刻她是真切地感觉到了蒋魏承心中的那种独行感，并且和他产生了共鸣。

很多时候时序觉得自己一直都在孤独前行，疲惫的时候回头望去，那种世间万家灯火无一盏为自己而留的感觉，糟糕透顶。

"这样看一看,你一路走来,也很艰难。"时序缓声道。

蒋魏承轻轻一笑:"我说这些不是想和你诉说过去的生活有多令人难过,只是想告诉你,时序,世人各有自己的悲惨,或大或小。但你要知道,在这个过程中,你也是受害者,所以不需要用太多无用的情感去自伤。"

时序反应过来,他意外地和自己说这么多,只是在用他的经历和经验开解自己。

他的眉目间带着让人抗拒不了的信服感,她看着他:"我只是最近有一种人去楼空的孤凉感,可能是绷在心中的绳子断了,一下子不适应吧,其实我没什么事。"

蒋魏承相信地点头:"那就好好吃饭,别让人太担心。"

时序打起精神啜饮着碗里的汤,放下碗后,她真诚地看着蒋魏承:"谢谢你用自己的经历来安慰我。"

"唔⋯⋯"蒋魏承凝视着她,"其实我刚才在卖惨。"

时序被他突兀的冷幽默逗笑,不敢相信"卖惨"两个字会从蒋魏承口中说出。但不否认她的心境确实有了些变化,何必想那么多呢,往后才应该更要是昂着头颅努力生活的状态啊。

杜云英出 ICU 之后,护士向时序传递了很多次杜云英要见她的话。

时序最终还是同意去见一眼杜云英,时仲明的事情杜云英还不知情,看着她一头全白的头发,时序不禁好奇,如果杜云英知道了时仲明的死讯,会是一种什么心情。

看到时序,杜云英显得有些激动,一直示意护士要拿下她嘴上的呼吸器。

拿下呼吸器,杜云英虚弱着声音道:"你去守住时氏,时氏以后,交给你。"

时序平静地拒绝:"我对时氏一直都没有兴趣。"

杜云英有些急:"那是你祖辈、父辈一代一代创下的家业。"

看着杜云英着急地大喘着气,时序忽问:"你后悔过吗?"

杜云英知道时序在问什么,她只是疲惫地摇了摇头:"决定是我做的,后果我也吃下了,没什么后悔不后悔的。"

想不到她竟然在这个时候变得这么豁达,时序轻嗤一声:"时家早就没有可以挑得起时氏大梁的人了,曾经有过,但被你放弃了不是吗?"

杜云英反应过来,时序说的是她的父亲。

杜云英道:"你的父亲自己都不怪我偏心。"

时序看着眼前这个毫无愧疚的老人,心态意外地平稳,她问出了自己大胆的猜测:"你一直知道,是时仲明做的对吗?"

心率检测仪上的折线大幅波动几下,杜云英默认了:"我不能一口气失去两个儿子,这是我欠老二的,时氏算是给你们的补偿吧。我活不了多久了,只有一个要求,你往后善待你伯父一家,你父母的事,你不要再提起。"

时序轻呵,笑得讽刺:"时氏是给我的封口费吗?"

杜云英的话音虽弱,却让人寒从心起:"死了的人,不能害得活着的人不能好好活啊。"

时序偏过头去不想再看杜云英,此时一只温暖的大掌裹住时序发凉的手指,蒋魏承不知道什么时候已经站在了她的身后。

蒋魏承蹙眉看着病床上的老人,只是对时序道:"我们走吧。"

时序很感谢蒋魏承在这个时候带她走出那间病房,一段时间来压抑的情绪爆发得突然。时序好笑自己居然会觉得杜云英可怜,却没料到可怜的人躺在病床上还能戳得她心阵阵抽痛。

"我父母从没说过一句她的不好,世上怎么会有她这样的母亲啊。"

蒋魏承把哭得崩溃的人拥入怀中,一下一下轻拍着她的后背。

时序的泪水浸透蒋魏承的西装,仿佛要把所有的委屈都宣泄出来。

他觉得自己心疼怀里的人,她到最后都忍住没有用时仲明的死讯去刺激病床上那个伤害她的人,这样善良的姑娘却被欺负得这样惨。

时序改变了自己的想法,几天后她正式回应了外界关于她父母死因的传言。

还是当时她对时宴说的那句话。

"我没有实质性证据,但过程就是这样,相信的话就是真的,不信的话就当传言。"

四下哗然,有人说真,有人说假。

时序全不在意了,她以自己的方式做了所能做的一切,至于真相,由别人信不信吧,起码她这一生,会牢牢记住。

杜云英被监管在医院之中,那日之后时序再也没有涉足过医院。听说时仲明夫妇的灵柩回到西城之后,一直逃避在外的时玥也回来过一趟,匆匆停留了不到二十四小时后,又立马跑去了国外。

时氏内部乱成了一锅粥,期间也有人来请时序出面,希望她能暂时稳住局面,但是时序拒绝了。

她知道季许和蒋魏承最近都开始了对时氏动作,也相信蒋魏承最终会成就一个新的时氏。

蒋魏承连着很多天都异常忙碌,偶尔深夜归家撞上时序还没休息,他也会和时序说说当前的进度。有时时序还能听到蒋魏承言辞之间对季许的欣赏,似乎也很享受势均力敌时的快感。

难得的晴日里,时序端着一杯红茶坐在花园中缓慢沉淀自己的内心,阿茹做了拿手的汶岛点心过来。

欲言又止半天后她告诉时序,自己想辞职回到汶岛。

时序深感突然,问她:"你在汶岛不是已经没有亲人了吗?为什么还要回去啊?"

阿茹回避着时序的目光,只是说:"看到您现在有蒋先生,冬冬也越来越好,我就很放心了。我年纪越来越大,以后反倒会成为您的负担,我也想回故乡看看。"

时序没有强留下阿茹的理由,最终还是尊重了她的决定。时序本想给阿茹一笔丰厚的报酬,但是阿茹说什么都不愿意收下,甚至是没有道别，悄悄离开的。

阿茹离开之后，唐婶没了伴，有时候唐婶实在憋不住，也会和时序说一些絮絮叨叨的闲话。有时候是说时冬冬在家的一些小事，有时候也会说到阿茹。

"阿茹做的汶岛点心滋味是真的好，前几天我们带着小公子在家门口玩，还有个阿茹的同胞看着小公子吃的点心，上来找阿茹要呢。您说这人也是，怎么一句招呼也不打悄悄就走了，也不知道这辈子还有见的机会没有。"

时序觉得阿茹突然离开有些端倪，但也想不出来为什么，时冬冬还不能理解阿茹离开的事实，有时候会下意识地去找阿茹。

阿茹对时冬冬是打心眼里地用心，临走之前还用汶岛独特的缝纫方式给时冬冬做了一个手工布书包。

时序把布书包挂到时冬冬身上，时冬冬双手伸进去乱掏，掏出来一张折叠着的纸。

纸张上文字扭扭曲曲，还有些错别字，是文化不高的阿茹留下的。

时序艰难地读完整张纸，这才知道阿茹为什么突然要离开她和时冬冬。

阿茹会跟时序背井离乡来到西城，是因为在汶岛的那场自然灾害中，阿茹居住的村庄被岩浆冲毁，她失去了亲人也失去了家园。

阿茹以为自己没有亲人了，但没想到她的大儿子布坤侥幸逃生，后来就在汶岛帮西城的老板做事，不久前来了西城，两个人遇上了。

很巧的是，布坤的老板是时仲明。绑架阿茹和时冬冬的时候，布坤看到了阿茹手上的图腾，是他们家独有的刺青。后来布坤找机会和阿茹相认，向阿茹忏悔他曾经伤害了自己的母亲。

阿茹还在信中请求时序的原谅，她说自己深知对不起时序，以后会在遥远的地方祝福时序和时冬冬一切都好。

怪不得阿茹不愿意接受报酬，走得悄无声息，原来是心存愧疚。时序也没有追责布坤的打算，虽然无法原谅，但仍旧有一点替阿茹高兴，起码她找到了自己的家人。

阿茹的离开仿佛给时序来了一场预习告别，逐渐整理好了所有心情的时序也分外希望尽快开始全新的生活。

时序拿出婚礼时收到的那份礼物，预备等蒋魏承回来的时候还给他。届时两人都如愿以偿，这场合约也能算圆满结束。

只是时序环顾着自己不知不觉生活了这么久的蒋氏庄园时，心中居然体味到了几分留恋。这段时间里，蒋氏的屋檐供她遮风躲雨，令她不必时刻小心翼翼，这是她这几年来少有的安逸时光。

第十一章
带你回家
CHIWEN

早晨蒋魏承正准备出门上班,时序叫住他问:"晚上有约吗?没有的话,一起吃饭?"

蒋魏承不假思索便道:"没有约,下班后我来家里接你。"

时序摇摇头:"不用,到时候我直接去公司楼下等你。"

时序的主动邀约让蒋魏承一整个早晨心情都极好,之前她的情绪让他有些担心,加上阿茹也离开了她,还真怕她会消沉一段时间。

不过她的复原能力显然比蒋魏承预估的更好,短短几日她便重新振作起来,家中也回到了不时能听到时序笑声的日子。

杜忧大摇大摆地晃进蒋魏承的办公室,松了松领带就瘫倒在沙发上。

"时氏那些股东可真精,我最近口水都浪费几大壶了,但是你猜怎么着,人家心里还在暗自比价呢。"

蒋魏承不以为意,扶了扶不经常戴的眼镜:"时氏现在人心惶惶,全靠那些股东和高层稳着。都生怕哪天就直接垮了,谁都想趁着还有利可图的时候多捞点好处。"

杜忧给自己点上一根烟:"还好我们一开始就一边收购时氏零散的

股份，时仲明突然出事，时家老太太情况也不乐观，季许也没料到突如其来的变故，我们和他也算是回到了同一起跑线，看谁更有本事了。"

说着，杜忧自己又笑出了声："之前你为了替时序扳倒时仲明，都要放弃时氏了，我还以为你对时氏其实也没有那么非要不可。"

蒋魏承合上手中的钢笔，随手搁在一旁："时氏毕竟是时序的祖辈创立的，她的父亲为时氏也耗了不少心血，哪怕她自己不想要，时氏也该有一份是她的。"

杜忧没留神烟灰就落在了裤腿上，他打断蒋魏承的话："等等，怎么这么听你一说，我觉得你之前放弃时氏也是为了时序，现在要争时氏也是为了时序？"

蒋魏承回答得十分正直："我是个商人，时氏的诱惑对我来说不小，占一半原因，另一半，时序是希望时氏在我手上的。"

杜忧当下便不理解了："那之前时家老太太要把时氏给时序，她直接接过来给你不就完美了吗？还要在这里耗什么劲儿？"

蒋魏承语气霸气，道："她想以时氏为要求去封时序的口，本身就是对时序的一种折辱，自己可以拿到手的东西，为什么要委屈时序去获得。"

杜忧觉得自己几乎要对蒋魏承刮目相看，咋舌道："刚刚你这样子我真该录下来发给时序看看，说不定她会感动得哭出来。"

蒋魏承拧眉反问他："为什么要让她哭？"

杜忧差点被噎住，只得说："晚上叫上时序和我女朋友，四个人一起吃顿饭吧，我也不能被你秀，也让你尝尝我和恬恬的糖。"

蒋魏承暗道一声"幼稚"，心情愉悦，拒绝道："我们有约。"

感觉自己受到了伤害的杜忧打电话给赵恬恬求安慰，控诉蒋魏承的诸多行径。

赵恬恬听罢杜忧的话，第一反应不是安慰，而是若有所思地问他："所以你的意思是，蒋魏承对时序动心了？"

杜忧听得不解："什么叫动心？蒋魏承现在一颗心都想着时序才是

吧，你敢相信吗？这个人是蒋魏承欸，我认识他这么多年，居然还能看到他这么深情。"

赵恬恬轻轻"嘶"了一声，心不在焉地哄了杜忧两句，然后看着电话飞速思考。

最后，赵恬恬咬咬牙，艰难决定道："豁出去了。"

傍晚时分，时序把车子停稳在蒋氏大楼门前。蒋魏承单手插兜站在那里等她，身边不时有下班的员工走动，看到蒋魏承想问好，却又却步于他不算太好的脸色。

时序下车后笑着朝蒋魏承扬了扬手，小步跑到他跟前道："等很久了吗？路上有点堵车，走吧，请你吃饭。"

蒋魏承大掌一捞拿过时序拎在手里的车钥匙，自觉地走向了驾驶室，时序绑好安全带才窥了窥他的脸色，问他："今天不顺利吗？"

除此之外，倒也想不到什么别的事情会让大佬的表情如此晦暗。

蒋魏承还在消化不久前从赵恬恬那里得知的事情，此时看着时序，心情有些复杂："没有。你想去吃哪家？"

时序在中控台设置好目的地，往后一路都在酝酿一会儿要说的话。

时序预订的是一家主题餐厅，精致的高空卡座，足以俯瞰大半城市的夜色。

餐点未上之前，时序掏出包里的文件袋，轻轻推到了蒋魏承面前。

她笑意浅浅，眉目动人："这是很多年前，我祖父给我准备的一份嫁妆，本来我是准备这辈子都锁起来的，现在郑重地交给你。"

蒋魏承挑了挑眉，赶在时序开口之前堵住她后面的话，玩味地问她："收下你的嫁妆，我得好好想想给你补一份什么聘礼了。"

时序笑着婉拒："聘礼就不用了，太多了我还不起的。其实今天我是想和你说，我们的……"

"时氏的股东们有些难搞。"蒋魏承突兀道。

"啊？"

"季许以利诱之，不少人心存动摇。还有一部分在给我和季许评分，考量我和他之间谁更能让时氏重回风光。"

时序感慨道:"看来时氏还是有很多人,不希望它就这么垮掉的。不过我觉得这样确实会比收购要好,注资时氏,虽然不是吞并时氏,但是管理和经营权都会落到你手上。股东们其实也不那么在乎时氏是谁当家,比起这个,他们更看重在谁手上能够赚得到更多。"

蒋魏承赞同地点头:"季许很有实力,和他相比,我唯一的优势也许就是年长几岁。"

时序轻笑一声:"他有他的天分,你有你的阅历,不过就我对时氏那些股东的了解来说,他们更偏向一个成熟稳重的管理者。"

蒋魏承把应侍送上来的玉米浓汤放到了时序面前,接着道:"确实是这样,这个阶段他们考察的不仅是我的能力,还考察我的一切个人行为。"

时序轻轻搅动着浓汤,揶揄他:"那你最近可得洁身自好。不过从来也没听过你的什么负面舆论,不用有太多压力。"

说完这个,时序才想着要把蒋魏承带偏了的话题重新引回来,但她在心里组织了几遍语言,才意识到不对。

蒋魏承才刚和她说最近他的个人行为格外重要,那她还怎么去提想要解除合约的事情。

无形之中被蒋魏承把话堵死,一顿本来另有要事的晚餐突然没有了价值。时序在心底轻叹口气,想着那就过一段时间再说吧,与此同时心底又有一个角落放松下来,好像在告诉时序不仅不失望而且有些开心。

时序还是将文件袋给了蒋魏承,这是她手上唯一能还蒋魏承人情的东西。蒋魏承收的时候也没有推辞,意有所指般地道:"谢谢你的嫁妆,我会好好珍藏。"

无端的暧昧悄然弥漫,时序觉得脸颊有些发烫,下意识地躲开蒋魏承的目光。

蒋魏承心中短暂地松了口气,敏锐的判断力让他可以确定,倘若不是他先开口堵住了时序的话,时序现在应该已经提出要解除合约了。

他知道如果时序提出，自己就会变得格外被动。他没有任何理由拒绝时序的要求，所以只得提前找好借口，拖延一些时间。

赵恬恬不久前打电话问他对时序到底是一种什么样的感情，然后告诉他，时序已经在准备离开西城了。

得知时序打算离开的时候，蒋魏承第一反应是心慌，前所未有的心慌。他一路走来得到的东西越来越多，偶尔丢掉一个项目，遗失一些东西不太能让他的心中有过大的反应。

但是蒋魏承清楚地明白，这次是不同的。

他不愿意时序离开自己身边。

也许这就是杜忱之前所说的爱情吧？可惜从来没有人告诉过蒋魏承什么是爱情，甚至更早之前，他自诩自己不需要爱情。

现在他才意识到，是他过于自负了。

他发现自己比想象中的还要贪心，不知道什么时候开始，时序这个强势闯入他生活中的女孩儿赶跑了他一直与之抗争的那种孤独，让他的世界有了晚归的灯光，有了不再空荡的房子，也有了害怕再次孤独的恐惧。

蒋魏承对这样的自己也感到陌生，但他突然找到了当初苏意问他的那个问题的答案，他确实有了和之前不一样的想法。

他希望即使没有这份合约，他深夜归家时也能看到时序为他留着的那一盏灯，希望整个蒋氏庄园时刻增加时序和时冬冬生活的痕迹。

他希望，时序一直都在他的身边。

怎么留住时序成了蒋魏承有生之年遇到的最束手无策的问题，他也是好不容易才弄清楚自己的心意，下意识地想对她好，想保护她才不是因为他有多么高尚的情操，而是因为他对时序有了一种叫占有欲的心理。

早不知道从哪一天开始，外界传言中蒋魏承那颗冰冷的心，因为一个叫时序的女孩儿，有了全新的温度。

晚上八点一刻，结束了晚餐的两个人回到蒋氏庄园。唐婶正带着时冬冬在客厅里玩，看到两个人一起回来，脸上不免有些欣慰。

这还是唐婶来到这里以后第一次看见两个人单独出去吃饭，她乐见他们越来越像正常夫妻那般相处的样子，有心给他们更多独处的空间，待时序和时冬冬腻歪了小片刻后，就先带着时冬冬上楼睡觉。

或许是压在心里的事情被逐一清空，心态发生变化之后，时序多了些精力去审视生活中的一些细碎。

蒋魏承换了居家服后信步走到厨房，亲自动手煮了两杯茶，其中一杯递给了时序。两个人各自坐在长长沙发的两端，投屏之上是蒋魏承随手点的一部老电影。时序捧着茶杯怔愣了许久，才后知后觉地意识到，自己怎么就顺着蒋魏承的动作和他一起坐在客厅的沙发上看起了电影？

但旁观蒋魏承的表情，他似乎看得投入，气氛维持着一种令人不忍打破的安逸，时序到底没有起身，却不知什么时候被瞌睡虫侵扰，倚着沙发睡了过去。

她再醒来时，屏幕上的电影已经到了尾声，一道目光定在她身上，她转过头去，正巧对上蒋魏承的目光。

时序下意识地摸了摸自己的嘴角，是干的。她的动作让蒋魏承骤然失笑，倒是把时序给看呆了。也不知道是不是意识还未回笼，她下意识就道："你该多笑笑。"

蒋魏承挑了挑眉，不自然地清了清嗓子，说了句和之前话题毫不相关的话："困了去房间睡吧。"

这大概是时序认识蒋魏承这么久来，第一次听他说这种话，言语间似乎带了几分关心的意味。

这一晚时序做了个奇怪的梦，梦里是和蒋魏承的婚礼现场，台下正起哄新郎亲吻新娘，等她闭上眼睛之后，一个凉凉的吻突然落在了唇上。

时序骤然清醒，这才发现自己心跳如雷，声音几乎要暴露在黑夜之中。蒋魏承以为时序做了噩梦，急忙打开床头的阅读灯，他惺忪着睡眼看着时序满脸受惊的表情,手在半空中停滞片刻,还是轻轻拍了拍时序的后背。

"时序,再不会有人伤害你和时冬冬了。"

蒋魏承还带着困意的嗓音微哑,却像是丢入火中的干柴,让时序原本就乱七八糟的心跳越发失控。

不想暴露真实的情绪,时序只得佯装自己做了噩梦,低声道:"我去喝点水。"

失控的感觉可太糟了,梦境中的画面逼得她懊恼又羞赧,怎么就能做这种梦呢?要命的是一睁眼梦中人就在自己枕边。时序走出房间的第一件事就是拿手机订票,她觉得自己需要找个地方冷静一下。

时序的订票回执生成后不久,蒋魏承就知道了她订票的消息。虽然心中早有准备,但当他看到时序买了两张单程机票时,心中那股不是滋味的感觉还是涌了上来。

唯一庆幸的是她的航班在三天后,苦于暂时找不到合理借口留下时序的蒋魏承难得主动约杜忧喝酒。受宠若惊的杜忧擦了擦眼,才敢肯定自己确实是在蒋魏承脸上看到了点忧愁。

杜忧的八卦劲儿霎时就起了,忙问:"看你这样子,不会是和我弟妹闹别扭了吧?"

蒋魏承没有说话,只是淡淡抿了一口杯子里的龙舌兰。这一幕被杜忧看在眼里,直接乐得笑出了声。

"不会真的被我猜中了吧?啧,你蒋魏承也会有这一天?"

闻言,蒋魏承眉头挑了挑,反问杜忧:"难道赵总就没有和你闹别扭的时候?"

杜忧被问得哽了哽,却又觉得好不容易有一件事是自己可以笑话蒋魏承的,关键时候可不能丢了面子,愣是嘴硬道:"闹别扭这叫情趣,哄得好才是本事呢。但是你这样子看起来,是不知道怎么哄时序,才把我叫出来取经的吧?"

蒋魏承的目的倒也完美地被杜忧堪破,他勾勾嘴角,不语。

大抵是认识多年，杜忧在好奇心旺盛这一块基本算是被蒋魏承狠狠拿捏了，他越是不表露出自己的好奇，反倒越是让杜忧憋不住话。还不等蒋魏承说什么呢，杜忧倒是自己把话匣子打开了。

兴许是两个感情史多少都有些匮乏的男人终于也有了为情所困的这一天，杜忧单方面将蒋魏承引以为感情方面的知己，历来谈的话题以商业居多的两个男人第一次聊起了爱情，虽然以杜忧单方面输出为主。

"以前刚认识恬恬那会儿吧，我就觉得赵家这姑娘挺霸气，做事情雷厉风行的，后来在你家听到她和时序说话，我还以为这姑娘吃错药了。真正认识才发现，这姑娘你别看她平常在生意场上那么勇，晚上居然还怕黑，看个恐怖片号得要不是家里房子大，邻居保准上门来投诉了。谈合同精明吧，生活上反倒傻乎乎的，上次居然能把洗衣液和柔顺剂用反了。你说我这么英明的一个人，怎么就对她陷进去了？"

杜忧丝毫不收敛地散发着恋爱的酸味，蒋魏承漫不经心地听着，不时瞥一瞥藏不住脸上那种傻乐笑容的杜忧，一面回想起自己和时序相处时的状态。

想到后面，蒋魏承突然有些沉默，他和时序之间，从不存在杜忧所说的那些相处细节。他不知道时序怕不怕黑，只知道时序会在他晚归的时候给他留一盏大门口的灯；他也不知道时序怕不怕看恐怖片，他甚至不知道她喜不喜欢看电影。

杜忧还滔滔不绝地和蒋魏承分享着自己的恋爱故事，不知不觉喝完杯中龙舌兰的蒋魏承突然问了句："你怎么追赵恬恬的？"

不疑有他的杜忧聊到这个话题那是彻底兴奋了，噼里啪啦说了一大堆。蒋魏承默默听着，并迅速记下自己分析过后觉得可以适用于他和时序的一些方法。一直到杯空人散，回到家因为一身酒味被赵恬恬嫌弃了半天的杜忧这才反应过来。

"不对啊，蒋魏承约我喝这顿酒什么目的来着？"

还在思考要不要把不报备就喝酒的杜忧赶到客厅睡沙发的赵恬恬停下了动作，问他："蒋魏承突然约你喝酒？"

杜忧点点头，兀自分析道："我合理怀疑他惹时序生气了，你猜他问我什么，他问我我是怎么追你的，他可不是那么八卦的人，一定有什么目的。"

知悉真相的赵恬恬思索片刻："蒋魏承真的这么问你？"

杜忧不顾形象地打了嗝儿："对啊。"

赵恬恬好笑地摇了摇头："你觉得，时序嫁给蒋魏承，能幸福吗？"

听赵恬恬这么问，杜忧坐直了身子，语气也认真起来。

"我倒不是帮自己兄弟说话，你别看蒋魏承这个人看起来面冷心冷的，其实他真要对一个人好的话，那个人会非常幸福的。他就是太不会表达了，我估摸着他也不会对时序说什么甜言蜜语，但是在我看来，他对时序还是很用心的。那些小事都不用说，单说时家这件事，那个时候按照最开始的节奏，我们有很大的把握轻松把时氏握在手里，但他怕时仲明狗急跳墙，伤害时序姐弟，这才放弃了一开始的计划。欸，这么说说，还有点要美人不要江山的意思呢。"

赵恬恬听完，在心中暗暗琢磨着要不要稍微给时序透露一点蒋魏承的想法。赵恬恬始终觉得，纵然时序自己也能让她和时冬冬过得很好，但这不妨碍她身边有一个人去爱她保护她。

蒋魏承到家的时候，时序正在收拾着她和时冬冬短途旅行的行李。

正好被他撞见，抛开前几秒莫名其妙的紧张之外，时序表现得还算坦荡。她不断在心中自我暗示：只不过是自己想出去放松一下心情，看看世间美景，绝不是逃避，对，不是。

好在蒋魏承什么也没问，只不过他不像往常那样到家之后就忙自己的事情，而是不远不近地待在一个能将时序纳入视线范围内的地方，看似手上摆弄着什么，实则所有的注意力都放在了时序身上。

时序远远感觉到了一股无形的压力，这直接导致她没法集中注意力，上一秒放入了夏天的裙子，下一秒又把一顶加厚的毛绒帽子塞进了行李箱。

气氛微妙之时,蒋魏承突然开腔:"时序,你怕不怕黑?"

"啊?"时序莫名其妙地看了他一眼,"怕黑这事儿和我没什么关系,不过赵恬恬挺怕的,小时候我没少吓唬她。"

说完,时序咬了咬舌头,顿感自己和蒋魏承说这些过于家常。

她把误拿的帽子放回原位,继续自己手上细碎的事情。等手上的东西收拾得差不多的时候,时序起身发现蒋魏承还在原地,路过他的时候时序不经意抬眸看了他一眼,突兀地撞进了他过分深邃的目光之中。

怔愣之间,竟是蒋魏承先避开了目光,仿佛也有些不自在,他离开的时候竟然没注意,把时序常用来盘头发的桃木簪子握在手里带走了。

唐婶刚做完早餐就撞上睡眼惺忪从客房走出的时序,紧接着就是抱着还迷糊着的时冬冬从楼上走下来的蒋魏承。

不仅仅是唐婶,连时序看到蒋魏承抱着时冬冬的画面都有一些错愕。怎么形容呢,明明蒋魏承给人的第一印象就不属于居家那一类型,可当时冬冬翘着自己的小软毛趴在蒋魏承肩头的时候,那种自然而然流露出来的依赖感和温情,居然毫无违和。

时序伸着手想去接蒋魏承怀里的时冬冬,但他轻轻一避,和时序错开身来。他也不理时序,兀自带着时冬冬去了餐厅。时序的手落了空,她下意识地撇撇嘴,看着蒋魏承的背影只觉得这人竟然也有些傲娇。

大抵是因为在蒋家工作的时间久了,唐婶深知时序和蒋魏承都是极好相处的人,便笑着打圆场:"夫妻过日子哪有不磕磕绊绊的,偶尔服个软,哄一哄也就好了。"

时序看着唐婶那略带慈爱和安慰的表情,有苦说不出。哄什么呀,她根本就不明白蒋魏承这一大早上傲娇个什么劲儿。

时序看着对面一个喂饭一个吃的两人,乐得清闲,索性也不理蒋魏承和时冬冬。只不过余光还是时常瞄向对面,因为这样的场面实在过于惊奇。

蒋魏承无数次捕捉到了时序偷偷看过来的目光,心中暗暗得意,此刻他倒是很庆幸有时冬冬的存在，更庆幸时冬冬比时序更早对自己产生依赖。

蒋魏承优雅地用完餐，这才对时序说了今天的第一句话："上午米歇尔教授推荐的家教团队会到，他们会针对冬冬现在的状况进行定制的引导计划。"

"家教团队？"时序云里雾里，摸不清情况。

蒋魏承随意地松了松领口，语气颇为霸总："我顺手就安排了。"

时序本还想告诉蒋魏承自己订了下午的机票，被他一句话给堵在了喉咙里，然后就看着蒋魏承请的家教团队带着各类针对自闭症患儿的启发教具上了门。

家里来了陌生人，时冬冬还有些抗拒。但是这一次他没有立刻跑到时序身边，而是先抱住了蒋魏承的腿。蒋魏承俯身把时冬冬抱在怀里，带着他去了楼顶玻璃房。

蒋魏承在玻璃房陪了时冬冬一上午，时序几次伪装路过偷偷观察，随时做好了冲进去安抚时冬冬的准备，结果她发现自己想多了，时冬冬就像忘了还有个姐姐似的，根本不需要她。

时序一开始觉得有些失落，可看着时冬冬慢慢开始配合家教老师的指令，她什么情绪都没有了。

等时冬冬完全适应了和家教老师独处，蒋魏承这才走出了玻璃房。

时序靠在玻璃房门外的墙壁上，蒋魏承路过时看了她一眼，道："下楼喝杯茶吧，里面正在上课。"

时序跟在蒋魏承身后组织语言："怎么突然给时冬冬请了家教？"

走在前头的蒋魏承顿了顿步伐，扭头看了她一眼："我以为你会喜欢。"

"啊？"时序险些咬着舌头，讪讪道，"没有别的意思，我只是觉得很麻烦你。"

蒋魏承站定在时序身前，正正看着她道："时序，我并不觉得麻烦。"

时序觉得有什么话就要说出来了，但还是忍住了，酝酿了半天，蹦出来一句:"谢谢。"

不得不说,时序这声常挂在嘴边的谢谢多少令人有些挫败,但好在蒋魏承更懂得掩饰自己的情绪。

蒋魏承拿出两个干净的杯子,往里头各丢了几片茶叶,沸水冲泡出两杯热茶。时序捧着他递到手心的杯子,觉得时机恰好,便开了腔:"我订了晚上的机票,想带时冬冬出去玩玩。"

耳边传来茶水入喉的声音,紧接着,她听他问:"仅仅是想出去玩玩吗?"

有一瞬间,时序觉得身边这个男人似乎完全看穿了自己的内心,比起不自在,更多的是有些不知所措。

奈何蒋魏承的存在就给人一种很难忽视的压迫感,他不徐不急的语气凭空给了时序一种不回答不行的感觉。

时序清了清嗓子:"对啊,我一直打算等什么时候没有那么多乱七八糟的事情,就好好给自己放个假。正好医疗舱项目暂停,我趁机躲个清闲。"

蒋魏承把手中的杯子随手放在中岛上,随后看向时序:"时序,你不是躲清闲,你是在躲我。"

时序一句话被堵在喉咙里,看着蒋魏承,一时竟然找不到任何语句反驳。但很快,她状似无意地笑了笑,刚想开口,蒋魏承却先说了话。

"想去的话,就去走走吧,不过时冬冬可能去不了,现阶段对于他来说,学习比玩耍重要。"

他给人的俨然是一种大家长的感觉,时序无法否认,关于时冬冬的一些事情,蒋魏承有时候想得比她周到许多。

时序想了一个晚上,最终决定自己开始这场出于逃避的短途旅行。尽管窗户纸没捅破,但蒋魏承和她其实都清楚这场旅行意味着什么,可蒋魏承反倒表现得格外平常,似乎这并不是什么值得他头疼的事情。

唯一有些不一样的,大概就是蒋魏承带着时冬冬,亲自开车把时序送到了机场。没有分别时候的气氛,甚至也不问归期,直到目送时序进了安检,蒋魏承拍了拍时冬冬的头,带着他回了家。

得知蒋魏承就这样把时序送了出去,最先按捺不住的反而是赵恬恬。她不是很懂蒋魏承的心思,这种时候,难道不应该想方设法把人留下吗?

"我别不是看错了蒋魏承吧,他就这么放弃时序了?"赵恬恬吐槽。

杜忱和赵恬恬的想法完全相反,他看着百思不解的赵恬恬,开导道:"那可是蒋魏承啊,他在感情这块虽然薄弱了点,可心眼儿比你我加起来都多。"

赵恬恬不解看他:"你展开说说呢?"

杜忱笑着掐了掐赵恬恬的脸,笑道:"三十六计中,有一招叫'欲擒故纵'。"

赵恬恬顿悟了,原来是蒋魏承的套路,可……她轻轻"啧"了一声:"但是,他这场感情博弈的对象,是时序啊。"

那个从来没有在感情上表露过任何喜好的时序。

被杜忱"夸"心眼儿多的蒋魏承这几天好似一门心思都投入了工作之中,只是忙碌之余他偶尔也会盯着放在右手边黑着屏的手机走走神。

一连好几天,手机屏幕亮了许多次,但都不是蒋魏承在等的那个人发来的。直到某一次,回家的他刚好撞上唐婶挂断电话,以及一旁的时冬冬意犹未尽的样子。

第二天,所有人印象里不接地气的蒋总破天荒地带着时冬冬去了公司。

这一天平常不太想涉足总裁办公室的部分高层来蒋魏承这里来得格外勤,主要是都想看看蒋魏承带着孩子上班是一种什么画面,虽然这个孩子是他的小舅子。

结果倒也没让他们失望,蒋魏承依旧高效地工作,但偶尔也会被撞见和在角落里玩拼图的时冬冬互动,具体形容就是,历来驻足顶端的蒋总身上开始有了正常人的生活气息,罕见地让人觉得,原来他也只是个会关心亲人的普通人。

手机屏幕显示时序的视频通话请求时，蒋魏承很明显地弯起了嘴唇。这是时序出去的第四天，似乎真的得到了放松，视频那端的她看起来眉眼动人。

"我打电话给唐婶，她说你把时冬冬带去公司了。"

蒋魏承点点头："治疗团队建议我多让时冬冬接触一下外面的世界。"

时序笑了笑，语气带着习惯性的客气："他没有闹你吧？乖不乖啊？"

蒋魏承切换视角，让时序看着安静玩着拼图的时冬冬，自己却注视着屏幕上时序的面容。

短暂地安静了一会儿，蒋魏承问道："旅行愉快吗？"

"还不错，这里的建筑风格很特别，食物也很有风味。"

从时序脸上，蒋魏承并不能看出很明显的开心，他道："不忙的话，可以和我分享一下旅途的图片，我想看看你看到的风景。"

时序笑着缓和加速的心跳，故作调侃："还有什么风景是蒋总没有看过的吗？"

蒋魏承失笑，回答得一本正经："时序，我旅行的次数屈指可数，因为工作时间紧张。"

可能是突然觉得蒋魏承这个总裁当得也挺惨，时序稀里糊涂答应了他。挂断视频的时候她才从酒店的沙发中起身，决定趁着天还没黑，出今天的第一趟门。

其实这场旅行并没有她和蒋魏承说的那么不错，到达这里的第一天，她四处逛了逛，去推荐的景点打了卡，吃了些地道的餐厅，随后，就是浓重的乏味感。

也许夕阳下的古建筑真的很美，餐厅中的特色美食也很诱人，但她形单影只无人分享，一切索然无味。

后来的这两天，时序大部分时间选择在酒店睡觉，其余的时间在想以后要怎么办。

早在几个月前,她对未来的规划是格外清晰的,和蒋魏承有头有尾地结束合作,带着时冬冬找一个舒适的环境,她继续她的事业,陪着时冬冬慢慢长大,好好治疗。

但是现在,她却觉得这个规划没有一开始想的那么诱人,其中残缺的部分,她觉得自己似乎知道,但又不确定是不是真的知道。

与其说是躲蒋魏承,还不如说是想让自己的心在不受任何外界因素的干扰时平静下来,然后仔细去分辨一下,心里要的究竟是什么。

或许因为她这一路走来都格外谨慎,她很害怕做出的决定会是某一刻被情绪和气氛引导的结果。

从这天开始,蒋魏承的手机里会时不时收到一两张时序发来的照片,街头建筑,盘中甜品或是喷泉边的鸽子。

有来有往,以往不喜使用社交软件的蒋魏承偶尔也会主动给时序弹去一通视频电话,说一说时冬冬的日常,也和时序讨论她旅途中的事情。

时序还是某一天看到自己在镜子中的脸才突然发现,她最近的笑容好像越来越多了,每天竟然也会期待发现些新鲜的事物,然后和蒋魏承分享,手机收到消息时,也会因为发件人是蒋魏承而有一瞬间的开心。

她好像突然就明白了自己内心的真实想法,原来不知道从什么时候开始,她对蒋魏承有了分享欲和依赖感。

两人间的气氛逐渐变好,客套与生疏悄然退场。好像双方都很享受现在的这个过程,谁都没有着急地去做些什么。

赵恬恬偶尔也会拉着时序八卦她的感情现状,时序对赵恬恬并不隐瞒,如实告知。赵恬恬这才是真的佩服起蒋魏承来,徐徐图之这一套算是被他玩明白了,竟然用最平静的方式,让他成功走进了时序的心里。

但谁都想不到,在蒋魏承的心中,远没有他表现出来的那么稳。

时序是偶然遇到季年的,两人之前都刻意减少了和对方的联系,却没想到竟然会在异国的街头重逢。

季年邀请时序共进晚餐,时序习惯性地和蒋魏承拍照分享,殊不知收到照片的蒋魏承做了人生中最冲动的一件事情。

林邵带着文件进入总裁办公室的时候，办公桌上的热茶尚有余温，但是蒋魏承却不在这里。

许久之后，林邵才弄明白蒋魏承的去向，他竟然一声不吭地买了最近的机票，去了一个完全不在他近期日程上的目的地。

在得知蒋魏承除了证件和手机以外，什么行李都没有带的时候，林邵会心一笑，并贴心地顺延了蒋魏承接下来几天的工作安排。

时序睡得正迷糊时，酒店房间的门铃有规律地响了几声。不寻常的情况让她警惕起来，但是门铃声却保持着自己的规律，就是没有停下来的迹象。

她还在犹豫着要不要开门，手机先响了起来。

蒋魏承的声音夹杂着一丝道不明的情绪，意简言赅："时序是我，开门。"

打开门就看见蒋魏承的时序惊了，两两相望片刻她才想起要让开点位置让人进来。

全凭冲动一口气跑到时序面前的蒋魏承见到人之后心中的那种不安一消而散，随之而来的是有些无措。

无措之余，他不禁在心中暗笑自己，年过三十竟然像个愣头青。不过是看到时序照片中的红酒杯上映出了季年的脸，竟然会慌张成这样。

时序困意未褪，缓了一会儿才发现蒋魏承两手空空地站在自己面前，而现在是当地时间的凌晨四点半。

她眨巴着眼睛，问蒋魏承："怎么突然过来了？"

这话一出，蒋魏承沉默了，好笑平常叱咤各大谈判桌的蒋总，此刻居然因为一个简简单单的问题答不出来。

可时序也不傻，一眼就看出他来得格外仓促和突然，答案不言而喻。她起了玩心，使坏问道："临时来出差啊？"

蒋魏承一眼看到她眸中闪过的狡黠，轻咳两声掩饰尴尬，随后掏出那次随手带走时序的那根发簪，递到了她手上。

"来还你这个。"

时序看他说得认真，故意带偏画风："我就说怎么一直都找不到，在你那里啊，你喜欢这种东西啊？"

蒋魏承到底还是笑了起来，反客为主道："本来打算睹物思人，现在想来，还是看着人更好一些。"

时序被这个直球一击，脸红了。心里已经不知道叫嚣了多少声，倒不是害羞，而是震惊三更半夜做出这种事说出这种话的人竟然是蒋魏承。

冰山总裁？不，眼前这个男人怎么看怎么像被爱冲昏了头的样子。

反倒是时序被动了，这话她要怎么接啊？

但是这一次蒋魏承似乎不准备再给时序躲的机会，他趋前两步，正视着时序，口吻格外真挚："时序，我有些后悔一开始和你签订的那份合约了。"

时序皱了皱眉，刚想反问却又听见他说："我的意思是，我更希望我们的婚姻是因为爱情，而不是合作。"

看着轻咬嘴唇的时序，蒋魏承又是直白一句："时序，喜欢你这件事，我无法否认。"

尽管早有预感，但这样的坦诚还是让时序一瞬间被铺天盖地的悸动淹没。换作是任何一个人的告白，她也许都能做到不露声色，可这个人是蒋魏承，他简简单单几句话，竟然让她有些找不回自己的语调。

对比之下，时序就像个小呆瓜，好半天才问了一句："蒋先生，你想和我先婚后爱啊？"

室内响起蒋魏承低醇的笑声，他注视着时序的眼睛："蒋太太，我可以吗？"

时序清楚地听到自己的心跳乱了节奏，这才反应过来，从刚刚开始，自己就一直被蒋魏承牵着走了。

险些在蒋魏承的深情攻势下丢盔弃甲，但时序还想保留一下她最后的倔强，怎么能一被告白就跟着走了呢？她可是骄傲的时某人。

时序粲然一笑，恍然让蒋魏承看到了婚礼前一晚的迎宾晚宴上，那个千娇百媚的时序。

她的声音温柔几分，煞是诱人："蒋魏承，撩了是要负责的。"

蒋魏承勾起嘴角，俯身凑到时序耳边，低着嗓子蛊惑她："这句话，对你同样有效，且我，乐意之至。"

温热的呼吸从耳畔移至面前，在双唇相接的前一刻，时序抵住了蒋魏承的胸膛，认真且怂地问他："长途跋涉很累吧，要不要去洗漱一下？"

蒋魏承低低地笑出了声，趁时序不注意在她唇上浅啄一下，赶在时序脸红成熟柿子前，他心情愉悦地进了浴室。

清冽的剃须水的味道还在鼻尖没有散去，时序只觉得自己的脸正在滋滋冒着热气，可又止不住想要上扬的嘴角，羞赧且欢喜。

她自诩独立，自十八岁时起，在时家的漩涡中努力斡旋，朝夕之间改变的，不仅仅是她失去了遮风避雨的温室，还让她的肩膀上多了责任。她要在众人面前扮演一个花瓶，却也得在所有人都看不见的地方，付出更多的努力让自己成为强者。

这一路走来，她放弃了很多，少女的天真烂漫，对爱情和未来的幻想，甚至将婚姻作为筹码。

但幸好，她的运气不差，遇到的这个男人是蒋魏承。也许这一次，她可以试着去依靠一下。

蒋魏承带着满身水汽走出浴室时，时序正站在酒店的落地玻璃窗前，看着朝阳自耸立的高楼间冒出头来。

逆光下的时序显得格外纤弱，蒋魏承心随意动，走上前轻轻环住了她的腰肢。

时序没有回头，背对着蒋魏承开口："其实这次出来，我不打算回去，想着过段时间把时冬冬接来，找个舒适的地方，去过安静的生活。"

尽管早就知道时序有过这样的想法，但听她亲口说出来，蒋魏承的心中不免一惊，此刻他很庆幸自己冲动跑来，环抱着时序的那种安心感，新奇又满足。

蒋魏承应了声："我知道。"

时序轻笑，侧过了脸："但是现在啊，我不这么想了。蒋魏承，我其实一直都过得很自私，我很利己，因为我要保护自己和时冬冬。我不知道怎么去爱一个人，但我想试一试。"

蒋魏承好笑自己居然也会有心绪这么波动的时候，他甚至不敢贴时序太近，就怕藏不住的心跳声暴露出他此刻有多惊喜。

许久，蒋魏承才找回自己的声音："时序，我本以为我这一生，无人爱我。"

时序转了个身，略显生疏地环上蒋魏承的脖子："蒋先生，我们续约吧。"

看着近在眼前的这张脸，这一次蒋魏承终于不再克制，低下头深深地吻住了她。

清晨的微风穿过窗子的缝隙，调皮地撩动窗前的白纱，茶几上的玫瑰悄悄盛放，娇艳欲滴。

一切静好。

时序这场没有归期的旅途因为蒋魏承的出现悄然画上句点，看到他竟然就这么把时序带了回来，赵恬恬咋舌不已。

可她从时序的脸上也不难看出，时序整个人都洋溢着一种闪闪发光的幸福感。

不过回来之后，有些事情最终还是会不可避免地回到时序的生活中来。首先要考虑的，就是时氏的最终归属。

自时序回来之后，时氏的高层多次私下找到时序，希望能从她这里得到一个表态。比起让时氏改姓，更多人还是希望时氏仍旧掌握在时家人的手上。

但显然，仍在逃避着的时玥和尚未经过磨砺的时宴都不是合适的对象。

时序被找得越勤，季许那边便越沉不住气。

季许费了些劲儿才见到被监管在医院之中的杜云英。大病未愈加上年事已高，病床上的老人早就没有了先前的雍容华贵，更像是一截随时会腐烂的枯木，仅存几分生机。

杜云英瞳孔灰败，但在看到季许之后，还是拼着力气将床头的东西砸向了他。

"你滚，谁允许你出现在这里？"杜云英说完这句话猛喘几口气。

季许也不生气，俯下身把东西捡起来放回原位，语气竟显得十分真诚："杜女士，我今天来，只是想和您谈一桩买卖。"

杜云英怒瞪着他，指责道："如果不是你，我的玥儿不至于到现在都不肯回来，我和你没有可谈的买卖。"

季许轻笑一声："时玥的事，我确有不妥的地方。但是我想，您比我更了解她，所以您肯定知道，我是起源，但不是这个结局的最终导向。"

季许的话让杜云英无可辩驳，她当然清楚，时玥会变成如今这样子，懦弱到连反击仇恨者的勇气都没有，和她自己本身的性格有很大的关系。她以往的嚣张和高傲，不过因为有个时家替她撑着。如今那些可以保护她的人都没了，她胆怯得连面对这一切的勇气都没有，甚至，只想自私地保全自己的生活。

杜云英被季许的一席话说得万分疲惫，她摆了摆手，道："你走吧。我知道你要和我说什么，时氏的未来在谁手上，对我一个余日不多的人来说，不重要了。"

这显然不是季许想要的答案，如今面对蒋魏承，他劣势明显，即便摆着这种四平八稳的样子找到杜云英，但实际如何，他心中清楚。

季许又下了一剂猛药："您不为自己考虑，但也得想一想时宴不是，她的人生才刚刚开始，难道您希望她从现在开始就面对生活的各种压力吗？"

杜云英顺着季许的话思索良久，似乎是被他打动，正在犹豫，但很快便有另一道声音截住了季许。

时宴脸上带着明显的憎恶，道："真谢谢你的'好心'，不过我时宴还轮不到你来同情,我以后的路怎么走,不劳费心。"

时宴像是生怕杜云英答应季许似的,忙又对她说:"祖母,凭我的本事,很多事情都做不到。一些需要打点的地方,出钱出力的那个人,您知道是谁吧?"

杜云英叹了口气,看向季许:"季总请走吧,即使时序不承认和时家的关系,但在任何人眼中,蒋魏承都是时家的女婿。"

季许离开之后,杜云英像是耗费了极大的精力,很久才重新开口:"小幺,你也觉得祖母对不起时序吗?"

时宴沉默了下,坦诚道:"时家,都对不起她。"

杜云英别过了头,不再说话了。

混乱之中的时氏终于迎来了一场股东大会,主题直白,讨论时氏的归属问题。

之前一直收购时氏股权的蒋魏承和季许都出现在这场股东大会之上,与此同时,时序也意外地出现在了现场。

季许还是奋力一搏,持股比例和蒋魏承不相上下,到目前为止,两人的这场博弈,胜负难定。

气氛到白热化的时候,连时序的心中都有些忐忑。不过她没想到,最终一定乾坤的,竟然是受杜云英委托前来的时宴。

这一次没有任何的悬念,时氏最终到了蒋魏承的手上,在场的一些老员工也有很不舍的,曾经如大厦般屹立多年的时氏,终究还是换了主人。

蒋魏承上台致辞的话语很短,信息量却把在场的众人惊了一惊。

他说:"从今往后,时氏仍旧是时氏,这个由我太太的祖辈和父亲打拼出来的江山,我和我太太会好好延续与发扬。"

台下的时序忽而就红了眼眶,她注视着台上的爱人,生平第一次觉得自己是这样幸福。

回到家中的时序窝在蒋魏承怀里,打趣他:"怎么看,你都亏大发了呀。最终不仅没让时氏变成蒋氏的一部分不说，还得替时氏打起工来。"

蒋魏承笑着轻抚时序的头发："怎么会亏呢，传闻中时家那个妖娆美艳的大公主，现在不是正被我绑在身边，圈在怀里吗？"

时序因他的话失笑，她伸出两根手指捏住蒋魏承的下巴，问得认真："我是真的很好奇，当初到底是谁说蒋氏的当家人高冷矜贵，清心寡欲的？"

蒋魏承将人打横抱起，意味深长道："谣言止于你。"

某一个平静的深夜，杜云英在被监管的病房内，走完了她的一生。

她生命结束的时候，病床旁没有任何人，等时宴带着汤水赶来的时候，杜云英的肢体已经逐渐僵硬。

她似乎早就预知到自己的死亡，走得非常平静，还在枕头边留下了一封短短的信交代后事。

她说希望死后不要葬入时家园陵，希望时玥能够出席葬礼，希望时序能照顾时宴。

不过她的三个遗愿，最终一条都没有实现。

葬礼办得很简单，全程是时宴操持。短短几个月这个姑娘似乎也长大许多，甚至还能和时序自嘲，说有些事真的是一回生二回熟。

把杜云英葬入时家园陵是时宴的决定，在杜云英生命的最后一段时光里，她偶尔也会和时宴说几句自己心中的悔意，但时宴觉得，忏悔还是应该说给那些她对不起的人听。

时玥也没有出席杜云英的葬礼，理由有些讽刺，当知道时宴代表杜云英帮蒋魏承拿下时氏之后，时玥曾打电话来斥责了时宴一通，她在电话中说了许多伤人的话，似乎是发泄一般。

再后来，时玥拉黑了自己的亲妹妹，时宴再也联系不上她。

至于杜云英的第三个遗愿，也是时宴自己拒绝的。

时序本打算给时宴一笔能够保证她余生安稳的钱，但时宴没有要，最后还是蒋魏承出的面，公事公办地给了时宴一些本该属于她的股份。

简简单单的葬礼上，最终送走杜云英的是时序、时宴和时冬冬。大抵是蒋魏承给了时序诸多安慰，最终她还是没能狠下心，决定带时冬冬送杜云英最后一程。

只是不知道，如果杜云英看到这一幕，会不会觉得有些讽刺，但没人在乎了。

葬礼结束后，时宴叫住了准备离开的时序。

"其实从那次开始，我也没有了面对你的勇气。时序，祖母临终前是真心觉得对不起你的。"

时序摘下了别在衣襟的白花，说得坦诚："就当我小心眼吧，比起我来说，她更对不起的是我的父母和我的弟弟。我没资格替他们原谅什么，但斯人已逝，我想做的，就只是往前看了。"

时宴点点头，开口："我也决定了，去继续完成我的学业，然后看看未来自己想做什么。时序，我以后可能不想回来了。"

时序了然，也没有强求，只是告诉她："时宴，去做你自己吧，天高海阔，好好爱自己。"

时序话中的含义，时宴明白，最后她几乎是带着哭腔问："我可以抱一抱你吗？"

时序大方地张开双手，在时宴背上轻拍两下，算是安慰，也算是告别。

有那么多横陈其中的过往，她们注定不可能像其他姐妹那般。时序无法原谅时宴父母的作为，时宴对父母的死亡也不可能心中毫无波澜。

时序走出殡仪馆的时候，蒋魏承正牵着时冬冬的手站在车边等她。

她放松一笑，看着蒋魏承道："我有些累了，我们回家吧。"

蒋魏承走上前温柔地抱了抱她，柔声道："好，我们回家。"

番外一
我们谈恋爱吧
CHIWEN

蒋先生决定和蒋太太谈一场恋爱，是在参加完杜忧婚前的单身聚会后做的决定。

理由说出来有些幼稚，在原本是告别单身的聚会上，男主角杜忧一点也不缅怀即将结束的单身生活，反而在场大秀恩爱，和众人回忆他和赵恬恬恋爱历程中的一点一滴。

单单是分享也就罢了，偏偏杜忧还特别欠揍地凑到蒋魏承身边追问："你和时序谈恋爱的时候是什么样子的？说说呗，大家都可好奇了。"

结果当然是，蒋魏承什么也没能说得上来。

众人只当他保持神秘，不屑分享恋爱经历，但只有当事人知道，哪有什么恋爱经历啊，有的只是婚后的甜蜜生活。

但这么想想，蒋魏承又不免有些遗憾，总觉得跳过恋爱直接进入婚姻对于时序而言不够公平。

聚会结束当晚，还在洗漱间对着镜子擦护肤品的时序猝不及防地被蒋魏承抱起，一把放在了洗漱台上。

他双手撑着墙壁把时序圈在其中，一本正经道："我们谈恋爱吧。"

时序不解他大晚上为什么这么反常，随手把指尖没抹完的精华涂在他鼻尖，笑问他："是谈那种觉得不合适就可以分手的恋爱吗？"

蒋魏承随即在时序额前轻拍一记，笃定道："谈那种完全契合，永远不会分手的恋爱。"

他的认真成功逗笑时序，她捧着他的脸，笑话他："蒋总怎么突然这么幼稚啊？要是让媒体知道了，公司股价会跌的。"

蒋魏承抓着时序的指尖放在唇边轻吻一记，口吻似乎有些委屈："杜忱今天问我和你的恋爱经历，我说不上来。"

时序乐不可支，刚刚说蒋魏承幼稚说早了，现在的他才是真的幼稚呢。

架不住蒋魏承的认真，时序陪着他一起走到了花园，两个人并肩坐在花园的秋千上，看着漫天的星辰，一起设想起如果两个人是从恋爱步入婚姻，那会是一幅怎样的场景。

晚风吹过，时序裹了裹围着两个人的大披肩，先开口道："我们的相遇肯定不会是在校园，我大学的时候你已经工作许久了。嗯……那就在某场宴会上偶遇吧，我风华绝代，然后你对我一见钟情。"

蒋魏承的笑声荡漾在宁静的夜色里，他问："为什么是我对你一见钟情呢，我的魅力不足以吸引你的注目吗？"

还挺自恋，时序腹诽。她摇摇头："我可能会因为你是蒋魏承关注到你，但是咱们差了七岁呢，整整两个代沟，那个时候我应该不会想找一个'爹系男友'。"

蒋魏承的表情看起来有些受伤："所以你是介意我年纪比你大。"

时序连忙改口："你的重点关注错了，我明明只是单纯地希望你主动追我，喜欢我之后对我展开强烈的攻势，一天没追到我就吃不下饭的那种。"

说完这话，时序又想了想，然后推翻了自己的说法。

"算了，我也蛮难追的，不想你太辛苦，还是换个时间相遇吧。"

蒋魏承笑着抱紧时序，问她："那你想换什么时间和我相遇呢？"

时序认真地思考了片刻："那就你和苏意快要订婚的那个时候吧，

你先遇上我，然后为了不和苏意订婚，我们勇敢地对抗家族的压力，最后成功地走到了一起。"

蒋魏承故意逗她："原来你是介意我和苏意订过婚啊。"

"喊！"时序轻打蒋魏承的手掌，"少小人之心好不好，我明明是不忍心让你成为被退婚的那一个。"

说着，时序坐直几分身子，像哄时冬冬那样摸了摸蒋魏承的头顶："结婚那天啊，杜忱和我说，其实你这一路走来挺难的，如果可以，那我想在你最难过的时间遇上你，用很多很多的爱，陪你走过那段时光。"

时序满眼赤诚，蒋魏承仿佛能在她眼中看到星辰。他的心被柔软地撞了一下，余韵是只言片语根本无法概括的感动与温暖。

时序仰头看他："那你呢？如果是你，你想在什么时候和我谈恋爱？"

蒋魏承没有犹豫，张口便道："我想遇见十八岁的时序，将她纳入我的怀里，替她挡下她十八岁以后遇到的所有风雨。然后，陪她度过每一个充满爱意的日子，和她结婚、生子，用心经营我们的小家，看着对方老去，看着孙辈呱呱落地，然后告诉她，我永远爱她。"

时序眉眼弯弯，靠在蒋魏承的肩头，笑道："蒋先生，以后多说点情话吧，真好听。"

蒋魏承笑着和时序十指相握，然后说："时序，我有没有告诉过你，我很荣幸，谢谢你给我了一个家。"

时序紧了紧和蒋魏承交握的双手："其实啊，我觉得现在和你在一起的每一天，都是在谈恋爱。余生很长，我们一起，好好走完。"

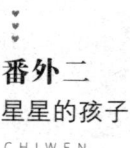

番外二
星星的孩子
CHIWEN

时序二十八岁生日那天,智能医疗舱项目取得了业内多项令人瞩目的奖项。时序作为主创团队的代表上台领奖致辞,和大家分享了时冬冬的治疗过程。

她坦言,自己研究智能医疗舱的初心其实并不伟大,只是希望能在治疗时冬冬的道路上多一些帮助。

但时冬冬的治愈之路格外漫长,时至今日,都还没有取得明显的成效。不过也不是完全令人失望。

至今还没有语言的时冬冬在一些领域展现了他特殊的天赋,他清楚地记得太阳系八大行星的运行轨迹,甚至可以在纸上画出星座的图案。

发现他拥有这种天赋的时候,时序和蒋魏承都倍感惊喜。

到现在,比起说时冬冬生病,时序更愿意说他是被困在了另一个只属于他自己的小世界里,尽管时序不知道时冬冬的世界里都有什么东西,但她想,一定有一片格外美丽的宇宙星河。

虽然,时序依旧希望时冬冬离开他自己的小世界,回到有她在的大世界来,不过这么久过去,她也积累了足够的耐心,撇开那些挫败感,她想,只要她不放弃,那时冬冬总有一天会变成正常的孩子。

时序到家的时候，蒋魏承已经带着时冬冬洗好了澡，看到时序回来，时冬冬带着一头湿答答的小卷毛就跑到了时序面前。

已经十岁的时冬冬个子长得很快，身高已经到了时序胸前，从他的脸上，依稀可以看见父母的轮廓。这一点时序总是很羡慕，父母的样子她所遗传到的就没有时冬冬那么多，所以想念父母的时候，她总喜欢盯着时冬冬发呆。

时冬冬似乎也已经习惯了时序这样看着自己，有时候觉察出时序的伤感，他就会自己跑到时序面前，让她看着自己。

仿佛看出了时序在出神，时冬冬拉住了时序的手，示意她跟着自己上楼。

蒋魏承改造的那个玻璃房现在成了时冬冬的卧室，里面的布局也有所变化，正中间放着升级后的最新智能医疗舱，时冬冬躺进去，抬头就是星空。配合着四周的天文望远镜和行星模型，竟然很有科技感。

时序哄着时冬冬躺下，放起了他每天睡前必须要听的音乐。但时冬冬似乎没有睡意，一直伸着脖子往门口看去。

直到蒋魏承走进来，他才收回自己的目光，一骨碌爬了起来，像是很急切地要让蒋魏承拿出什么一般。

蒋魏承也不磨蹭，从身后拿出一个不大也不甚好看的生日蛋糕。

时冬冬一直抬手举着蛋糕，急得"啊啊"直叫，蒋魏承一边安抚他，一边替他解释："唐婶下午带着他一起做的，藏了一晚上，就等着你回来的时候拿给你。"

时序摸着时冬冬的小脑袋，轻声哄他："谢谢冬哥给姐姐做的蛋糕，我们冬哥长大啦，已经会做蛋糕了呢！"

时冬冬因为时序的夸奖咧开嘴角，但又有些不安地看着蒋魏承。

蒋魏承鼓励地拍了拍他的肩膀，说："你不是还有一个礼物要给你姐姐吗？"

时序疑惑地看向这两人，随后她便看着时冬冬牵着自己的衣角张开了嘴,一声尚有些破碎的"姐姐"猝然钻入时序耳中。

时序不敢置信地看向蒋魏承,他朝时序点点头:"他偷偷练习了很久,这才是真正的生日礼物。"

时序难以克制地捂着嘴大哭出声,时冬冬有些吓到,跑过来抱住时序。时序哭着说不出话,只是一直摇头。

情绪稍许平复之后,时序才开口安慰:"姐姐不难过,是开心。冬冬的声音,真好听啊。"

蒋魏承帮时序擦干脸上的眼泪,笑她:"时冬冬都不哭鼻子了,有些人真是做得好榜样。"

时序轻轻推了他一把,嗔怪道:"你瞒着我!"

蒋魏承把两人都抱入怀中,世界上最幸福的事情,大抵就是此刻和家人一起,分这享难得的惊喜。

时序摸着时冬冬的头,觉得自己仿佛在做梦。这像一个莫大的鼓舞,让她有了更多的信心,去等待时冬冬的每一个进步。

星星的孩子啊,不要害怕,世界很美,我们等你慢慢长大。

—全文完—

后记
CHIWEN

  嗨，好久不见。你们好，我是迟暮。
  现在是凌晨三点，写完两个番外的我，正泪流满面。真好啊，这个故事写到这里，也终于要画上句点了。
  我是一个很容易自我感动的人，在写这个故事的时候尤甚。写《招惹》的时候，就一直觉得蒋魏承是我的意难平，明明也是一个努力生活却经历不堪的人，如果就让他那样孤寂的留在结局中，多残忍啊。
  于是出于我的私心，我让蒋魏承遇见了时序，让两个都曾苦苦支撑过的灵魂相互取暖，相互救赎。
  现在，他们终于都不孤独了。
  距离写完《招惹》，已经过去两年了。这两年，我又多了很多奇奇怪怪的人生经历，但仍然处在持续性自我否定，间歇性获得动力的阶段。
  不过经历过许多事情的好处还是分外鲜明的，到现在，我已经能坦然面对生活中的许多打击，这大概就是年岁增长带来的福利。
  很特别的一个经历，是我近距离地了解了"星星的孩子"。这还要感谢我的好友，她在公益机构任教，成了"星星的孩子"们的老师。闲暇之余，她会和我聊起许多和"星星的孩子"有关的事情，奇奇怪怪的强迫症、对某些事物的特殊执着。

但我印象最深刻的还是好友告诉我说,其实每一个"星星的孩子",都是普通的孩子,他们也会有自己的喜乐,只是比其他孩子更难表达罢了。

所以呀,希望每一个人面对"星星的孩子"时,都能多一点点的包容与关怀。不要因为他的突然大叫而感到厌恶,他们只是迷路在了自己的世界里,也许正为了回到正常世界而暗自努力。请保护每一个出现在你生活中的"时冬冬",把异样的目光变成鼓励的微笑,让"星星的孩子"感受世界的温柔。

嗯……不知道下一次在后记中和你们说些心里话是什么时候,但愿不是又一个两年。不过我想,在经历这样长时间的一段自我放逐之后,接下来的我,应该也会重新出发,好好努力了吧。

那就做个约定吧,希望下一本书再见面的时候,我是更好的我,你们也是更好的你们,我们一起加油啊!

谢谢你们一直都在。

我们,下个故事见。♥

迟暮
2022.4.27 凌晨
于小城